女性主義書寫的經典不朽巨著，
顛覆你所認識的童話故事

醜女與野獸

全球暢銷經典

FEMINIST FAIRY TALES

Barbara G. Walker

芭芭拉・沃克──著　葉旻臻──譯

目次

推薦序　經由改頭換面的童話故事帶出女性主義所關注的議題

本書的二十八個故事可大分為幾個類型：第一種為童話故事的改寫，第二種為神話與傳奇故事的改寫，還有就是作者自撰的童話／神話。中譯書名的副標題既有「顛覆」一詞，再配以「女性主義」給人的張牙舞爪的印象，彷彿書中故事的書寫乃以逆轉性別（角色）為目的。

於是初讀的印象很可能是美麗、溫柔，卻不討姊姊們喜愛的么女在〈醜女與野獸〉裡被醜陋無比但獲得弟妹們喜愛的大姊所取代。阿拉丁、青蛙王子、愛穿新衣的國王也都一變而為艾菈丁、青蛙王妃和女皇。細細讀來，終可以體會到本書的旨意並不是在彰顯女性主義顛覆／替換的功能，而是經由這些改頭換面的故事帶出女性主義所關注的議題。

基本上，這些故事所反映出來的女性不再是孤立、為了爭取男性的青睞而彼此敵對的個體，而是彼此疼惜、扶持的社群。她們所遭受的考驗激發了自我的意識與潛力。幸福的婚姻不再是因為她們的美德而得到的回報，而是她們經歷生命的過程其中的一個結果。

除了女性之間的傳承與情誼，本書亦強調女性生理特質的儀式化，例如灰姑娘赫勒利用其經血而變形；貝殼、聖鍋、石榴等暗喻子宮或女性的生殖器，象徵其孕育生命的神祕力量。更重要的是作者以其神話女性主義學者的素養，在每個故事之前正典清源地介紹故事的神話根源，其欲塑造女性神話學的意圖由此可略見一斑。

實踐大學高雄校區應用英語學系教授　劉開鈴

前言

傳統的童話故事來源甚廣，包括遠古神話、異教信仰、政治寓言、道德劇，以及東方傳奇。數個世紀以來，這些故事大都經過父權文化的過濾，女性在其中鮮少得到尊重，唯一例外的是年輕而美麗的「公主」。在這些古舊的故事中，女性只有傳統的裝飾功能。缺乏美貌的女孩也自動跟美德、幸福、好運、愛情絕緣。

舉例而言，古老的德國童話〈帕多奇〉[1]中，有一位王子在尋找世上最美麗的女孩作為結婚對象，而一車又一車的候選女子只要不夠漂亮，就會隨隨便便被拋進河裡淹死、處理掉。

這些故事傳達給女孩們的信息相當明確：妳的外貌就是妳唯一的資產。不管妳可能成為什麼樣的人、有什麼作為，統統都不值得考慮。女人的醜陋外表就是一項活該遭到死刑處罰的罪惡。

這本故事集中的童話顛覆了這些厭女的訊息。其中有些是對於耳熟能詳的故事的反轉，例如〈醜女與野獸〉、〈夜雪公主〉、〈歌嘉屠龍記〉、〈小小美人魚〉、〈青蛙王妃〉、〈艾菈丁與神燈〉、

1 Puddocky 或叫帕多克〔Paddock〕，即莎士比亞劇作《馬克白》中三名女巫的蟾蜍魔寵。

〈小白帽〉、〈三個粉紅小仙子〉和〈吉兒與魔豆〉、〈女皇的新衣〉。

〈諸神末日〉則是日耳曼〈諸神黃昏〉（Teuitonic Götterdämmerung）的另一版本。而〈性別是怎麼來的〉是重述希臘神話中宙斯在雌雄同體人類的輝煌年代對他們的攻擊。〈冬季降臨的故事〉是另一則熟悉的希臘神話故事，關於波瑟楓妮——又名可芮（Kore）（或稱柯芮 [Corey]）——與她的母親迪蜜特（又名黛蜜特 [Dea Mater]），但這個版本的重述中拿掉了對於宙斯的宰制權力的暗示，並且更肯定大地之母的自然循環秩序。同樣的，〈白神〉一篇裡出現的幾位最廣為人知的非洲女神，也是對大自然的禮讚。其中三位女神的登場意在提醒讀者，遠古的女神經常以處女、母親和老嫗的三位一體形象現身，代表女人生涯中的三個階段；播種、生長與採收的三個季節；天堂、人世與地府的三層世界；出生、性愛、死亡三種現象；命運女神紡紗、編織與剪裁的三項工作；以及其他一分為三的循環與切分形式。現代女性主義的靈性信仰讓當今的許多女性也熟知這套古老的三位一體概念。

這本故事集中還有一些篇章是純粹原創的幻想故事，披上了傳統童話的語言與形式。我希望它們讀來輕鬆、有時逗趣、有時發人深省，不管是哪一種風格，讀者都能在其中發現女性主義的啟示。

母狼

對狼的崇拜至少可追溯到歐洲異教部族所屬的時代，其中有些氏族將狼尊為神聖圖騰，「沃夫（Wolf）」這個流傳至今的姓氏即是證明。尊崇狼的部族成員會披上狼皮、以舞蹈模仿狼的動作，儀式性地將自己轉化為動物的靈魂。希臘神話中的眾神之父宙斯也會變成狼形。

拜狼儀式遭到基督教當權者的妖魔化，引發了中世紀的狼人迷信，繼而使童話故事將野狼設定成反派。這種陰暗、野性的犬科動物形象，也許較少源自對於真實狼群的觀察，而有更多成分是出自那些外觀可怕、似乎會咬人的家犬帶給我們的深層童年恐懼。

我從小就愛狗，所以，不管童話裡把狼說得多巨大、邪惡，我從來不覺得牠們可怕。為什麼要如此詆毀這種好玩有趣、魅力十足的動物呢？那些古老的拜狼氏族想必會喜歡狼人傳說的基本前提，亦即人類可以透過變身魔法體驗狼的敏銳聽覺與嗅覺，以及敏捷、力量和速度。幾乎所有的人類社會中都存在這種對於特定動物特質的欽羨。

她蹲下來，溫柔地幫狼的腿包紮。

從前，有一位貧窮的鰥夫，和女兒露琶住在一座岩石密布的農莊上、一間破敗的木屋裡。土地上種出的食物根本不夠兩個人吃，他們唯一可靠的營養來源僅有一頭母牛，供給他們牛奶、奶油和起司。這位鰥夫生活中唯一的喜悅就是看著女兒成長。她既聰明又善良，是父親的掌上明珠。

有一天，災難降臨了，母牛生病死去，他們再也沒有牛奶、奶油和起司可以食用。這位鰥夫沒有錢再買一頭母牛，甚至也買不起一兩隻下蛋的雞。他和露琶支解了死去的母牛，將牛肉保存起來。牛肉支撐了他們一陣子，但吃完之後，他們除了下一批作物的種子以外，就什麼也沒有了。

鰥夫的妻子生前是優秀的裁縫師，留下了一些美麗的織錦作品。露琶的父親將織錦從倉庫拿出來。「我本想留著這些東西紀念妳母親，」他難過地告訴露琶，「現在別無選擇，只好拿去賣掉了。明天我得開始種春天的莊稼，你就把這些繡品拿去市場，盡量賣個好價錢吧。」

隔天一早，露琶手臂下夾著捲起來的織錦，出發了。她得走上好幾哩才能到達鎮上。途中來了一陣強烈的暴風雨，她找不到遮蔽，只好在雨中跋涉，淋得全身濕透。

天氣放晴後，露琶攤開淋濕的織錦要晾乾。她驚駭地發現，上面的顏色全都溶混在一起——她母親當時買不起防水的染料。織錦畫全毀了。

絕望又挫折的露琶坐在路邊哭泣。她不但沒東西可以賣錢，還失去了母親留下的手藝品，她父親會非常悲傷的。

過了一會兒，她擦乾眼淚，決定還是前往市場，希望能把畫布賣掉，或是乞討幾個硬幣、一點麵包帶回家。

她途經一座茂密的森林時，聽見不遠處有一聲痛苦的嚎叫，聽起來就像在為她自己的悲傷發聲。她抑鬱到忘了害怕，循著那陣聲音走，遇到一隻碩大、灰毛、黃眼的母狼，右邊的前腳卡在捕獸陷阱裡，因痛苦和哀傷而嚎叫著。

「喔，可憐的狼啊，」好心的露琶說，「要我幫忙嗎？」令她又驚又喜的事，那隻狼回話了。

「幫我解開這個夾子吧，」那隻狼懇求道，「我的窩裡還有小寶寶，要是沒了我，牠們會死的。」

露琶撿了一支粗棍，撐開捕獸夾的關節，讓狼的腿得以脫出。然後她蹲下來，用內衣上撕下的布條溫柔地包紮狼受傷的腿。那隻狼耐心地站著接受她的照顧。

「我和我的幼狼都感謝妳，」她說，「我該如何回報妳的善舉呢？」

「唉，我太悲慘了，沒人幫得了我，」露琶說。她把自己遭遇的逆境都告訴了那隻狼，從母牛病死開始，結束於弄壞織錦畫。

「別想著去市場了，」狼說，「回家吧，別擔心了，一切都會好好的。」

說完，那隻狼就撐著包紮好的腳跛行離開，消失在灌木叢裡。

露琶雖然很迷惑，但她想了想，一隻神奇到能講人話的母狼，牠說的話可能值得取信。她把織錦給埋了，不希望父親看到它們毀壞的樣子。然後，她兩手空空地回家。她告訴父親一個善意的謊言，說她賣掉織錦得來的錢在返家途中被搶了。

她的父親工作了一整天，十分饑餓，但他們只有一點根莖和種子可吃。他們飢腸轆轆地去睡了，睡得很不安穩。露琶和父親都偶爾被附近森林裡傳來的狼嚎吵醒。

早上，露琶感覺累得起不來，但她一聽見父親的喊叫便連忙下了床。

「你看，你看！」他大喊著，「看看門階上！」那兒有一整塊的鹿肉，才剛宰好，邊緣參差不齊，彷彿是從鹿屍上咬下來、而不是用切的。父女兩人立刻烤了幾片來當早餐，吃了好久以來的第一頓大餐。

隔天，他們訝異地發現，同一處門階上出現了一群國王的侍衛。侍衛隊長用劍柄大力敲門，吼道，「盜獵者，我以國王之名命你開門！」

露琶的父親遲疑地開了門。「我不是盜獵者，我只是個窮農夫，」他說，「你們找錯人了。」

「你在皇家林地裡盜獵國王的鹿，」隊長咆哮道，「不准否認。我們是跟著血跡找到你家門口的。」

侍衛強行闖進木屋，發現了吊在火爐邊的鹿肉。隊長看了一眼說，「你們都被捕了。」

露琶和父親徒勞地抗辯說鹿肉是某個不知名的人送的，他們根本不知道肉從哪裡來。沒有人聽進他們的話。他們被抓住、綑綁，送到國王的城堡裡受審。

在地牢裡度過悲慘的一夜之後，這對父女被拖進覲見室，國王和王后在室內，由朝臣簇擁著。連還是嬰兒的雙胞胎王子都在王后寶座旁的搖籃裡。一名穿著金邊黑袍的兇惡官員宣讀著針對一個個惡徒提出的指控，並且呈上證據。

輪到露琶的父親應審時，他在國王面前跪下，主張無罪。他解釋說有某個人——或某群人——趁夜在他家門階上放了一整塊鹿肉。國王似乎覺得這個故事相當無聊。被告自己也察覺他的辯詞是多麼薄弱，於是一臉羞愧地沉默不語。然而，王后看起來卻很感興趣的樣子。她專注地凝望著露琶和父親。露琶發現她有一對不尋常的眼睛，略呈黃色。

「你不能給這兩個人判罪，」王后堅定地說，「我要讓他們當我的僕從。」

「可是，親愛的，」國王說，「盜獵是死罪。」

「我說這兩個人不可以處死，」王后帶著不容異議的語氣說「侍衛，帶他們去我的居室。」

露琶和她父親由守衛監視著，在王后的客廳裡等待王后親自駕到。她命令侍衛替他們鬆綁、然後退下。露琶和父親跪在她腳前，感謝她的慈悲。

「我不是慈悲，只是有良心，」王后說，「我有債必償。我上次做出的回饋讓你們麻煩纏身，所以現在我得彌補我造成的傷害。」

「陛下，我不懂，」露琶怯怯地說。

「這看起來很眼熟吧？」王后問道。她把右邊的衣袖捲起，上臂綁著一條繃帶，沾著少許血跡。露琶仔細一看，認出了那是她從內衣上撕的布條。

「陛下就是那隻母狼嗎？」露琶在驚訝地低聲說。

「我們別再說起這件事了，」王后說，「露琶，你要來當我的使女。你父親會當上皇家園丁。他會得到豐厚的薪酬和食物，你也一樣。你們的苦日子結束了。」

露琶和父親流下喜悅的淚水，親吻王后的雙手。他們立刻住到城堡裡，再也沒有回到破舊的木屋。露琶忠實盡心地侍奉了女主人許多年。她父親悉心照料城堡的花園，最後升職為總管理員。

露琶挖出了母親生前做的織錦，洗掉上面的廉價染料，交給最專精的女裁縫依樣複製。後來的成品被稱為「露琶織錦」[2]，名聞遐邇，多年之後仍然是國家博物館裡的珍寶。

有人說，在沒有月亮的晚上，露琶和父親有時會變身成奇異的形貌，跟野狼一起在森林裡奔跑。他們跟隨的狼群由一隻碩大的灰色母狼帶領，她的眼睛是黃色，右前腳上有著疤痕。

---

2 原文為 Lupine Tapestries，Lupine 既是女主角的名字 Lupa 改為形容詞，也指與狼有關的特質。

奎絲塔公主

「好人難尋」似乎是奎絲塔公主冒險故事的主旨。她首先因父親辜負她而失望，接著又在幾次艱辛的教訓中學到應該自己照顧自己。最後的啟示或許可以成為一條女性主義教誨：不要死守著讓你受害的幫助者或養育者角色。

在任何父權社會中，大多數男性都隱約遵行著把自己擺在優先的守則，但對女性而言，這卻是一個需要有意識強調的選擇。

神仙教母送給奎絲塔的寶螺貝殼，是最原初且普世的女性生殖器象徵物，代表了生產與重生的力量，也代表了通往生命之門的道路。

那是個寶螺貝殼，背面圓弧滑亮。

很久以前，有一位年輕的公主，名叫奎絲塔。她和母后與父王一起住在城堡裡。很不幸地，奎絲塔才十幾歲時，母親就患病過世了。悲痛的國王驅逐了所有無法治癒王后的女智者。並且，他一股腦投入國事政務，對奎絲塔公主不理不睬，為了追求國家的榮耀而愈來愈不擇手段。他開始與臨國交戰，以奪取更多疆土、殲滅競爭對手。不出幾年的時間，他就成了一個殘酷的獨裁者。奎絲塔公主幾乎認不出他了，只能哀悼自己曾有過的那個父親。他就像是發瘋了似的。

由於國王一不高興就會下令可怕的懲罰，他心懷懼意的朝臣和僕從全都唯王命是從，對他的女兒徹底忽視。奎絲塔淪落到了無薪管家的地位。她的貼身侍女被解雇了，她曾經閃耀的華服變得破舊不堪。她過去愛騎的白色駿馬也被占去，賜給了國王手下的一名將領。她被迫為國王的騎士們送餐，那群粗魯的惡霸對她上下其手、扯她的頭髮、在她的裙子上吐口水，拿她開低俗的玩笑。其中人品最低劣的是國王的第一武士，他時常語帶暗示地說她很快就會成為他私人的玩物。

奎絲塔得空放下廚房的雜事時，常會離開城堡，去到一處她從小就很喜歡的樹林——傳說那裡有仙靈出沒。那是一座生滿苔蘚的土丘，周圍是茂密的柳樹，枝葉如蕾絲簾幕一般垂下。土丘中央豎立著一塊大石，村民悄悄謠傳它曾是某個古老族裔的聖物，藏有神祕的力量。奎絲塔從來不害怕那塊魔石。她喜歡坐在大石旁，倚靠著它被太陽曬暖的粗礪表面，感受它帶來的支持與撫慰。

有一天，她在樹林裡休息時，突然對自己的處境感到一陣難以招架的無助與絕望。她淒苦地哭了起來，手握成拳搥著豎立的大石。過了一會，她聽見小小的窸窣聲。她睜開眼，看見面前站著一位美麗的女士，身穿閃閃發光的銀色長袍。

「妳為何落淚呢？」那位女士問。

「我很不快樂，」奎絲塔說，「我的母親死了，我父親變成了暴君，把我當成最低賤的僕人一樣對待。騎士都在騷擾我，而且我想我父親很快就要把我賞給最兇惡卑鄙的那個騎士，獎勵他在戰場上大肆殺戮。」

「那麼，妳得要逃跑，」那位女士說。

一股恐懼刺痛了奎絲塔的心，「但城堡是我唯一熟悉的家，」她反駁道，「我沒有別的地方可去，我沒有錢、沒有自己的東西，我會活活餓死，變成路上的遊民。」

「別害怕，」那位女士說，「妳命中注定要通過三道考驗，才能找到妳在世上安身立命的位置。妳現在的生活就是第一道考驗。現在，妳可以往前走了。」

那位女士從銀色長袍的衣褶裡拿出一件東西，大小約和孩童的拳頭相當，她將它放在奎絲塔手裡。那是個寶螺貝殼，背面圓弧滑亮，正面像是一張寬敞、微笑的嘴巴，有著兩排小小的牙齒。

「這個護身符會保護妳，傾聽大海的聲音，妳就會得到指引，」那位女士說。

奎絲塔把貝殼的開口處湊到自己耳邊，聽見了遙遠海洋的呢喃，「那麼我該去海邊，對嗎？」她問道。

那位女士沒有回答。她只是微笑著用手指輕觸奎絲塔的前額，然後她的輪廓變得愈來愈模糊，直到好像消失在被陽光吸去的一片迷霧中為止。

「當然了，」奎絲塔自言自語說，「我得到了仙靈王后的垂愛，她親自向我現身。我怎麼能不服從她的指引呢？」

當夜稍晚，奎絲塔打包了她的幾件破舊衣服，拿了食物和廚房裡的一把刀，偷了一件被某名騎士隨意丟棄的保暖斗篷，避人耳目地溜出城堡。

滿月照亮了她眼前的道路。她盡力快跑，直到她置身森林深處，才停下來喘氣。她一整夜都朝著海岸的方向走。黎明時，她就躺在原野上的稻草堆旁睡覺。

接下來的幾個夜晚，她都以相同的方式徒步旅行，白天躲藏起來，避開行人、城鎮和亮著燈的聚落。她的雙腳起泡、流血，最終變得硬韌。她的食物吃完時，她就偷取果園裡的水果、雞舍裡的蛋、煙燻爐上的培根，以及沉睡的農村裡其他的物產。流浪生活讓她變得警醒又機敏，但她十分寂寞，而且總是害怕會有發現她、把她逮回去面對父親的怒火。

到達海邊時，她又聽了貝殼的聲音，它說，「這裡……這裡……這裡。」她坐在海灘上，靠著一艘停在潮水水位以上的漁船，睡著了。

她下一件感覺到的事物，是一隻手在搖晃她的肩膀。她抬起頭，看見一名英俊的捲髮年輕男子，肩上掛著一捲繩子，手裡拿著船勾。

「你睡在我的船上，」他說，「我現在要出航了，你回家發懶去吧。」

「我沒有家，」她喃喃低語。

「你是從哪裡來的？」他問。

「內陸的某個地方，」她說，「我不知道。」

「你知道的事沒多少，對吧？」他哼氣道，「好吧，也許你對我有點用處。你會弄網子嗎？我的漁網該補了，但我沒辦法每件事都自己做。」

「我會縫紉和製繩，」奎絲塔公主說。

「好吧，那就看看你做不做得來，」他從船上拉出一張大網，攤在沙灘上，「如果我回岸的時候你把網補好了，我就請你吃一頓鮮魚大餐。」

那位年輕漁夫駕船啟航，滑向地平線，留下奎絲塔修理他破爛的漁網。雖然她已經走得筋疲力盡，卻還是在烈日下工作了一整天。傍晚時，她的手指已經累得僵硬，又餓又渴，而且被沙子弄得灰頭土臉。

漁夫帶著一張裝滿魚的小網回來了，他說他需要大網子才能捕到更多魚。他很滿意奎絲塔幫他補的網。他信守承諾，帶她回到沙丘後的小屋，為她煮了一頓大餐，有鮮魚、燕麥麵包和蘋果布丁。她狼吞虎嚥地吃。

漁夫看著她的吃相問道，「你最近都沒怎麼吃飽，對不對？」

「對，」奎絲塔一面回答，一面吞掉最後一匙布丁。

「妳要是無家可歸，可以來跟我住，」他提議道，「我可以給妳食物，還有遮風避雨的屋頂。妳就幫我照管家裡、補漁網，也許順便幫我暖暖床。」他對她露出帶點邪氣的笑容，臉頰上顯出酒窩，雙眼閃著迷人的光芒，「妳知道，妳長得也不難看哩。」

奎絲塔深受他的吸引。「你也不錯啊，」她說，「也許我就待一陣子吧。」

她和漁夫住在一起，很快就說服自己說她愛上了他。好一段時間裡，他們是一對幸福的愛侶，有彼此的陪伴便滿心喜悅。奎絲塔公主覺得，她住在城堡裡的日子，從不曾像待在漁夫的小屋時那麼心滿意足。但後來事態就惡化了。

秋天的風暴來得異常猛烈，魚群離開了平常的覓食地點。年輕的漁夫每天出海的時間愈來愈長，但只能帶回少少的漁獲。能吃、能賣的魚愈來愈少，可是國王的稅吏仍然照常來收取稅賦，半點也不能少。奎絲塔和漁夫得賣掉一些家具和餐具才繳得起稅。小屋不如以往那麼舒適了。「如果坐在皇座上的是我，而不是我那貪婪的父親，」奎絲塔暗自心想，「我對窮人一定會更有慈悲心。」

年輕的漁夫不再和她一起歡笑了。他的精神盡失，雖然辛苦勞動，負債卻愈來愈沉重。奎絲塔建議他別再捕魚，改做其他工作，他聽了勃然大怒，還動手打她，大吼著說他一輩子都會是個漁夫，像他的父親和祖父一樣。

後來，他變得愈來愈陰沉暴戾。他又打了奎絲塔好幾次，怪她帶來惡運，說她對漁獲下了詛咒。「太荒謬了，」她抗辯道，「不是我該對你的問題負責，而是國王那橫徵暴戾的政府。」

但是，漁夫不敢打罵武裝的收稅官員，便把氣出在可憐的奎絲塔身上。沒過多久，她就再次活在恐懼之中，每天卑微地期望他能捕到夠多魚，這樣他從海上回來後才不會打她。

偶爾，她會趁他不在時去沙地上散步，吹著寒風，含淚哀嘆自己的命運。在一個霧朦的早晨，她在沙丘間又看到了那位銀袍女子。

「妳為何落淚呢？」那位女士問。

「唉，」奎絲塔說，「我比從前更慘了。我現在為一個毫無紳士教養的男人做牛做馬，他生活一有不順，就來虐待我。我還能淪落到什麼地步啊？」

「那麼，妳得要逃跑，」那位女士說。

「我沒辦法在冬天露宿街頭，」奎絲塔哭道，「就算我沒凍死，也會餓死。」

「要相信你的命運，」那位女士說，「聽聽妳的護身符吧。這是妳的第二道考驗。」然後她就在霧中消失了。

奎絲塔回到小屋裡，把寶螺貝殼湊到耳邊。它低語著，「南方……南方……南方。」於是，趁著漁夫還來不及回家阻止她，她收拾了自己的衣服、刀子、補給品、盡力找到的錢，還有一雙好靴子。她離開了小屋，沿著海岸往南走。

所幸，天氣並沒有非常冷。她設法找到了空穀倉、木棚和牧羊人小屋作為棲身之所。走了很長一段路後，她來到一座城鎮，鎮上有繁忙的碼頭，停泊著大船。疲累的雙腳撐著她到了一間位於水邊的客棧。溫暖的火光和熱食的香味都迷人得令她無法抗拒。

客棧主人看見她破舊的衣服，斥道，「這裡不准乞丐進來。」

「我不是乞丐，」奎絲塔氣憤地說，「我有錢的。」她拿出幾個硬幣，那男人很不高興地給了她一片麵包和一碗熱濃湯。那彷彿是她吃過最美味的東西了。

她吃完以後，向客棧主人打聽有沒有哪裡缺人手。「你需要工作嗎？」他問，「我們這裡正缺個女侍。一天工資一毛錢，免費供住宿，湯想喝多少都行。但你可得吃苦耐勞。」

奎絲塔公主向他保證，她絕對吃得了苦，於是接受了客棧的工作。她領到一件圍裙、一把掃帚，還有屋簷下的一個小房間。整個冬季，她每天都長時間工作，服務客人、鋪床、換床單、打掃房間、洗衣、刷地、洗碗盤、幫廚師的忙、跑腿打雜。她原本漂亮的雙手變得粗糙、長了凍瘡。她的背和腿經常痠痛，每天晚上躺在窄床上時總是筋疲力盡。但她對於能自給自足感到十分滿意。經常有男人對她獻殷勤，表示他們能解救她脫離勞苦，但全都被她拒絕了，她只想過自己的日子。

但是，在一個飄著花香的春天傍晚，有個引起奎絲塔興趣的男人走進了客棧。他是個音樂家，會彈奏吉他、演唱甜美哀愁的民謠，客人不遠千里來聽他表演。客棧主人很開心他招來生意，便邀請他待一陣子、固定安排表演。那位音樂家同意了，他住在奎絲塔的閣樓下方，她有時候會在夜裡聽到他小聲地練習。

奎絲塔漸漸認識了那位音樂家，他個性隨和，總是帶著微笑，舉止溫和有禮。她拜倒在他溫柔的魅力之下，她告訴自己，性格這麼柔順的男人絕不會像漁夫那樣變得粗暴。她開始給音樂家特別的優待：洗燙他的表演服、擦亮他的靴子、縫補他的襪子，幫他留一點廚房裡的食物，她認為這些舉動都是出於愛情。

音樂家決定啟程離開時，她隨他而去。他們在一起十分快樂，像飛鳥一般自由，行過一座接一座城鎮，靠音樂賺錢。她學會彈吉他、跟他合唱二重唱。他們一起在婚禮、生日宴會、鄉村市集、水神節[3]和嘉年華會上演出，客棧、莊園、農場和社區集會所也會邀請他們留下長住。

好一陣子，奎絲塔都很享受這樣的生活。她不介意自己必須負責所有實際的工作，而音樂家除了唱歌以外什麼也不用做，只會坐著喝酒、對他的仰慕者們講故事。

時間一久，她逐漸對他散漫的態度感到惱怒。他從來不會發脾氣或不耐煩，但有時候他會因為太懶惰或喝得太醉，疏忽掉幾次表演安排。漸漸有傳言說他這人不可靠，人們對他的演出不再有熱切的需求。

奎絲塔愈來愈努力地工作，縫製新表演服、敲定排程、吸引聽眾，在他醉得無法登臺時幫他找理由。有時她甚至必須單獨撐起整場表演。她的歌唱能力不如他，觀眾因此而失望。此外，人民也愈來愈沒有餘錢花在像音樂這樣的消遣上，因為國王課了更重的稅來支付戰爭的軍費。

奎絲塔努力阻止音樂家沉溺酒精，鼓勵他積極工作，但終究徒勞無功。他只會甜甜一笑、親吻她，然後就跑到酒館去。他們賺來的錢大部分都被他喝盡了。奎絲塔知道自己就快要當媽媽了，所以格外擔心。但是，照顧孩子的責任似乎對那位游手好閒的音樂家毫無影響。

她產下男嬰的時候，他又喝醉了，之後也一樣多半醉醺醺的。他喜歡逗寶寶玩、唱搖籃曲，

3 well dressings，英國鄉間習俗，農民會以鮮花和其他裝飾品布置在水井、湧泉等水源周圍，並舉辦祭典。

但是從不幫忙做育兒的雜事。現在，奎絲塔忙著照顧小孩，就不能像以前一樣管理音樂家的工作了。他們的聽眾愈來愈稀少。

音樂家似乎不太在意自己有沒有表演。他一整天大都無所事事。奎絲塔漸漸對他的懶散感到生氣。他並不介意。他只會微笑、哄她、輕聲對她說著情話，然後就睡著了。

他們住在城鎮外圍的一頂帳篷裡，音樂家在鎮上已經不受歡迎了。儘管如此，他還是經常跑到酒館去，留奎絲塔照顧嬰兒。她有時候會在寒風中裹抱著那孩子，在路上來回走，向行人乞討幾個錢幣，並且藉著走動讓身體保持溫暖。

有一天，在一條寂寥的路邊，她的眼淚無法自已地落到了嬰兒的包巾上。當她抬起頭，她看見了那位銀袍女子站在她面前。

「妳為何落淚呢？」那位女士問。

「我身無分文，」奎絲塔說，「我以為那個音樂家溫和又善良，但他就跟這孩子一樣，一點責任都負不起。我沒辦法這樣過活。」

「那麼，妳得要逃跑，」那位女士說。

「我要是成了無家可歸的乞丐，要怎麼照顧我的孩子呢？」奎絲塔哭道，「他現在至少還有地方住，哪怕只是一頂帳篷。」

「妳已經通過了第三道考驗，」那位女士說，「現在，妳要記得妳是個公主。妳已經對你的人民有足夠的了解。妳知道他們對暴政壓迫和連綿戰事已經厭倦。妳不需要再唱歌給他們聽，你要對他們說他們必須聽見的事。」然後她便消失了。

奎絲塔回到帳篷裡，聽了寶螺貝殼的聲音。它輕聲說，「說話……說話……說話。」

她打包了行李，前往下一座城鎮。她在那裡利用她過去學到的技巧，以音樂和演唱吸引群眾。但她帶給他們的不是娛樂表演，而是演說。她告訴眾人自己的身分，告訴他們她認為政府應該如何運作。他們都為她鼓動人心的言詞而喝采。

之後，一名穿著守林人衣服的高大男子前來見她。他說他可以召集一群希望推翻國王的法外之徒組成軍隊，但是需要一位合法的繼承人接下王位。他提議奎絲塔擔任他軍隊的領袖，幫助他籌畫革命。

奎絲塔同意了。她隨同一支人數逐漸增長的貧民軍隊，在鄉間到處傳播她對於和平公正的政府的理想。眾人稱她為奎絲塔女王。她新創了一面旗幟，旗上寶藍底色上有一枚金色的寶螺貝殼。民眾都蜂擁到她麾下。

剛好，國王已經病弱，再也無法掌理國事。他手下那些野蠻的騎士認為他沒有王儲，便彼此戰鬥、爭取繼承王位的機會。政務荒廢、官府腐敗，情況前所未有地惡劣。因此，人民樂於加入奎絲塔女王的軍隊，希望自己和家人能夠過上更好的生活。

當叛軍終於整備完成、攻進城堡時，國王已經垂死地躺在床上。騎士們看見龐大得彷彿無邊無際的軍隊，都士氣低落。其中有些騎士過去特別殘酷地迫害平民，如今害怕報復，便循著祕密通道逃出城堡。其他騎士做勢反擊，但是最後依舊被迫投降。

奎絲塔大獲全勝，進入城堡，跟她垂死的父親見了面。他認出了她，並且宣布她就是他失散已久的合法繼承人。她讓他看了她的兒子，代表未來有人會接續她的統治。老國王倍感安慰地去世了。

奎絲塔女王為自己安排了兩次加冕：一次是在城堡裡舉辦的輝煌典禮，另一次則是在古老的仙靈樹林裡接受一頂野花編成的花環。她在那裡建了一座祭壇，並且時常去對那尊遠古巨石致敬。

奎絲塔登基後不久，就執行了她承諾的所有改革政策。她對那些好戰的騎士寬大為懷，但是剝奪了他們的封地和城堡，要求他們改做其他踏實的生意。並且，她為那些毆打婦女和兒童的男人創立了嚴格的強制感化學校。她派遣宮廷侍衛去追捕違法者，強迫他們在感化學校受教育，直到他們的行為改善為止。靠著一點威脅恫嚇、以及施加在拒絕服從者身上的懲罰，就成功讓這些男人認真地面對教訓。

奎絲塔女王備受人民愛戴。她英明地治國多年，也訓練年輕的王子學她的榜樣。她終身沒有丈夫，過著幸福快樂的日子。

歐洲童話中，邪惡後母似乎無所不在，而父親的角色則被賦予良好的形象。白雪公主的後母之所以被妖魔化，似乎是因為：一、她怨恨自己不如白雪公主美麗；二、她會巫術。

這讓人不禁懷疑，其實男人比女人更把女性的美貌當成至關重大的問題，因為男性的性欲反應在相當程度上是仰賴視覺刺激的。用獨斷的高低標準來為「美女」（或是其他事物）分級評等，似乎是個屬於男性的概念。女人能夠欣賞上千種不同類型的美，而不需要在其中區分高下。

至於巫術，這座女性靈性力量的最後堡壘，在教會對女巫全面宣戰時，也陷落了。他們將女巫這個名號冠給那些繼承了前基督教時代女祭司衣砵的鄉下助產婦、醫者、草藥師、顧問、村裡的女智者。身兼女巫的王后一定是個令人望而生畏的形象，除了政治影響力以外，又加上超自然的能量。因此，白雪公主的後母對我而言是男性嫉妒的投射。在這個故事中，經過改寫的她或許會顯得比較貼近真實。

夜雪公主放聲尖叫，驚慌地動手揮擊……

從前，有一位美麗的公主，肌膚白皙如雪，秀髮黑如暗夜，所以她名為夜雪。她還是嬰兒的時候，母親就過世了，她的父親再婚。夜雪的後母是一位著名的女術士，而且也以美貌聞名，比起年輕的公主，她的美麗屬於更成熟的類型。

宮裡的每個人都興致勃勃看夜雪逐漸長大、出落成一名迷人的少女。她父親手下、人稱獵人爵士的狩獵長，尤其抱著濃厚的興趣。他一心想要和皇家公主結婚，以提升自己的地位。況且他也覺得夜雪無比誘人。所以，他不遺餘力地熱烈追求她。他寄給她從皇家花園裡摘取的上好鮮花，還有從他心裡擷取的彆腳情詩。他以冗長的獨白對她講述他成功的狩獵行動。每次遊行中，他都試圖跟她擦身比肩；每次舞會上，他都努力把自己的名字填進她的邀舞卡[4]。

然而，夜雪盡其所能地迴避他。他高傲自大，自以為是風度翩翩的紳士，但她對他的關注敬謝不敏。他的碰觸令她發抖。獵人爵士長得胖壯、粗野，而且頭髮油膩。他的口氣難聞、指甲骯髒、言詞無禮。夜雪覺得他十分令人反感。「要是我父親叫我嫁給獵人那種醜陋的老癩蛤蟆，」她對侍女吐訴，「我就要逃家。」

獵人爵士也力圖博取王后的青睞，希望能夠成為她的心腹。王后稱他為她的獵人，以優雅的

4 歐美傳統舞會文化中，淑女用以記錄舞伴的小冊子或卡片。

風度容忍他的行為。他不斷的奉承讓她覺得很有趣，他說的閒話也能逗得她開心。不久，他就自視為王后的密友，卻不知道她對此的看法截然不同。

有一天，獵人爵士發現夜雪獨自待在城堡庭園的偏遠一隅，決定把握這個良機。他脫帽鞠躬，在她腳邊跪下（他彎身的姿態十分笨重），舉起一朵連著長莖的含苞玫瑰。

「美麗的公主啊，」他說著，一手放在心臟位置，「請容許我說出我好久以來都想對妳說的話。我只愛妳一人，妳是我的摯愛，我的心之所屬。請告訴我，你願意接受我的追求，也許有一天還會跟我結婚。」

「結婚！」夜雪驚駭地喊道，「我還沒準備好要結婚。但等我準備好的時候，我絕對會嫁給英俊的王子，而不是醜陋的老獵人。獵人爵士，你這是眼光放的太高了。」

獵人訝異於她如此激烈的拒絕，一手抓住她的裙子，另一手把她的雙腕掐在一起。「妳不准這樣對我說話，」他大聲說，「我是個貴族，管妳是不是公主，妳只不過世個涉世未深的少女。今天妳得好好學個教訓。」

她對他的大膽冒犯感到生氣又害怕，掙扎著要脫身。「你敢對我動手？」她質問，「馬上放手！」他不從，她的一隻手掙脫了，用指甲攻擊他的臉，抓得他流血。

獵人爵士失去了自制。他扭打著將她壓在地上，撕扯她的衣服，有個模糊的念頭想要以強暴迫使她屈服。夜雪放聲尖叫，驚慌地動手揮擊、握拳打他，最後終於踢中了他胯下。他蜷縮著喘氣時，她跳起來對他吐口水。

「永遠、永遠不准再靠近我，你聽到了嗎，你這可惡的禽獸？」她叫道，「我討厭你、鄙視你，直到永遠！」她跑開了，獵人爵士感覺自己的野心——和其他的一切——徹底毀於一旦。

如今，獵人對公主的慾望變成了憎恨。他想要看她受傷、甚至死掉，以彌補他受到的屈辱。他在憤怒中陰沉地思索，等待時機來臨。

某天晚上，他發現王后獨自在小房間裡向那面總是會說實話的魔鏡問話。她從鏡前轉開身時，他說，「我很好奇，陛下有沒有問過魔鏡，誰是這片國土上最美的女子呢？」

王后微笑道，「獵人，我知道答案。夜雪就是最美的。」

「您不會生氣嗎？」

「不會呀，我何必生氣呢？」

「陛下的美貌始終都是全國最出色的，公主這樣豈不是篡奪了您的地位嗎？」

王后笑了，「獵人，我們都處在生命的循環中。睿智之人都預期得到這點。年輕的生靈會取代老一輩，這是自然的定律。每個養育著兒女的母親都能在體內感覺到。挑戰自然是愚蠢的行為。」

「但是，做後母的不都會討厭自己的繼女嗎？」

「那一定是男人空想出來的荒謬傳統觀念。做後母的當然會想跟繼女好好相處。何必挑起不必要的衝突呢？何況，我也挺喜歡夜雪的。她是個好心腸的孩子，雖然腦子是鈍了點。我怎麼會愚蠢到想要苛待她呢？」

「陛下不會親自動手做這種事，當然的，」獵人說。他的偏執讓他聽不進她的話，以為她說的是虛矯之詞，「有個古老的故事說，後母王后派了人代勞，例如她忠心耿耿的獵人。他負責殺掉那個繼女，把她的心臟裝在鑲著寶石的盒子裡帶回來。」

王后嚴厲地看他一眼。「你真是瘋了，」她低聲說，「獵人，你這樣想太可憎了，馬上把這念頭拋開。」但從他略帶不悅的表情，她看得出這個念頭已經在他心裡生了根。她忽地打了個冷顫，意識到夜雪有生命危險。

當天晚上，王后前往位於塔樓上的房間，施咒召喚一隻聰明的烏鴉來到窗前。那隻烏兒出現時，她用藥草焚出的煙薰向牠，並且說，「飛去矮人的領土，告訴女王我需要她最精於匿蹤技巧的七名臣民。」然後烏鴉就飛走了。

三天後，王后戴上白假髮、裝上長長的假鼻子、披戴黑斗篷和黑色寬沿帽。她帶著這副偽裝，只由一個貼身侍女陪同，去村莊裡的客棧會見來自矮人領土的七位矮人。

他們坐在一張木桌邊，喝著一輪輪麥酒。王后從斗篷的衣褶裡拿出一個皮革袋子，放在矮人首領面前，對方打開袋子，倒出一把發亮的寶石原石：有海藍寶、紅寶石、翡翠和鑽石。矮人們的眼睛閃閃發光，就像他們至為珍愛的寶石。「真是壯觀，」首領說，「我們願意為了這些東西聽從妳的任何吩咐，除了殺死我們自己以外。」

「我要你們監視國王的狩獵長，這是他的肖像，」王后說，「我還要你們好好看著夜雪公主，但別讓她看見你們。這是她的畫像。如果她離開城堡，就跟蹤她。如果狩獵長接近她、企圖傷害她，你們要抓住他、把他綁回矮人的領土，將他永久囚禁。你們的女王欠過我一點人情，她會關照此事。」

「我們謹遵命令，」矮人的首領承諾道。

王后起身與他握手，「那就這麼定了，」她說，「從現在開始，絕對別讓城堡裡的任何人看到你們。」她於是離開客棧，趁著夜色回到自己的寢宮。

不到一個星期後，整個宮裡的朝臣，除了獵人爵士之外，都為了白馬王子即將從臨國來訪的消息而歡欣鼓舞，他要親自來追求夜雪。獵人開始離群索居，不再參與他慣常的活動，也避開他的朋友。朋友們注意到他消瘦了，變得沉默寡言，也不再露出笑容。

獵人爵士著魔般地執迷於復仇，而他暴力的本性讓他也只能以暴力的方式將這股欲望化作行動。他再也沒有和夜雪說話，但是隨時監視著她，甚至在夜裡花好幾個小時躲在靠進她臥室的櫥櫃裡。

在白馬王子即將抵達的前一天，夜雪帶著她的寵物小狗和侍女，提著野餐籃，到林中享用午餐。獵人爵士趁機跟蹤她們。她們在一片舒適的草地上坐定時，他就從灌木叢裡跳了出來，把公主抓住，像綁雞一樣縛住她的手腳，無視於她的尖叫和掙扎。她的小狗對著他怒吠，卻被他狠狠一踢，飛出去撞在樹上。侍女驚恐地呆立在一旁，直到獵人爵士命令她趴下。

「不！」夜雪尖叫道，「別停著不動啊！跑回去城堡告訴他們！跑啊，妳這笨蛋！」但是，侍女實在太過習慣於被動服從。她雙膝一跪，身體無助地下沉，於是獵人爵士也把她綑綁起來。

然後，他的注意力轉向正在扭動掙扎的公主。他拔出長長的獵刀接近她，眼中閃著瘋狂的光芒。她發覺自己落在一個殺人犯手中、任憑宰割，便放棄了掙扎。

突然，七個小矮人從草地四周一擁而上，解除了獵人的武裝，將他壓在地上。其中六個人坐在他身上壓制他，另外一人去為公主和侍女鬆綁。他們用同一綑繩子把獵人綁住，綁得比架子上的活雞還緊。

矮人首領脫帽向夜雪鞠躬。「這男人再也不會來驚擾殿下了，」他說，「我們奉命要帶他回矮人國，將他終身囚禁。」

夜雪不管獵人的喊叫抗議，說道，「太好了。我該如何報答你們的救命之恩呢？」

「我們已經得到報償了，殿下，」矮人說（矮人畢竟是十分誠實的民族），「來自您的母后。若您准許，我們這就要告退了。」

六名矮人將五花大綁的獵人爵士扛在肩上（矮人也是身強體壯的民族），跟在首領後面走遠了，一路上用宏亮的歌聲蓋過獵人的吼叫和咒罵。他們的吵鬧聲隨著距離消失之後，夜雪和侍女收拾著散亂的餐具，也整頓著驚魂甫定的心神。夜雪小心翼翼地抱著她那斷了肋骨的小狗，回去放在她房間裡的小床上，讓牠能休息、痊癒。

翌日，白馬王子如期抵達了，本人人如其名地充滿魅力。他和夜雪對彼此頗有好感。他們很快就訂婚了，並在一年之內舉行了盛大的婚禮，由王后擔任伴娘。夜雪銘記著後母睿智的先見之明救了她的性命。老少兩對皇家夫婦都過著幸福快樂的日子。

至於獵人爵士，則幾乎理智喪盡，餘生都在矮人的監牢中度過。他晚年偶而會靠著寫故事來打發時間。據說，他寫出了一個與先前所述的情節完全不同的故事。

歌嘉屠龍記

約翰．雅各．巴霍芬[5]在《神話、宗教、母權》中指出，歌果（Gorgo）這個稱號屬於希臘女神雅典娜的死神老嫗形象，也以梅提斯（意指「智慧」）之名出現在希臘神話中，是雅典娜的母親。梅提斯就是希臘版本的梅杜莎，亦即前希臘時代的三位一體蛇髮女妖之首，象徵智慧。其餘兩者分別是絲西諾和尤瑞麗，代表力量與普世性。

梅杜莎被希臘人寫成神話中能以目光將人變成石頭的妖怪以前，是利比亞的女戰士部族王后。梅杜莎或梅提斯和歌果或雅典娜可能完全是同一位神祇，因為連希臘人也承認，雅典娜源自利比亞，而非那座日後以她命名的希臘城市。她受到北非的女戰士部族所崇敬，在那裡，她的盾牌上有蛇髮女妖面具的圖樣，代表她擁有力量能夠石化她神聖祕境中的入侵者。根據神話記載，英雄波修斯將她的典禮面具帶到雅典，並且從利比亞女戰士那裡習得了面具所擁有的魔法。

在神話中富有盛名的歌果女戰士為歌嘉（Gorga）的故事提供了起始點。她與她的王子在烏托邦式的理想境界中以平等的地位結合，他們國家的名稱正是「烏托邦（Utopia）」一詞的字母重組而來。但願現代科技化的惡龍背後的小巫師們，也能被我們之中的歌嘉牢牢掌管。

5 1815-1887，瑞士法學家及人類學家。

她走向怪獸……

從前，有一個名叫歌嘉的女戰士，是一位著名女智者的女兒。歌嘉的容貌並不漂亮，但她以優越的體力和戰技聞名全國。她在拳擊、摔角、擲標槍、射箭與劍術方面，都是無庸置疑的冠軍。每次的節慶上，她無一例外地是賽跑、跳高和矛槍戰鬥項目的贏家。她的盛名傳出了國界，有一天為她帶來了一位尊貴的外國訪客，亦即波提亞（Poutia）王子本人。

她們的鄰國波提亞近期深受一頭噴火龍的危害。王子一路遠行前往歌嘉所住的村莊，求她幫忙殲滅惡龍。他放下自己的驕傲，脫下鑲有羽飾的帽子，跪在歌嘉面前請求。

「先知堅稱，只需要一名鬥士，就能宰殺惡龍，」他說，「但世上沒有任何男人能夠打敗牠。我們最強大的英雄之中，已經有五位前去挑戰，也都失敗了。他們用劍和矛直直刺進牠的胸前，卻完全沒有效果。我本來應該親自嘗試，但我也是個男人。而且，王位的繼承不能遭到——呃哼——威脅，妳一定了解的。」歌嘉促狹地打量了王子一眼。他圓圓胖胖、身材走樣，顯然不是和惡龍戰鬥的料。

「妳是個女人，」王子繼續說，「也是個偉大的戰士。妳一定就是我們命中注定的救主了。每個滿月時節，惡龍都要求我們獻上一名美麗的處女作為犧牲。我們快要沒有美麗的處女了。很快地，年輕男子就會別無選擇，只好娶醜女為妻。女士，請原諒我的冒犯。拜託，妳願意跟我一起回波提亞、為我們斬殺惡龍嗎？」

「對我會有什麼好處？」歌嘉問道。

「我父王說價碼隨便妳開，就算要我們半個國土也行。我也同意了。如果惡龍不死，我也根本沒有王國可以統治了。而且，牠入侵妳的國家，只是早晚的事情。我知道這是一項重大的挑戰。如果妳成功了，妳的名聲將會永垂青史。」

歌嘉喜歡這種說法。「我會向我的智者母親詢問意見，」她說，「你別客氣，吃喝點東西吧。」她招待他自家烘焙的醋栗派和新鮮的蘋果酒。王子坐下來吃喝時，歌嘉跑去把母親找來，她母親仔細地聽完了王子提出的請求。

最後，她母親說，「我建議歌嘉跟你一起去，如果她願意的話。你可以在這裡休息到我們準備好為止。我們得做些準備。」

王子如釋重負地落淚，雀躍地親吻歌嘉和她母親的手。歌嘉對此感到十分奇怪，因為從來沒有男人親吻過她身上任何地方。

歌嘉的母親在魔法裝備裡翻箱倒櫃，拿出一套沉重的銀色鎖子甲，搭配一頂雕刻了一窩蛇盤踞在頭頂的頭盔，還有一副遮住全臉的面具。「任何面對噴火龍的時刻，妳都得穿戴這些裝備，」她告訴歌嘉，「這件鎖子甲是用岩石纖維做的，不會被火焰燒穿。面具有石化魔咒，能讓妳的對手害怕得變成石頭。帶上妳的劍、長矛和弓箭。龍的皮膚通常無法刺穿，所以記得瞄準眼睛或是喉嚨。我的女兒，妳要勇敢，如此一來妳就會贏得這場沒有男人能夠克服的挑戰。」

歌嘉擁抱了母親、向她道別，從她手中得到一個護身符。然後，她和王子騎上馬，前往波提亞。歌嘉按照母親的指示，決定在下一個滿月日假扮成被獻祭的處女。王子對此抱有疑慮。他害怕惡龍一旦發現歌嘉並不美麗，會十分不悅。但歌嘉說服他，等到惡龍靠近得能夠打量她時，就已經丟掉半條命了。

她在國王的城堡裡享用了幾天的醇酒和美食，被奉為最尊貴的上賓，儘管有些英雄戰士在背後咕噥閒話、對她投以輕蔑的眼光。其中有些人酸溜溜地說三道四，她報以溫和的微笑，不予理會。沒有人膽子大到敢跟她挑釁。

在預定的日子，歌嘉披上防火的盔甲，在身上綁妥武器，然後用一襲寬大的白袍罩住全身。在王子及幾名戰士的陪同下，她來到惡龍的洞穴前，被幾個鬆結綑在獻祭處女的木柱上，只要她動個手就能鬆綁。然後，波提亞人惶恐地離開了，留她孤身面對自己的命運。

歌嘉冷靜地看著夕陽西下、滿月升起。她也看著惡龍洞穴的黑色洞口。不久，她看見深處有一道黯淡的橘色火光。惡龍要來了。

她靜靜將長袍下的劍拔出鞘。惡龍從洞穴裡現身，越靠越近，發出某種特異的刮擦聲和時不時的巨吼。在這些聲響之間，火焰隨著氣流爆裂聲從牠張開的嘴裡湧出。牠的確是一頭外觀駭人的生物，全身覆蓋著厚重的棕色鱗片，長著巨大的綠眼睛。牠朝她低下頭，吼出低沉、空洞但近似人類的話語：「這不是什麼美麗的處女。我的獻祭品在哪裡？」

歌嘉揮落身上的繩子，朝著惡龍的兩隻眼睛各射出一支箭。「現在你就管不了我長什麼樣子了吧，廢蟲！」她喊道。惡龍停頓了一下，但仍繼續前進。牠的眼睛完全沒有流血，讓歌嘉十分困惑。接著，她趁牠張嘴怒吼時用長矛刺進牠噴火的喉嚨，但同樣毫無效果，也看不出牠有任何受傷的跡象。

她走向這頭怪獸，並戴上蛇盔，勇敢地走進從牠口中吐出、飄舞如緞帶的火焰裡。如同她母親所保證的，用岩石纖維製成的鎖子甲甚至沒有變熱。她使盡全力，她揮出戰斧在惡龍的鼻子上重擊，發出巨大的回聲，牠的頭往旁一偏，停留在那個位置，顯然是卡住了。

接著，歌嘉發現了一件更令人好奇的事：惡龍的左邊前腳並不是直接碰觸地面，反而落在地面上方幾吋高處。她彎身往下窺看，發現嵌在龍腳構造裡、與地面接觸的是一個輪子。

歌嘉心生疑惑，往旁邊一閃，沿著巨龍長長的身體往後。她在靠進尾巴的地方看到皮膚上有一圈橢圓形的縫隙。她抓住縫隙中間的一片龍鱗作為把手，用盡全力地拉。那塊區域像活板門一樣敞開了，露出裡面一片空蕩漆黑。那頭惡龍並不是活物，而是機械。

她手中握著劍，踏入黑暗的內部空間一路前行，朝向亮著火光的龍頭。她來到一間圓形的內室，裡面有一個矮小醜陋的男人站在一組拉桿旁邊，製造出一聲巨大的怒吼，讓火焰和噪音衝過惡龍喉部的通道。他透過一組透鏡觀察，想看出歌嘉跑到哪裡去了。她悄悄潛行到他背後，用劍尖指著他的脖子。那男人轉過頭，看見她恐怖的蛇髮面具，嚇得尖叫，一動也不動地呆立著，因為恐懼而動彈不得。

「你到底在做什麼，你這害蟲！」歌嘉吼道。那男人下巴發抖，害怕得說不出話。歌嘉用劍尖輕輕戳戳他，要他開口。

血滴從那男人的脖子流下，他全身發抖、雙膝跪地，哭道，「怪物，拜託別殺我！我沒有傷害別人的意思！我只是想要幾個美女，但她們連看都不願意看我第二眼，除非強迫她們。」

「你對她們做了什麼？」她逼問道。

「我沒有傷害她們，真的沒有，」他顫抖著說，「她們被鎖在我的洞穴裡，非常安全。我提供額外的好處和比較好的食物給那些願意跟我上床的女孩，但我沒碰其他人，我發誓。拜託，怪物，放了我吧。你也長得醜陋，你一定了解的，我醜得無法用正當手段贏得美女的芳心。我發誓我不會再犯了。」

「是你製造出這頭惡龍的嗎？」歌嘉問。他迅速點頭。

「你這害蟲還挺聰明的，」她對他說，「把火給滅了。我們一起去洞穴裡看看那些女孩子怎麼樣了。」

那男人趕忙遵命。他走進洞穴時，歌嘉的劍抵著他背後。沿路的牆上都有點燃的火把。在洞穴深處的幾個房間裡，她看見擺放各種機械的工作室、火堆、還有放著毯子、寢具、廚具的房間。

在山丘中心處的大房間裡，七個美麗的少女沮喪無助地坐在鐵籠裡。看見強擄了她們的男人和如今強擄了他的陌生人，她們驚跳起來，因為歌嘉的面具而嚇得尖叫。

「放輕鬆，我只是個跟妳們一樣的女人，」歌嘉說著脫下頭盔，「這隻害蟲聲稱妳們沒有受到傷害。是真的嗎？」

「的確，他沒有傷害我們，」其中一位少女說，「但他綁架了我們、驚嚇我們，讓我們的家人非常難過，而且還強迫我們之中的幾個人跟他發生關係。但我們已經彼此同意，絕不透露是哪幾個人已經失去處女之身。」

「別擔心這個了，」歌嘉說，「重點是，妳們現在都可以回家了。惡龍正式滅亡了——雖然牠也不算是真的活過。這隻害蟲也會受到懲罰。妳們認為應該如何懲罰他呢？」

其中幾個少女立刻喊道，「殺了他！」直覺告訴歌嘉，就是她們得到了那男人給的「額外的好處」。其他人說，「把他鎖在這個籠子裡餓死。」一位相貌不如其他人美麗的少女則說，「讓他成為替國家服務的發明家吧。他很聰明，不該浪費他的才能。」

「我們會回去鎮上，妳們就可以說出妳們的遭遇，」歌嘉說，她把發明家往前推去打開籠子的鎖。少女們逃出後，她將他推到鐵柵後，拿了鑰匙上鎖，「他就在這裡等到國王的衛兵來找他。」

歌嘉和七名少女離開洞穴，途中經過如今沉默靜止、已遭廢棄的機械惡龍。她們歸來以後，在國王的城堡裡說出了她們的遭遇。本來以為她們已遭不測的家人，噙著喜悅的淚水迎接她們。她們的愛人也前來迎接，並不在意她們是否還是處女之身。

國王的衛兵前往洞穴逮捕發明家，但回報說他失蹤了。他不知怎麼地逃出籠子跑了，還帶走了他工作室裡的許多工具和補給品。往後幾年並沒有龍出現的消息，所以想必他沒再打造新的機械惡龍。然而，很久以後，據說有一位發明家到了一個遙遠的國度，用他發明的道具博得國王青睞，雖然只是個醜陋矮小的男人，卻還是娶到了美麗的公主。

女戰士歌嘉獲得了波提亞一半的國土，也成為王子的密友，她訓練王子習武，幫助他鍛鍊得健壯了些。王子最終習慣了她的平庸外貌，並且發現自己愛上了她，而她也愛他。於是他們結婚了，將波提亞的兩半國土合而為一。他們安寧平靜地共同治國，因為王子睿智地將一切讓給歌嘉以更高明的智慧做決定。他們如此過著幸福快樂的日子。

蛇髮歌嘉的故事永垂青史，傳頌不輟。幾個世紀以後，她被改寫成一位名叫喬治的騎士[6]，因為再也沒有人相信區區一個女人竟能屠龍。

青蛙王妃

在孩提時代，我一直很喜歡青蛙。牠們充滿活力，相當容易抓來玩，而且不會咬人。牠們的外型就像縮小的人類，眼睛是動物界裡最漂亮的。而且，牠們的生命循環很獨特，小時候是外表奇怪、像魚一樣在水裡呼吸的蝌蚪，實在非常令人著迷。我讀到青蛙王子的故事時，不能理解女主角為什麼激烈地堅拒親吻青蛙。我個人是不會拒絕的。

很久之後，我發現青蛙一度被視為屬於偉大女神的神聖動物，是維納斯和黑卡蒂的圖騰，在基督教時期因此經常被塑造成女巫的魔寵。雌蛙通常比雄蛙體型更大、更強壯——雄蛙甚至有時候會改變性別呢，如此看來，青蛙似乎可以作為自然界的一種女性主義象徵。

6 此處的騎士喬治應是指英格蘭的守護聖人聖喬治，關於他迎戰惡龍、拯救無辜少女的傳說，可追溯至中世紀。

她跳到苔蘚上，將嘴湊近他的雙唇。

從前，有一隻漂亮的綠色青蛙，長著金色的眼睛，住在森林深處的池塘裡。她是一隻生氣蓬勃的小動物，總是在草地上的柔和金綠陽光中跳躍玩耍，在冒著水泡的淺灘裡快速游動、追逐蜻蜓或飛蛾，歇在荷葉上等待蚊子飛到她能夠捕獲的範圍內。然後，「啪！」的一聲，她長長的舌頭會掃出去抓住空中的蟲子。悠緩甜美的夏日時光中，她會加入兄弟姊妹的呱呱合唱，在池塘裡幫自己的表皮降溫，看著昆蟲躍過波光粼粼的水面。

她的池塘恰巧是該國王子最喜歡的垂釣地點，他經常在綠草如茵的岸邊隨意地握著一支釣竿，逃離國事的紛擾。他有時會釣到一兩條魚，有時則一無所獲。他並不在意。他真正的目的只是想獨自與大自然相處一會兒。雖然總是有隨從、朝臣和僕人同行，但他會把他們遣到聽力所及的距離外，讓他們在那裡野餐、講宮裡的八卦。

有一天，小青蛙看見王子靠在岸邊的一棵樹上，閉著眼睛，手裡的釣竿滑落。他輕輕地打著鼾。她對他如此疲倦感到憐惜。她覺得他長得十分英俊。她那一整天都想著他，隔天也一樣。這個身著華服、對她的池塘相當喜歡的陌生人，引起了她的興趣。王子每次回來造訪時，她都從頭到尾望著他。很快，她就感覺自己愛上他了。

「我要怎麼接近他呢？」她自問，「他是個王子。我是隻普通的青蛙，跟他甚至不是同一個物種。」但是，一如所有的青蛙，她也知道青蛙王子的經典故事。她想起了這個故事，便告訴自己，青蛙和人類靠著魔法變成彼此的模樣，並不是真的那麼不尋常。她只需要有個仙子來幫助她就好了。

青蛙知道離她最近的仙子也住在好幾哩外，在森林裡一處乾燥的區塊，沒有池塘。若要往那個方向走，她得冒上脫水的危險，這對一隻青蛙而言是非常嚴重的。但她對王子的愛意發展得如此強烈，讓她下定決心一試。

她選擇了一個下著雨的早晨，希望她的皮膚能保持濕潤，讓她在旅途中仍然舒適。她從池塘跳步著出發，前往仙子的家。不幸的是，雨在中午前就停了，森林開始恢復乾燥。青蛙好幾次停下來用潮濕的苔蘚蓋住自己，想要從中吸收水分，但遠遠不夠。她開始感覺到脫水的第一波可怕症狀。

她繼續趕路，同時祈求兩棲類母神賜給她一個水窪、一座湧泉或一條小溪，任何能夠讓她緩解不適的水源都好。她開始變得虛弱了。就在她以為自己脫水到即將死亡時，她的祈禱以某種形式應驗了。她發現一個裝滿的水罐，顯然是從路過的騎士的裝備裡掉落的。透過封口的木塞，她聞得到罐裡有乾淨的水。

「我得救了，」她心想，「只要我能打開那個塞子就行了。」她伸手去拉它，但是她長蹼的柔軟手指抓不緊。她沒有牙齒，所以也不能用咬的。她絕望地抬頭看著乾爽晴朗的天空，看見一隻烏鴉歇在楓樹樹枝上。

「親愛的烏鴉啊，」她說，「請幫幫我。我非常需要水分。罐子裡有水，但我打不開。你可以用你尖銳的鳥喙幫我啄開它嗎？」

「我何必呢？」烏鴉說，「如果妳死在森林的土地上，妳就會也變成一塊可以餵飽我和我孩子的腐肉。我寧可妳死掉。」

青蛙近乎絕望，目光往上看到一隻棲在更高的枝椏上的貓頭鷹。「拜託，貓頭鷹女士，請用妳的鉤嘴和爪子幫我打開水罐吧，」她哀求道。貓頭鷹只卑鄙地笑一笑、理理羽毛。「去死吧，腐肉，」貓頭鷹說。

「這些鳥太肉食了，」青蛙心想，「我得找一隻吃素的動物。」

很快地，她的心願得到回應，一隻母鹿出現了，身後還跟著一隻帶斑點的小鹿。

「尊貴的鹿啊，」青蛙喊道，「請幫幫我，妳可以用妳堅硬的牙齒幫我拉開這水罐的木塞嗎？」

「好啊，」母鹿說。她用蹄把水罐壓住，咬下木塞。青蛙跳進水流出來後積成的水窪裡。

「謝謝妳，謝謝妳，慷慨的鹿夫人！」她叫道，「妳救了我的命。」

「這沒什麼，」母鹿說著繼續走。

「等我當上王妃，我就會立法永遠禁止獵鹿，」青蛙在她背後喊道。

母鹿笑了。「是呢，等我長出彎曲的角，我就會變成山羊了，」她說，「祝妳好運囉，王妃。」她帶著小鹿一起消失在樹叢中。

青蛙神清氣爽地繼續前進，很快就來到仙子的家，那是一座用貝殼、水晶和彩色羽毛搭建的房舍。她見仙子正在一個裝滿清澈雨水的水槽邊清洗一頭銀髮，便滿心感激地待在水裡，向仙子述說她的困擾。

「妳不懂，」仙子一面說，一面用薊花冠毛織成的毛巾包住頭，「我老了。我已經退休，不再活動。我不再和其他仙子一起圍圈共舞，也不再用月光編織出幻象，或是施變形咒。我推薦妳去找我的妹妹，山上的瑪雅。」

「我沒辦法爬山，」青蛙悲傷地說，「我就只走得了這麼遠了，不然就會死掉。如果妳不能幫我的話，我乾脆自殺好了，因為除非我能嫁給王子，否則我再也不會快樂。」

「嗯，妳還真是不肯懈怠，」仙子評論道，「確實，妳很有野心。妳告訴我，如果我願意搬出老工具來、再試一次身手，妳會給我什麼回報？」

「我會盡我所能地報答妳，不管妳想要什麼。」

「好吧，好吧，那麼妳答應我，等到——假如——妳當上王妃，妳要把妳找得到最大顆的鑽石拿來放在我那塊祭臺石上。就算是老仙子，對寶石的喜愛也一點不會少。」

「我答應，」青蛙說。

「那好。妳知道把青蛙變成人的咒術，最根本的缺陷是什麼嗎？」

「我不知道，是什麼？」

「就是得要有人親妳，親在嘴上，在妳還是青蛙的時候。不然，就沒辦法變形。而且，如果妳回到池塘，魔咒就會消失。」

「我等以後再來擔心那個，」青蛙說，「開始施咒吧。」

於是，仙子拿出塵封的咒語書，一面低聲咕噥、一面翻頁。她找來耐熱鍋和曲頸瓶，調配魔藥，唸誦咒語，拿魔杖比劃，用魔法配方為青蛙焚香沐浴。最後，她終於往後一靠，嘆道，「好了，完成了。」

「就這樣？」青蛙問，「我沒覺得有什麼不同啊。」

「當然沒有，在妳被親到以前，都不會有什麼不同。」

「我會想辦法讓王子吻我的。謝謝妳，我絕不會忘記我對妳的承諾。」

仙子施了一個簡單的加濕咒語，讓青蛙的皮膚在回程途中保持濕潤。

王子下一次帶著釣竿出現時，青蛙大膽地跳到岸上，坐在他身邊。

「喔，妳好啊，小青蛙，」王子說，「妳是來自願當魚餌的嗎？」

青蛙警戒起來，跳到幾呎外。王子輕輕笑了，看到青蛙似乎聽得懂他的話，感到有趣。「別害怕，小東西，」他說，「我不會把這麼聰明的動物拿去做餌的。」

青蛙羞澀地跳近了一點、又一點，直到她跟王子的膝蓋之間只有一下跳躍的距離。他垂眼看到她正用寶石般的金黃眼睛誠摯地向上凝視著她。

「妳真是一隻大膽的小青蛙，」他說，「不知道妳願不願意讓我碰碰妳？」他伸出一根手指。青蛙讓他在頭頂撫摸，儘管她顫抖地努力讓自己保持靜止不要跳走。畢竟，就算她深受他吸引，他還是人類，在傳統上對她的物種而言是敵。

王子的觸碰很溫柔。她不知怎麼地放心了，讓他也抓抓她的背。接著，她甚至大膽到跳上他的大腿。王子又笑了。「看起來我馴服了一隻野生青蛙呢，」他說，「這世上有多少君王做得到？」

之後，每次王子來到池畔時，青蛙都會跳上前，在他垂釣時坐在他身邊。他開始期待她的出現。他們會彼此陪伴，一起坐在岸邊，王子偶而會釣到一條魚，青蛙偶而會抓到一隻蒼蠅。她很渴望完成變形，但她想不到有什麼方法能讓王子親吻她。

在一個悶熱的夏日午後，王子在池塘邊睡著了。釣竿從他手裡滑落，他的軀幹慢慢往旁邊歪倒到地面上，側臉靠著一團苔蘚。青蛙發現他的嘴唇在睡夢中時不時會動。她跳到苔蘚上，將嘴湊近得離他嘴唇只有一釐米遠。他的嘴唇再次顫動時，他們的吻就完成了。

青蛙開始有非常奇怪的感覺。她開始擴張，好像她小小的身體裡像氣泡一樣灌滿了空氣。她長出鼻子，嘴巴變窄，前肢變長。她的皮膚刺痛、乾涸，然後化成了人類的皮膚，披著一件美麗的綠色絲袍。她的血肉變得溫暖，牙齦裡長出牙齒，頭上冒出柔軟的金髮。不一會，她就徹底變成了一個迷人的人類少女，只剩下一項青蛙的特徵：閃亮的金色眼睛。

她靜靜等待王子從瞌睡中醒來。他不敢置信地瞪視著她。「美麗的女士啊，妳是誰呢？妳從哪裡來的？妳是森林仙子嗎？」

「我叫拉娜，」青蛙少女說出了最先躍進她腦海的幾個字，「我不是仙子，但親愛的王子，我是來當你忠貞不渝的伴侶的。」

聽到這話，王子有風度地親了親她的手。他忘了釣魚，整個下午都在和他新認識的拉娜談天。他發現，她對自然有著深刻又詳細的了解，令人驚奇，特別是對於森林裡的走獸、鳥類、昆蟲、甚至更微小的生物。她對他講述的魚類習性，就連全國最有經驗的漁夫也聞所未聞。她知道關於水藻、小龍蝦、蝸牛、水黽、蜻蜓和蒼蠅幼蟲的驚人知識。她曉得水蛛怎麼製造氣泡、蝙蝠怎麼覓食、野鴨的幼雛怎麼學習游泳。

王子對她的學識極為著迷，便邀請她以貴賓身分陪他回到城堡，想待多久都可以。拉娜當然熱切地答應了。

王子宏偉的城堡和精細複雜的生活儀典，都讓她目眩神迷。王子已是實質上的國王，與他年老喪偶、健康衰退的父親一起治理國事。儘管他的時間寶貴，他還是找出空閒與他美麗的客人共度。他很快就深深愛上她，想要永遠和她在一起。於是，他問她是否願意嫁給他。她說她願意。

這個決定在宮中引起一陣騷動。老國王和他的諮議大臣對拉娜表示反對，因為她沒有地產、沒有家世，而且顯然對宮廷禮儀並不熟悉。他們認為王子是被這個家無恆產、沒沒無名的陌生女子迷昏了頭。他們儘可能有技巧地對這樁婚事表示不贊同，指出拉娜並不是扮演未來王后角色的理想人選。

然而，王子正在熱戀中，聽不進他們的話。他不理他們的忠告，逕自準備婚禮。不久後，他就滿心喜悅地得知拉娜王妃懷了身孕。他相信，等到孩子出生，所有反對的聲音就都會永遠沉默。

當上新王妃的拉娜很開心，但她在禮儀或規定方面的錯誤常使自己出糗。她不時用錯叉子，或是稱呼錯了來訪的貴族的頭銜，在他們發表無聊而冗長的談話時公然打呵欠。她無法理解貴族仕女之間的話題，不會跳宮廷舞蹈。她討厭每次國宴和外交場合上要花幾個小時站著不動。她無法習慣每天早晚等待侍女為她更衣、梳髮、綁上令人痛苦而動彈不得的馬甲。她痛恨那些刺繡精細、鑲有珠寶的沉重衣物，有著僵硬的袖子和多層裙襬，把她整個人重重往下拖。她常常花好幾個小時躺在浴缸裡，幻想著過往的生活作為慰藉。

有時候，她會獨自躲到花園裡，脫下衣裙，跳躍過草地，釋放她備受壓抑的精力。她以為沒有人看見她的動作，但是在宮廷裡，沒有什麼事物是真的無人看見的。有人看到了她，流言逐漸傳開。

還有人看見更糟糕的事。朝臣發現這位新王妃有時候會吃蒼蠅。當蒼蠅接近她，她會本能地用快如閃電的手抓住、塞進嘴裡。關於她這個習性的傳言，在廚房裡一次特別令人印象深刻的事件後，更是成千上百地增加。

那一次，拉娜王妃正在和主廚討論一份正式場合的菜單。突然之間，有一隻蟑螂爬過地板。王妃瞬間把牠抓起來吃了。從那之後，連她的貼身侍女也以冷酷的鄙夷態度對待她。她只能靠著到森林裡郊遊的習慣來逃離這個充滿敵意的環境。如同她的丈夫，她也時常離開隨從，獨自進入森林深處。

拉娜王妃對國事的干預使她更加不受歡迎。她堅持要王子在領土上全面禁止獵鹿。他為了取悅她而不顧理性判斷照辦了。結果，許多住在森林裡的平民失去了穩定的肉類來源，民怨四起。

然後，發生了王冠之鑽的事件。王妃從國庫裡拿走了最大的鑽石，那是一顆世界知名的寶石，支撐了國內相當大一部分的財政儲備。鑽石消失一陣子以後，王子技巧性地問她希望把它鑲嵌在哪裡。項鍊嗎？頭冠嗎？胸針嗎？它一定太大太重、不能鑲成戒指吧？

「我完全沒有想要把它拿來鑲嵌，」拉娜說。

「那麼為何不把它放回國庫呢？」王子問，「把王冠之鑽隨便放在妳的珠寶盒裡太不安全了。」

「它沒有放在我的珠寶盒裡。」

「那在哪裡呢？」

「已經不在我手上了。」

「什麼！」王子大叫道，「妳把王冠之鑽給弄丟了？」這是他第一次對她大聲說話。

「我用它付了一筆重要的債務，」拉娜說，「這攸關榮譽。」

當然，這個理由並不夠充分。王子、國王和諮議大臣花了幾個小時逼問她鑽石的下落。她拒絕回答。王子懇求她：「拉娜，拜託，妳這是冒著背上竊盜罪的危險，而且還有更嚴重的。竊取王室寶石是叛國罪。妳懂嗎？妳可能會被處死，我也沒有權力救妳。」

她依然保持沉默。

諮議大臣要求她立刻入獄。王子提出反對，考慮到她正在待產，她只應該接受軟禁，審判也要等她的孩子出生以後才能開始。「要記得，這不是隨便一個普通孩子，」他說，「而是王位的繼承人。不管這孩子的母親犯的是什麼罪，她都應該得到細心照顧。」

於是，拉娜獲准繼續住在寢宮裡。每天王子都含著淚求她說出她怎樣處理王冠之鑽，好救救她自己。雖然她愛著他，也為他的難過而心疼，卻仍然隻字未吐。諮議大臣計劃在她產後立刻進行審判並判決她有罪。心碎的王子不得不同意，因為法律就是如此。

當拉娜王妃生下王位繼承人的時刻來臨，事態更是糟得無以復加。那孩子畸形得恐怖。牠長著一顆有鰓孔的大頭，沒有雙腳，只有一條又寬又扁、末端尖細的尾巴。牠出生後像離水的魚一般發狂地喘氣，然後就死了。

王子倍感抑鬱。他的繼承人竟是個怪物，根本不是人類，甚至無法存活。他摯愛的王妃成了罪犯，幾乎已經註定將被正式處決。他悲傷得幾乎發狂，坐在拉娜王妃的床邊哭泣，她試著安慰他，卻徒勞無功。

「我本來希望能和妳白頭偕老，」王子告訴她，「但現在看來，我們必須永別了。我簡直無法忍受這個念頭。」

拉娜王妃思索著未來許多年的宮廷生活的前景，突然間，她意識到她無論如何是不能忍受的。她深愛她的丈夫，但無法適應他的生活方式。她試過了、失敗了。

「是的，我們必須分開，」她說，「太難過了，但有些人就是無法長相廝守。親愛的夫君，你願意答應我最後一個請求嗎？」

「什麼請求我都答應，」王子說。

「讓我回到我們第一次相遇的那座池塘。」

「妳還在軟禁中。」

「我知道，」她說，「但你能想出辦法的。我再也不會向你做出其他任何要求。」

王子同意了。深夜時分，他和拉娜一起溜出城堡，兩人都披戴黑色的斗篷與面罩。他從馬廄牽了兩匹馬，對守衛露臉表示他在進行祕密任務，便獲准放行。

王子與王妃一路騎行，直到黎明時他們抵達池塘，從氣喘吁吁的馬匹身上跨下。拉娜溫柔地親吻王子，並且說，「現在，讓我自己待在這裡一會。」王子以為她是準備逃脫，願意默許。他輕撫她的秀髮，最後一次望進她金色的雙眼，然後牽著兩匹馬走進森林。

他走著走著，聽見背後傳來響亮的濺水聲。他趕回池邊，水面上仍有漣漪在擴散。拉娜王妃的衣服棄置在岸邊，但她已不見蹤影。

王子急切地扯下斗篷，潛進池塘。雖然他潛到池底搜尋，渴求空氣的肺臟感覺像要爆裂一般，卻還是什麼也沒找到。最後，他不得不對自己承認，她就是消失了。他沒注意到荷葉上有一隻嬌小、綠色的金眼青蛙看著他。

王子斷定，她是為了避免他蒙受更大的羞辱而自殺了。不久後，他就逐漸接受了這個觀點。他的悲痛慢慢減輕了。過了幾年，他再婚了，新娘是個大方、嫻熟、富有的公主，也成為一位格外稱職的王后。他們永遠過著幸福快樂的日子。

青蛙亦然，雖然她再也沒有見到過王子但也是幸福地生活著。王子則忙於國事政務，以及他逐漸繁茂的家族，不再有興趣釣魚了。

第一次讀到原版的〈美女與野獸〉故事時，我甚感困惑的是，野獸仁慈善良的性格，和他對美女的商人父親的威脅敵意之間，存在著明顯的前後不一致。後來，我斷定這個故事某部分而言是在闡釋「誠實」這個課題。在商人做出不誠實的表現以前，他得到的都是盛情招待。而即使如此，由於他將艱鉅的承諾信守到底，他也獲得自我救贖的機會。身為一個商人，究竟可不可能做到真正誠實呢？

在所有關於變形的故事中，外表不誠實是一個常見的情節元素。我認為，女主角若是少些美貌、多一點個性，會更值得讚賞。我也擔心，野獸化身為英俊王子的安排，會讓他變成一個沒那麼令人喜歡的角色，或許像我們所知的某些英俊王子一樣，顯得心機深沉而自私自利。我讀的童話故事書裡把他畫成長鼻、劍牙，且有著大象般的巨耳。我一直對他維持著這樣的想像，雖然那和後來迪士尼動畫中獅子造型的版本不同。讓他維持原本的形象，似乎是較為誠實的作法，如此一來，他內在的善良更顯耀而出，正好與那位平凡無奇、充滿人性、其貌不揚的少女匹配。

他平靜地對她說：「現在，你終於見到野獸了。」

從前有一個商人，他生了七個兒子和七個女兒。他的子女全都相貌俊美，只有大女兒除外。她駝背、O形腿、內八腳，體重過重、皮膚粗糙、頭髮稀疏，長了像豬一樣的小眼睛和蒜頭鼻，牙齒歪歪扭扭，下巴形狀醜怪。這可憐的女孩子實在長得太難以入眼，於是大家都叫她醜女。但是她心平氣和地接受了，知道那只是陳述事實。儘管外表如此，她還是有著甜美、溫和、慷慨的好個性。因此，她美貌的手足們對她十分友愛，保護她免於外人的嘲笑。

這位商人的事業原本很成功，但在一年之內，災禍接二連三而來，幾乎將他的財產抹滅殆盡。先是載滿他貨物的兩艘船遭遇海難，然後氾濫的河水又淹沒了他三間倉庫裡的存貨。連他自己的房子也被火災夷為平地，一家人只帶著衣服僥倖逃出。他們不得不搬進一間園丁住的農舍，那是他們僅存的地產了。商人又得重新白手起家。

孩子們都努力工作幫忙父親，但時常感到灰心喪志，因為他們連肚子都填不太飽。只有醜女始終以不屈不撓的勇氣與開朗面對一切逆境，鼓勵著她的兄弟和妹妹們，在他們悲傷時給予安慰，在情況最艱困時為他們帶來笑聲。她總是知道該說什麼話，總是能把事態往樂觀的方向扭轉。

為了東山再起，商人時常必須遠行。在一個冬夜，他從某個遙遠的城市踏上回家的路途，貨物已經銷售一空，騾子背上馱滿了剛賺到的錢。雪開始下了。商人走到最人跡罕至的路段時，一場強勁的暴風雪正在醞釀。當他穿過河邊一處高聳的峭壁底下，突然一陣雪崩疾衝而來，他馱貨的騾子就這麼死了，連同身上載的東西一起跌落山下的冰川。

商人渾身瘀青、狼狽不堪，不但迷了路，還凍得半死，在令人看不見方向的大雪中踉蹌前行了幾個小時。他只想要躺在雪地上沉沉入睡，但他知道，那樣他就永遠不會再醒過來了。於是，他跌跌撞撞地繼續走，直到他撞上一道高高的鐵門。

他虛弱到無力另尋別路，只得抓著門上的鐵柵喘氣。接著，他感覺到大門打開了。他眼前是一條寬敞的大道。這裡的雪下得似乎沒那麼猛烈，所以商人沿著長長的大道，走向一座在遠處就依稀可見的巨大宮殿。他往前走的同時，雪停了，氣溫變得愈來愈暖。他抵達了宮殿的花園，發現園裡種滿許多綠色植物與果樹，還有為溫和微風添上甜香的花卉，是一座富足的樂園。

宮殿的青銅大門敞開著。商人走進門，發現自己置身於一座布置華麗的雅緻大廳，水晶吊燈上的千盞燭光照亮室內。壁爐裡燃著跳動的火焰，爐前擺著一張餐桌，上面放滿佳餚，還有盛在金瓶裡的美酒。舉目所見之處都沒有僕役，也沒有其他人，於是商人不等待正式邀請，便坐下來自行享用。

他吃飽之後在宮殿裡的其他房間漫步，各種珍寶奇觀令他驚嘆不已。身為商人的眼光讓他知道，他見到的那些家具、畫作、裝飾品有多少價值。大多數的物品都是無價之寶，而且擺設的品味也優雅出眾。看見這麼多寶物無人看管，令他大為訝異，但他確實一個人也沒遇到。整座宮殿似乎空無一人。

他來到一間臥室，裡面有一張大床，藍絲緞床單鋪得整齊漂亮，蜜桃色的拼布背面朝下蓋著，宛若在邀請他。疲憊的商人爬上床，跟自己說只打個盹，但床鋪實在是太舒適了，他立刻陷入熟睡，直到隔天中午才醒來。

他坐起身，看見床尾攤著一件為他準備的藍絲絨浴袍，與臥室相連的浴室裡傳來水流聲。他看見一個內嵌的正方形大理石浴缸，裝滿溫度恰到好處、添了香氛的洗澡水，一旁準備了香皂和厚毛巾，但一個僕人也沒見著。洗完澡後，他回到臥室，發現窗邊一張鋪了古典蕾絲桌布的小桌上擺著精緻的早餐，還有插著鮮花的水晶瓶。一切彷彿都是由某雙看不見的手悄無聲息地準備。商人對如此神祕的服務感到不自在，但他還是照單全收地享受這些款待。

用畢早餐，他又到其他房間遊蕩，欣賞那些珍奇異寶。在陳列藝術品的大廳，他看到一只小臺座上托著七支玫瑰，雕刻精美，而且是用純金製成。

「要是有了這個，」他心想，「我就會有足夠的財富，可以重振我的所有事業。也許這七支玫瑰就是註定要給我的，象徵了我的七個女兒。」他如此推想，說服著自己，既然這座魔法宮殿提供了那麼多免費的東西，他把其中小小一點寶藏據為己有也不為過。

他把金玫瑰從臺座上摘下來，塞進大衣裡。一聲巨大的雷鳴登時響起。突然之間，他面前站了一頭恐怖的野獸，高達七呎、身寬也相距不遠，長著像野豬般的鼻子、尖尖的長牙、豪豬似的小眼，巨大的手上還有長爪。商人跪地哭喊，「野獸，發發慈悲！別殺我！我有一大家子靠我過活啊！我不是故意要拿你的金子——你看，東西在這裡，我會放回去的。」

「你當然是故意的，」野獸低吼道，「而且，你已經碰過它了，就不能把它放回去了。用偷竊來報答我的慷慨招待，真是惡劣。」

「那麼，我該怎麼做才能補償你呢？」顫抖的商人說。

「把金玫瑰拿回去給你那一大家子吧，作為回報，你要把你的一個女兒送來。我借你一輛魔法馬車載你回家，你到家後三個小時內，馬車就要把她載回來。我很寂寞，十分希望有個女伴。記住，你一定要在三個小時內把女兒送上馬車，否則我會到你家裡去抓你。」

「好的，好的，野獸，我保證會做到你要求的事，」商人顫抖著說，「我以高尚商人的身分向你承諾。」

「最好如此，」野獸斥道，「那麼我就姑且不計較你這次不太算是高尚商人的表現。」又一聲雷鳴響起，伴隨著閃電的嘶嘶聲，野獸消失了。

商人跑向門口的通道，那裡已經有一輛車廂式的馬車等著，拉車的是一對釘了鍍銀馬蹄的黑馬。一個全身黑衣的奇怪身影坐在車伕的座位，拉著韁繩，臉被罩住，手也被遮著。商人一上車，馬車便全速前進。車廂沒有窗戶，所以他看不見行進路程。

馬車終於停下來的時候，他打開門，發現自己就站在自家農舍前。他的孩子跑出來迎接他，他華麗的馬車、沉默的黑衣車伕、雄壯的馬匹，還有手裡握的美麗金玫瑰，都令他們驚奇訝異。

「我們又變有錢了！」其中一個兒子叫道。

「父親，你又賺了一筆大錢嗎？」醜女問。

「唉，我的孩子們，我雖然為你們帶來了財富，但是代價十分可怕。」他將事情始末完整告訴他們，沉默的馬車在旁等候，時間一分一秒過去。

他講完之後，醜女說，「那麼，關於誰要去找野獸，就毫無疑問了。就是我去。」其他人同聲反對，因為醜女備受他們喜愛。但也沒有別的女兒願意自告奮勇。

「這樣是合理的，」醜女說，「我永遠不可能贏得丈夫青睞，為家裡帶來資產。這就是我為我們的家業貢獻的機會。」身為商人的孩子所受的教育，讓她這樣思考。

「但是野獸可能會把妳的手腳一一扯下來，然後把妳煮來吃了！」最小的弟弟叫道。身為小小孩所受的教育，讓他這樣思考。

「如果是那樣，我會勇敢面對，」醜女說，「我這就去打包衣服。」她去收拾了少少幾樣隨身物品。全家人都淚流滿面，商人也不例外。醜女踏上野獸的馬車時，他們圍攏在她身旁，哽咽著親吻、拍撫她，說他們會多麼苦苦思念她。商人暗中希望野獸會接受她，不要因為他送去的女兒不夠漂亮而跑來懲罰他。

大半的路途上，醜女都在掉淚，但最後還是把哭紅的眼睛擦乾了，覺得不該讓自己顯得更醜。馬車終於停下時，她怯怯地開了門。她看見一座富麗堂皇的宮殿，在她眼前高高挺向柔和的夏日藍天，儘管她離家時明明還是冬季。

她進了青銅大門，四下張望，隨時等著那駭人的野獸抓住她、把她的手腳一一扯下。但反而是一頓美味的晚餐在餐桌上等著她。什麼生物都沒有出現。她吃了東西，然後開始探索這座宮殿。宮殿裡的房間一間比一間更美，但也一間比一間更缺乏生氣。

當她感到一股難以言喻的倦意，她選了一間垂掛著白色絲布的房間，房裡有象牙製的床架和綠色絲緞的寢具。她爬上床，墜入無夢的沉眠。

她醒來時，洗澡水已經放好了，美麗的新衣也準備在旁，看不見的手為她送來了早餐，正如她父親描述的那樣。她整天都在遊戲室裡玩耍，在花園裡散步，從不同的窗戶往外看風景，隨意瀏覽圖書館裡的書籍。她總是擔心嚇人的野獸會出現，但她的擔憂並沒有成真。她漸漸放鬆下來，自得其樂。

等到過了一個星期，野獸才決定顯露真身。他首先出現在花園裡，離她有點距離的地方，披著紅絲絨的斗篷和兜帽，遮住他一部分的形體。他靜止地站著，讓她慢慢接近他，像是利用好奇心吸引森林裡的野生動物一樣。

醜女靠得夠近時，他靜靜對她說，「小姑娘，現在，妳終於見到野獸了。我嚇著妳了嗎？」

「有一點。」醜女說。

「我得說妳也有一點嚇著我，」野獸說，「妳不能算是世界上最迷人的姑娘，對吧？」

「我總是被人叫做醜女，因為我確實就是，」她回答，「我希望你不會因此生氣。從你的蒐藏中，我看得出來你對美麗的事物別有品味。」

「情人眼裡出西施，」野獸說，「至少人家是這麼說的。妳介意我和妳一起走走嗎？」

醜女發現野獸如此彬彬有禮、具紳士風範，就覺得安心了。他們散步途中，野獸指出幾種珍稀植物給她看，又拿了些異國水果讓她品嘗。她開始覺得他的陪伴挺令人愉快，但還是無法直視他那嚇人的臉孔。

到了日落時分，野獸讓她一人獨處，答應隔天跟她在花園見面。這一次，他沒披斗篷和兜帽，她逐漸習慣了他的醜怪外表。他每天都回來與她作伴，她也發現自己殷切期盼著他的陪伴為她緩解孤獨之苦。

過了一陣子，他們開始一起用餐、玩遊戲，或在圖書館裡一起讀書。醜女發現野獸是個頗富魅力的同伴。她在他身邊愈來愈感到自在，終於能鼓起勇氣問他，這副其醜無比的外貌是怎麼來的。

「我知道這個問題總會出現，」野獸嘆道，「我們就快點打發掉它吧。妳期望我會說，我是中了魔咒，我原本是個英俊的王子，而妳的愛會讓我顯現真實的樣貌。」

「我是有這樣想過，」醜女說，「但我也想過，如果你變成英俊的王子，你就不會樂意與我為伴了。我和美麗的公主差得太遠了，所以我不期望能留住你。為了你，也為了我自己，這是我有生以來第一次真心希望我是個美女。」

「我遇過一位美女，」野獸說，「她很好，但她一心希望我是個英俊的王子，我為了取悅她，就用魔法創造了幻象。妳從宮殿裡這些奇觀可以看得出來，我是個厲害的魔法師。但維持幻象十分費力。最後，我再也撐不下去了。我不得不告訴她真相，而她離開了我。真相是，我就是野獸。這副醜怪的外表就是真正的我。」

「喔，野獸，我太高興了，」醜女哭著擁抱他，「我不在意自己是個醜女，也不在意你有多醜了，只要我們能在一起。在這裡與你共處，是我從未有過的快樂。」

野獸非常高興她並不想要他當個英俊的王子，醜女也非常高興他並不想要她當個美麗的公主，於是他們立刻決定結婚。

醜女的家人前來參加婚禮，收到了豐厚的禮物，但他們已經不再匱乏困窘，因為她父親拿那些純金雕塑做了明智的投資。宮殿對外開放、迎接賓客，洋溢著歡樂的氣氛。醜女與野獸成為一對熱心行善的夫妻，遠近皆知。他們深愛著對方，因為俊男美女的感情中常見的那些自戀問題並不困擾他們。他們從此過著幸福快樂的日子。

這個故事基本上直接重述了著名吟遊詩人與身兼導師與繆思的異教女神產生關連的過程。根據凱爾特民族的傳說，仙靈王后去找厄克登的湯瑪斯，帶他前往「比月血之河還遠」的神祕領土。她成為她的導師與繆思。民間相信人類和仙靈共處的時間是高度壓縮的，所以湯瑪斯七年的學徒生涯，在他的感覺中非常短暫。

如同時代更早的奧菲斯和記憶女神謨涅摩敘涅的信徒，凱爾特族詩人相信真正的靈感來源在女神的冥界大釜中，它象徵了大地之母的子宮。她也以許多不同的偽裝形貌迎接死者，如珂瑞溫[7]、玟芙[8]、布莉姬[9]或莫莉根[10]。她在亞瑟王傳奇中以摩根勒菲（意即天命摩根或仙靈摩根）的身分登場，這個角色最初也被形容成來自遠古的女神，以五芒星為象徵圖形，而她手下的女祭司都必須接受七年的見習。

7 威爾斯傳說中的女術士，也是掌管重生、變形與靈感的女神。
8 愛爾蘭神話中的女王，以足智多謀聞名。
9 前基督教時代的愛爾蘭女神，掌管繁衍、療癒、詩歌和工藝。
10 愛爾蘭神話中能夠預言命運與死亡的女神，常以烏鴉的形象出現。

他累得幾乎抓不住馬蹬了。

從前，有一位年輕的貴族爵爺名叫湯瑪斯，是厄克登的爵位繼承人。年輕的湯瑪斯接受了符合紳士身分的教養，也就是說，他受的是戰鬥和殺戮的訓練，對土地和各種生靈極盡剝削之能事，魅力十足但表裡不一，無情地誘惑女人。他相當盡責地學習，但鄉村貴族的生活並不能真正滿足他。他內心最深處的願望是成為一名詩人。

不幸的是，他的詩才實在不高，於是他的朋友都對他固定安排來朗讀新作的「詩情之夜」避之惟恐不及。他退而求其次讀詩給不得不聽的僕人聽，但他們聽了也痛苦地咬牙，一有機會就逃之夭夭。

他的詩作實在太糟，連他自己偶而都隱約意識到其中的缺陷。他會說，「我想這行的韻律可以再加強一點，」或是「這實在算不上太好的譬喻吧？」他痛苦的聽眾會表示同意。然後，湯瑪斯便會對那首詩繼續努力，把它弄得更糟。

在美好五月的一個溫煦午後，湯瑪斯獨自在亨特利灘休息，構思著一首新作（比以前的都還糟），拿筆敲敲牙齒，很開心地當自己是為了創作而飽經苦痛的仕紳詩人。突然之間，一群騎著馬的仕女彷彿憑空出現在他面前。每位仕女都從頭到腳一身綠衣。領頭的是其中最高挑美麗的一位，頭戴王冠，騎著罩銀色鞍布的純白馬兒。

湯瑪斯彬彬有禮地起身鞠躬。「親愛的女士們，歡迎來到我的領土厄克登，」他脫下帽子說，

「不知各位芳名，又是從何處翩翩而來？」湯瑪斯詩興大發時，就是這樣說話的。

首領說，「我們從一個你不認識的地方來，來告訴你這些領土並不屬於你，而是我的。打從開天闢地，這個地方就被人稱作優瑟高原。你應該知道，優瑟就是你的祖先對仙靈王后的稱呼之一。你能夠占領這片土地，全靠我的容忍。」

「那麼，夫人你就是那位仙靈王后嗎？」

「是的，而且我聽說，你在這片幾個世紀來備受仙靈厚愛的土地上，錯用了我給的靈感天賦。我是來改正這一點。」

湯瑪斯大吃一驚，「錯用？怎麼會呢，夫人？」

「你寫的詩令人作嘔，」仙后說，「真正的詩歌精神屬於女人、以及男人與女人的關係，你對此一無所知。你沒有啟迪靈感的繆思。你證明了老祖先的一句話，愚人裝作聰明最是愚不可及。」

「的確，大家好像不太想要聽我的詩作，」湯瑪斯頗羞怯地承認。

「如此你就踏出了學習的第一步，也就是謙遜，」仙后說，「你想成為更好的詩人嗎？」

「再想不過了，」湯瑪斯說。

「很好，我姑且就當你是可造之材，」她下馬，將牠繫在樹上，然後朝湯瑪斯走來，向她的同伴們揮揮手，她們便全部消失了，就像出現的時候一樣突然。

仙后與湯瑪斯一起坐在亭特利灘上，邀他將頭枕在她膝上。他依言照作時，她從裙間拿出一小瓶暗紅色的酒遞給他。「喝吧，這會給你力量，」她說。他喝了。那紅酒嘗起來鹹得奇怪。他感覺到全身出現一股神祕的躁癢。

「現在，你得跟我一起前往仙土，就是你們說的仙靈國度，」王后說，「你要跑在我旁邊，抓住我的馬蹬，絕不能放手，懂了嗎？」

「懂了。」

她騎上馬出發，湯瑪斯用右手緊抓住她的左側馬蹬。他的手彷彿是自動握緊，身體感覺強健又精壯，即使馬兒快步奔跑，它也能毫無阻礙地跟上腳步。他們騎過山丘和河谷，來到一片湯瑪斯前所未見的鄉間野地，到處都是陰暗的山谷和岩壁。

他們到了一條像血一樣紅的河流邊，溯河而上。狹窄的河谷夾在兩道逐漸交會合一的長長山脊之間，源頭處聳立著一座高大圓弧的山岳，險峻的山壁阻斷了兩道山脊。山壁底有一個通往陰暗洞穴的開口，河水便是從那裡流出。

「現在你要涉水走了，」仙后說。她的座騎在河裡踏水而行，走進洞穴，湯瑪斯也跟上。他發現河水溫暖得詭異，水位僅略高於膝上。馬兒帶領著湯瑪斯，在黑暗中穩穩地往前走。完全黑暗的洞裡什麼也看不見，他只感覺到手裡緊握的馬蹬和包圍著雙腿的液體，只聽見仙后座騎踩著水的蹄聲。

他感覺他就這樣走了好幾個小時，累得幾乎抓不住馬蹬了，這時馬兒猛然停下。仙后舉起一支發亮的魔杖。在魔杖淡藍色的微光中，湯瑪斯看見一座橢圓形的石壁擋住了去路，石壁上下兩端較窄，底下湧出紅色的水流。石壁內有一扇形狀奇特的圓鐵門。

「這裡是地球的中央，」仙后說，「在你之前，只有三名凡人曾通過這扇門。如果我告訴你他們的名字，你想必會認得。現在，你即將進入欲望饜足之國。」

門自動打開了，從中間一分為二，門扉往後退開到兩側。湯瑪斯看見門內有三道長廊，分別通往三個不同方向。一道亮著白光，一道沐浴在紅光中，第三道一片黑暗。

「這是最終抉擇的三條道路，」仙后說，「第一條通往天堂，第二條通往地獄，第三條通往美麗仙土。你決定跟我走了嗎？」

「噢，是的，」湯瑪斯說。

他們走上黑暗的長廊，路途在綠色微光照耀之下漸漸變得明亮。通道的出路在一座山丘上，湯瑪斯看見下方一片袤廣的田野在黃綠色的陽光下開展。

這是他平生所見最美麗的鄉野景觀。在一片片如茵綠草和花朵盛開的植叢之間，溪水閃亮得像熔化的鑽石。小小的池塘像翡翠般閃閃發光，池面映著天空的倒影，托著表面滑亮的白色睡蓮。果樹上有紅蘋果、蜜桃、水梨、櫻桃、杏桃和柳橙，在綠色的樹葉間猶如火焰。草地上散布著白色大理石長椅和列柱式的小型神殿，上面覆蓋著開白花和紫花的爬藤植物。泉水在銀色的水盆中淙淙流動。每棵樹上都有色彩繽紛的鳥兒歌唱著。衣著華麗的人們在這幅場景前到處走動，有的靜靜步行，有的跳著舞，有的聚在一起歌唱或是聆聽音樂家表演。戀人們坐在一起對彼此低聲呢喃。鹿、兔子、松鼠、狐狸等森林動物都像家貓一樣溫馴，可以讓人拍拍他們的頭、用手拿東西餵牠們吃。帶有香氣的微風吹得空氣清爽，熹微的陽光帶來暖意，所以天氣不冷也不熱，恰恰好十分舒服。

「這是個來自久遠以前的樂園，」仙后說，「你的祖先用夢境創造了這裡，當時他們仍然崇敬大地。現在，只有少少幾個人有幸看見。你會獲選，是因為優瑟高原是我們的聖地之一，而且你希望成為吟遊詩人。我們希望你能稱職地承襲傳統。」

「我受寵若驚，」湯瑪斯謙卑地說。

仙后帶他進入她的宮殿，那是一座用大理石與玻璃砌成的雅緻建築，有精雕細琢的廊柱和寬敞通風的房間，打開門窗就正對著一排花叢。紗簾在微風中輕輕搖曳，鋪著絲布的躺椅歡迎訪客歇息。嵌著寶石的桌面上，放有盛裝成熟水果和美味糕點的水晶碗。在這裡，湯瑪斯覺得時間就像在一場美夢中流逝。

仙后愛上了他，教導他各種關於愛欲的祕密。她也為他請來其他導師，有男有女，教導他如何創作出讓聽眾著迷的詩篇。他學會用韻文重述古老的故事，也學會將豎琴彈得優美而情感豐富。他學會用純淨美好如天仙般的聲音歌唱。他學會如何用文字和音樂創造魔法，讓他的聽眾在迷夢中重新見到來自久遠以前的樂園。就如他常說的，他是從世界上最偉大的繆思女神那裡獲得靈感。

當他學成，仙后召他來到香味甜美、以雪松木鑲飾的表演室，進行結業測驗。他的仙靈詩人導師們以及其他聽眾即將一起擔任評審。湯瑪斯很緊張，但充滿信心。他知道自己所學的內容十分珍貴，他不再是個愚蠢的新手。他演奏精湛、歌聲甜美，他以詩歌講述的故事優美得使仙靈也不禁落淚。

「你通過了測驗，」仙后說，「我現在封你為『真誠湯瑪斯』，代表你對古老世道與古老信仰的真誠。現在你可以離開了，去當個配得上優瑟高原的吟遊詩人吧。」

「我摯愛的女士啊，妳要趕我走嗎？」湯瑪斯叫道，「我才在這裡待了幾個星期而已，而且我非常樂意在妳身邊度過餘生。請讓我再待一下子吧。」

「你覺得你只在這裡住了幾個星期嗎？真誠湯瑪斯，我告訴你真相：我們在亨特利灘相遇後，已經過了七年。你的父親過世了，你的母親需要你。你離開的時候到了。」

知道自己在仙靈國度的美夢中度過了這麼久，湯瑪斯感到驚愕又悲傷。他落著淚與仙后吻別，並一一擁抱他的導師與朋友，請他們別忘了他。仙后給他一杯裝在黃金高腳杯裡的飲料，是他從未嘗過的一種酒，滋味甜美怡人。他一喝下去，就暈頭轉向、四肢癱軟，倒在地上失去了意識。

他醒來時，人躺在亨特利灘上，身著仙靈的綠衣，頭枕著已長到及背長度的頭髮，他的豎琴擺在旁邊。他爬起來揉揉眼睛。樹木長得比他記憶中高大，溪水似乎變得更泥濘了。整幅景觀都顯得細微地不同。

湯瑪斯回到家，母親和姊妹都含著喜悅的淚水迎接他，她們好幾年前就不再奢望能找到他。他試圖解釋說他跟仙靈待在一起，但她們不甚在意。他母親暗中認為他得到了某種精神疾病，只是現在痊癒了。她跟他說了他消失的這七年間發生的一切。她說他回來的時間正好，因為王室準備要把這片沒有男性繼承人的土地移交給一間修道院。真誠湯瑪斯不久就解決了家族封地的法律問題。

往後的年歲中，他成了全國最慈善、最受愛戴的領主。他再也不曾狩獵或殺戮。他發自內心地喜愛並且尊重女性——特別是他心愛的妻子，一位來自鄰國、率直又善良的貴族女子。他妥善保育土地，正直如光天化日，總是公正對待平民。簡而言之，他再也不做紳士的行為了。

他也成為一位備受讚譽的吟遊詩人，名聲甚至遠播到海外。許多人從外國遠行而來，只為了聆聽他的表演。他的詩歌讓聽眾神遊在古老時代的美夢之中，那夢境豐饒美好，讓人希望夢永遠不醒。人們稱他為詩人湯瑪斯，有些人甚至將他與荷馬、維吉爾和莎弗相提並論。時至今日，詩人湯瑪斯的名號仍然廣為人知，是他曾經造訪仙靈國度，並活下來傳述所見所聞，後來永遠過著幸福快樂的日子。

在這裡，〈傑克與魔豆〉故事的反轉不只在於主角改為女性，她所前往的方向也是相反的：不是朝上爬到天際，而是往下，深入大地的子宮，那個地方曾被視為生命、藝術靈感、真相、死亡與重生的真正源頭。榮格學派的心理學理論提到，深入陰暗潛意識的心靈旅程經常象徵著返回子宮，是神祕頓悟體驗不可或缺的先備步驟。那個地方也是所謂的地底世界，傳統上是矮人的國度，他們對岩石、金屬、寶石和各種礦物的情感十分知名。

如同俄西里斯（Osiris）[11]，傑克爬上天梯，遇見了巨人（嫉妒的父親），大膽地偷走會下金蛋的鵝，讓人想起了古埃及的哈索爾女神也是太陽神的母鵝。在這個新版的故事裡，吉兒（Jill）為了母親，往下爬到黑暗中，戰勝了自己的恐懼。她的豆子的白、紅、黑三種顏色，傳統上也代表三位一體的女神：處女、母親、老嫗。

11 埃及神話中的冥府之王。

她希望立刻爬下去。

很久以前，有一個窮寡婦，她跟善良、樂天但總是心不在焉的女兒吉兒一起住在一間小農舍裡。吉兒和母親的日子過得十分艱困，終於有一天，她們的農舍裡再也沒有東西吃了，只剩下唯一的母牛身上還有一點牛奶。

吉兒的母親說，「我們不能只靠牛奶過活，其他什麼都沒有，而且這頭牛很快就無奶可擠了。明天，妳得把她帶到市場去，盡量賣到好價錢，然後買點食材回來。」

於是，隔天早上，吉兒帶著母牛出發了。在前往市場途中，她遇到一位老婦人把她拉到一旁，說要給她看點神奇的東西。老婦人張開手，給吉兒看三顆豆子，一顆白色、一顆紅色、一顆黑色。

「這只是豆子啊，」吉兒說。

「啊，不是的，」老婦人說，「這是魔豆，擁有妳難以想像的力量。世界上少有比這些魔豆更寶貴的東西。」

吉兒相信了她，決定要得到那些魔豆。「我除了這頭母牛之外，什麼也沒有，」她說，「但我願意用她來換妳的魔豆。」

「成交，」老婦人說。她將魔豆放在吉兒手中，然後牽著母牛走了。

吉兒一路跳著舞回到家，開開心心地把她用母牛換來的魔豆拿給母親看。

「哎呀，」她母親驚恐地喊道，「這不過就是三顆豆子，靠著這個，我們一天也活不下去。我叫妳買的麵包、鹽、肉、馬鈴薯、起司和蜂蜜呢？」

吉兒喪氣地低聲說，「母親，我猜那老婦人是個邪惡的女巫，存心要耍我。」

「唉，女兒，別哭了。妳太天真了，不懂得懷疑別人，這不是妳的錯。妳會長大、學聰明的。雖然我們今晚得挨餓了，但也許明天會走運些。」

母親去休息以後，吉兒在小小的火堆旁盯著三顆豆子看。「這連留下來當食物都不值得，」她沉思著，「我還是把它們拿去種了吧。」她出門去花園裡，把三顆豆子種下。然後，她傷心地爬上床，試圖入睡以驅走難受的飢餓感。

隔天早上，吉兒告訴母親她種了那三顆豆子。

「有一個古老的故事，講到巨大的豆苗一夜之間長出來，」她母親說，「我們看看會不會發生這種奇蹟吧。」

她們去花園，的確看到一株豆苗在一夜之間就長了出來，而且結了白色、紅色和黑色的豆子。它長得不比其他豆苗高，但是吉兒和母親覺得這已經算是奇蹟了。至少她們有豆子吃。

吉兒走近，看見豆苗旁邊有一個很深的地洞，大約三呎寬，底下一片黑暗。豆苗的根沿著兩邊往下長，而且，根鬚纏結成形似梯子的結構，看起來很輕易就能往下爬。

「媽媽，妳看，」吉兒說，「魔豆變出了通往地底的梯子呢。」

她立刻想要爬下去，看看地洞會通往哪裡。「也許會有寶藏，」她興奮地說，「我聽說過有寶藏埋在地底下的。也許那老婦人其實是個好女巫呢。」

吉兒的母親十分警戒，而且對那黑暗的裂隙有點害怕。她警告吉兒要小心，一覺得有什麼不對勁就要立刻爬回來。她給了吉兒一支蠟燭，好讓她照亮裂隙底下發現的東西。

吉兒一直一直往下爬。途中，裂隙頂端的地洞透進的日光縮小成像星星般的小小一點。很快地，她就置身於完全的黑暗中。她無法一邊爬行一邊舉著蠟燭，只好憑著觸覺前進。豆苗根鬚上有一個個方便的踏腳處，似乎延伸得無窮無盡。

吉兒覺得自己已經往下爬了幾個小時，腳才終於觸到地面。她小心地放開豆苗，點亮蠟燭。她看見自己站在一間岩石堆成的房間裡，有一條水平的通道是離開的出路。她高高舉著蠟燭，走進那條黑暗的通道。

她還走不到一百碼，就看到一抹淡淡的光暈朝她而來。它接近時，她看到光源是由兩道光束組成，來自兩隻閃亮的眼睛，位在離地大約三呎高處。「喔，我完了，」吉兒心想，「這是某種恐怖的野獸，眼睛亮得像太陽，牠會把我吃掉的。」她想往回跑去豆苗所在的地方，但恐懼痲痺了她，讓她站著一動也不動。

當那生物靠近時，她看清楚那不是野獸，而是個矮人，他閃亮的眼睛像礦工的提燈一樣照亮了四周。

「怎麼回事？」矮人驚呼道，「有個空氣仙子從上面的世界下來拜訪我了！」

「喔不，我不是仙子，」吉兒顫抖著說，「我只是個人類女孩。我沒有打擾的意思。請別傷害我。如果你希望的話，我就立刻回頭爬上去。」

矮人嗤笑一聲。「我們矮人才不會傷害人類呢，」他說，「也許會惡作劇，但絕不到殺人的地步。他們自己就會殺人了。人類，既然妳到了這裡，或許妳會想看看地底世界。」

「好啊，」吉兒不太確定地說。矮人長得很醜，而且他兇惡、沙啞的聲音一點也不令人安心。她記起了母親要她對陌生人保持警覺。但是，當矮人轉過身沿著地道往下走，用閃亮的目光照耀路途時，吉兒還是連忙跟上去。

他們經過幾條黑暗的岔路。吉兒數了數，右邊有三條、左邊有兩條。然後，地道岔成兩個方向。左邊亮著火焰般的橘色光芒。矮人穩穩地朝那光芒前進，帶著吉兒走向一處高臺，底下有一個吵鬧的大洞穴，裡面滿是火堆和熔爐，眾多矮人在其間忙碌地工作。

「這是我們用來替空氣仙子製作寶物的其中一間作坊，」矮人告訴她，「妳要知道，矮人是世界上最優秀的工匠。空氣仙子只擅長製造寶物的幻象，一遇陽光就熔化了。他們沒有能力製作真正的王冠、項鍊、魔杖、金子等等。他們雇用我們代勞。真正的仙靈寶物不是來自空中，而是來自大地。所有美好的東西都是從地底深處來的。」

他聽起來很生氣，所以吉兒安撫地說，「我相信你說得對。」

矮人接著帶她到了一個他稱為養石間的地方。整個洞穴的牆上都布滿裝著各種晶石的淺槽，在天花板上照來的微微光線中閃爍發亮。

「這塊是已經養好的，」他說，「這些晶石都長成了，不需要繼續泡在孵育液裡。妳沒辦法承受那種高溫的。這塊已經乾了，裡面充滿了成熟的礦物精靈。」

突然，他對著其中一塊晶石大聲說話。「電氣石，你狀況如何？」

令吉兒驚訝的是，有一塊八吋大、蔓越莓紅的晶石用細小但清澈的聲音回答道，「矮人，我感覺滿三角形的。有一塊不知名的泥土黏在我的條痕上，請幫我擦掉好嗎？」

矮人彎下身，用袖子擦擦晶石。

吉兒驚呼道，「你可以跟晶石說話？」

「當然，這樣會讓它們長得更好。妳不知道跟植物講話也可以讓它們長得更好嗎？」

「有時候，」吉兒承認，「但它們不會回話。」

「這些寶石就像我們花園裡的花朵，只不過它們可以存活到永遠，而不是僅有一兩週的壽命。這些晶石比山脈還要古老，它們有很多時間學說話。它們會講給那些懂得他們語言的人聽，例如矮人。」

「我可以跟它們說話嗎？」吉兒問。

「去試試看吧。」

吉兒從來沒有對石頭說過話，感到有點緊張。她對所有的晶石說，「你們都好漂亮。」

「矮人，這個人是誰？」一塊綠色的藍寶石用高而暴躁的聲音說，「她太大了，雜質太多，結構鬆散又易碎。」

「你有什麼資格講雜質啊？」旁邊的一塊海藍寶石尖銳地說，「你也沒完美到哪裡去。你的綠色成分太黃，我的藍色好多了。」

「噢，海藍寶，安靜，」一塊粉紅綠柱石斥道，「你們都太平凡了，不配發表意見。我呢，就稀有多了，也比你們多值好幾磅黃金。」

「它們好任性喔，」吉兒低聲對矮人說。

他聳聳肩。「無可避免地，任何生物只要身上有人投注了這麼多錢，就會變得這麼任性。兩個世界的運作方式都是如此。畢竟，它們讓人花的錢比宇宙中任何東西都多。而且，它們又長生不死，美麗永不褪色。世界上還有誰比它們更有理由任性呢？」

「矮人，把她帶走，」一塊黃水晶抱怨道，「我們不想跟壽命這麼短暫、質地這麼污濁的東西說話，何況是聽她無知的抱怨。」

「如果你們活了那麼久，就應該多長點智慧，」吉兒氣憤地說，「你們都不該這樣小家子氣講人壞話、嫉妒又粗魯。你們應該像大地之母一樣，堅強、冷靜、睿智又包容。你們的度量應該要配得上你們的美麗外表才對。」

「你知道，她可能是對的，」一塊淺色粉晶說。另一塊小而扁平的紅寶石結晶也同意。不久，寶石們便彼此熱烈地討論起來，不理會吉兒和矮人。

「這真是我聽過最令人驚奇的事情了，」吉兒對矮人說，「我做夢都沒想過寶石會說話。」

「那些已經做成珠寶的寶石不說話，只會聽，」他說，「它們在為下一個優勢物種儲存歷史紀錄。那個物種會是矽基生物，所以比你們更強壯堅硬。我們矮人正在研究如何創造出那個種族。我們會成為他們的神祇。」

「那麼人類會怎麼樣呢？」吉兒問。

「當然，他們全都會被殺掉，」矮人說，「即使有少數倖免於人類之間的全球性屠殺，也會屈服於飢餓和疾病。不管在體能或心智方面，妳的種族都不夠格作為這個星球的領導者。」

「喔，不夠格嗎？」吉兒憤怒地喊道，「那麼你就覺得，像你們這樣住在地下的族群，從沒見過陽光、青草、樹木，就比較了解地球嗎？」

「我們了解地球的骨幹，」矮人嚴肅地說，「我們以人類永遠無法企及的方式愛著她。這就是為什麼我們要成為未來的神祇。」

「我覺得你就跟你那些晶石一樣任性，」吉兒說，他對未來的想像令她驚恐。在一陣衝動之下，她使盡力氣推了矮人一把。他往後跌倒，無助地扭動著。同時，吉兒瞬間抓住那塊紅色電氣石，把它從母岩上扭下來，然後拔腿就跑。晶石發出一聲又高又尖的嚎叫表示抗議，把其他矮人從一個個房間和地道裡引了出來。

他們動作太慢，抓不住吉兒，她急切地一路狂奔，努力回憶先前走的路線、計算岔路的入口。她找到路回到豆苗下的裂隙，開始攀爬，並把電氣石塞進口袋裡。

她沿著裂隙向上爬的途中，那塊晶石尖細的聲音都不斷哭喊著「小偷！小偷！」吉兒置之不理。她聽見下方矮人的喧嘩，便更加著急地往上爬。她喘著氣、發著抖，大力呼吸空氣。有好幾次，她差點失手放開豆苗梯子，她的心臟簡直要從喉嚨了跳出去了。經過一段彷彿無窮無盡、充滿驚怖的折騰之後，她狼狽地從裂隙頂端爬了出去，倒在她母親腳邊。

「快，把豆苗砍斷，」她喘氣道。

母親將她扶起來。「吉兒寶貝，這些豆子是我們僅剩的食物了，」她反對道，「我們不能把食物來源給毀了。」

「媽媽，相信我，我們想活命就得立刻把魔豆根下的裂隙關起來，就是現在！」

母親相信了她，撿起一把鋤頭砍斷豆苗。一瞬間，裂隙閉合起來，恢復成堅實的地面。

吉兒把安靜下來的電氣石從口袋裡拿出來給母親看，母親目瞪口呆。「我從沒看過這麼美麗的東西，」她說，「這可以切割出好幾顆跟蛋一樣大的寶石，鑲在女王的王冠上。」

「這等於是會給我們下金蛋的鵝了，」吉兒說。

她和母親跟一位鄰居借了旅費，帶著電氣石去女王的城堡。經過幾天的討論，她們將晶石賣給女王的寶石切割工匠，換得一筆不多不少的錢財。回家的路上，她們買下了一間比較寬敞的農舍，還有穀倉和一小群牛。她們生活富足，過著幸福快樂的日子。

從電氣石上切割出的寶石再也沒有說過話，只是靜靜地聽著。

芭比娃娃

廣受歡迎、有著超現實身材的芭比娃娃，以及她的無數複製品，規訓了美國女孩，使她們永遠對自己不滿意，把幾乎沒有女人能夠達到的目標當成理想的女性典範。芭比是二十世紀下半葉所創造出的一個實現不了的理想。在其他時代，女性的自我形象也曾受制於十八吋纖腰和蛋糕裙撐、臀部加厚墊的多層襯裙、中國的纏足和西方的高跟鞋、浪漫派畫家的豐腴繆思（同時期的女性大多受營養不良所苦），以及中世紀聖母馬利亞單性生殖的神話，她同時具有母性和童貞，普通女人永遠無法企及。如今，仍然有青春少女罹患厭食症和其他飲食失調疾病，一部分原因就是由於她們憎惡自己無法變得更像芭比一點。

在此同時，芭比也象徵了衣櫥滿滿、腦袋空空的花瓶美女。同樣地，美國大兵代表了毫無理性、無休無止的軍事侵略，儘管這個世界最需要的就是和平。擺在一起看，這些玩偶充分體現了我們的文化。這些訊息對小孩而言，並非不可覺察。

她使盡全力打了他一個耳光。

從前，有一間玩具店，裡面的玩偶在天黑之後會變成活生生的生物。很久以前，有一個叫米老鼠的天才教它們每天晚上打開包裝盒的封口，黎明時再重新封上。小孩子有時候會發現他們在這間店裡買的玩偶有點破損，但大人卻不怎麼注意。

除了只會大哭、撒尿的超無聊嬰兒玩偶之外，這間店裡最受歡迎的就是芭比娃娃了。她看起來像是已經活過十八個凡人年頭的成人，而她的衣服多到十八輩子才穿得完。她是時尚名模、搖滾巨星、太空人、啦啦隊、護士、海灘兔女郎、公主、展場女郎、藝術家、芭蕾舞伶、女演員、夢幻女友、舞會皇后、體操選手、選美冠軍，並且有至少十一個不同國籍。她擁有的衣服遠遠多過其他娃娃，使她位居玩具店社交金字塔的頂端。

對於那些來到玩具店的人類女性，不分大小，芭比娃娃只感到滿滿的輕蔑。沒有人能夠接近她完美的比例。她們的腰太粗，屁股太小或太垂，腳更是大得異常醜怪。芭比娃娃展示出她們應該嚮往、卻永遠無法達成的身材，讓她們學會厭憎自己的外表。她害怕有一天她會被某個蠢笨的少女買走，離開這間由她稱王的玩具店。

芭比娃娃有幾個女性同伴，跟她的身材一模一樣，還有一個名叫肯多的男伴。他看起來比較像現實中的人類，是預校學生那型的。肯多唯一的人生目標就是陪著芭比娃娃扮演各種角色、參加各種活動，所以他可以穿燕尾服、泳裝、民族服飾和戲服，但就是不穿工作服。他從來不需要工作。他特別鄙視那些必須辛苦工作、省吃儉用才買得起他的人類。肯多像芭比一樣是個勢利鬼。

有一天晚上，芭比娃娃發現一個新來的成年男性玩偶。他叫大兵，對女性娃娃一點也不感興趣。他好像只在意制服、頭盔、槍枝、手榴彈、炸彈和其他軍火。他喜歡殺掉敵人、炸掉東西。他對芭比和肯多喜歡的舞會、派對、時尚、遊艇之旅，以及其他文明的膚淺活動一無所知。他只待在全由男性組成、大部分是勞工階級的軍事環境中。

芭比娃娃發現自己愈來愈對大兵著迷，特別是由於他似乎完全不受她的魅力影響。這對芭比娃娃而言是一種新奇的經驗。她一向習慣隨時做為眾人的目光焦點。她開始把大兵視為對於自己吸引力的一項挑戰。而且，就像她對肯多說的，他還挺可愛的。

肯多並不這麼認為。「他比妳還矮，而且身材像房子似的，」他從鼻孔哼著氣說，「再說，他不是我們這一掛的。他可能根本不會跳舞。讓妳朋友看到妳跟這種大猩猩約會，妳不會難為情嗎？」

「我不覺得他是什麼大猩猩，」芭比娃娃沉思著說，「他挺性感的。也許我可以跟他試試一些以前沒做過的事。」

「也許吧，但我打賭，妳不會喜歡的，」肯多咕噥道。他感到一股股刺痛人心的嫉妒，因為他從沒有看過芭比娃娃將她那意味深長的目光投向他以外的人。「大兵就只是個粗魯、階級低下、愚蠢的阿兵哥，一點教養也沒有。我知道，相信我。」

「噢，肯多，我是相信你，」她一面說一面眨動睫毛。她的睫毛是真正的尼龍，大家都認為這是她最棒的特點之一。「但是認識一下不同的人、吸收新的經驗，總是很能開拓視野，你不覺得嗎？」

「是啊，如果妳真的那麼想成為交遊廣闊的人的話，」肯多煩躁地斥道。他不常開雙關語玩笑（編按：交遊廣闊的人另外意指「婊子」），因為芭比娃娃反正也聽不懂，但他現在正在氣頭上。

芭比娃娃不顧肯多的反對，開始跟大兵調情。她遵循她的第一守則，也就是寫給女孩的「如何成為萬人迷」的建議專欄，假裝對任何他喜歡的東西都抱有強烈的興趣。結果，她發現自己聽著他長達數個小時的獨白，大談自動武器、手槍、突擊步槍、彈藥（他管這叫子彈或是銃籽）、爆裂裝置、地雷、阻擊火網、空中掩護、散兵坑和搶灘。這些名詞讓她覺得非常無聊，但她喜歡看著大兵講到重要戰役和知名將領時雙眼亮起的樣子。她一點都不懂他到底覺得這些東西哪裡有趣，但這讓他顯得更獨特、奇異了。

她想變得不那麼膚淺，好吸引大兵的喜愛。她忽略平常的例行活動，不再聊去商場購物的事。她對池邊派隊、午餐會、時裝秀、伴友購物失去了興趣。她有候會忘記化妝或整理髮型。她的朋友米潔告訴大家，芭比娃娃要變成醜女了。「接下來，」米潔不懷好意地說，「她沙漏形的腰就要變成水桶了。」

芭比娃娃的談話能力也退化了。她不再能討論新款的名牌牛仔褲和當月流行的眼影顏色（「大溪地杏桃」）。反而，她談的是空襲、坦克車和核彈。她把衣服放到寬鬆變形，髒了也沒洗。她的朋友覺得她無聊透頂。肯多開始跟米潔約會，雖然他心裡愛的不是她。他想念以前的芭比，希望能讓她嫉妒、恢復理智。

但她沒有注意。

大兵似乎很享受芭比娃娃的關注。但是，有幾次她也說了點話的時候，他就雙眼放空，把玩繫在腰帶上的武器，或是把帽子拉下來蓋住眼睛打瞌睡。對於大兵完全沒興趣聽她說話，芭比娃娃感到不太舒坦。不過，儘管他雙眼無神甚或完全閉上，她還是嘰嘰喳喳繼續講。她惱怒於他的漠不關心，努力想讓自己有趣一點，她開始思考一些以前從沒想過的事。

大兵總是在講敵人，讓芭比娃娃也想到這個主題。有一天，靈感翩然而來，她便寫了一首題為〈迎向敵人〉的詩。她得意地跑去讀詩給大兵聽。

「你聽！」她叫道。

迎向敵人

他們教你仇恨，
那些待宰的魔鬼，
但當戰爭不再有，
他們說，喔等等，
我們搞錯了，
那些魔鬼是盟友。

她坐著往後一靠，謙虛地等待讚美，但大兵只是在一段太長的沉默中瞪著她，久到芭比娃娃覺得很不自在。「你喜歡嗎？」她問，「這首詩是講敵人的。你看，它還有押韻。」

「這是什麼蠢東西？」大兵怒道，「妳是怎樣，那種瘋瘋癲癲、愛心過剩的自由派嗎？拿著妳的蠢詩滾一邊去。」

對於她首度嘗試的文學創作得到如此意料之外的回饋，芭比娃娃大感憤怒，但她忍住怒氣，勉強微笑。她想起了「如何成為萬人迷」專欄推薦的、讓男朋友「敞開心胸」的方式，她決定問問他有沒有那專欄裡講的「人生目標」。

「你的人生目標是什麼呢？」她問。

「我的什麼？」

「你知道的——你想成為什麼樣的人、你最終極的野心。」

「我沒野心，」大兵說，「把敵人宰了，就這樣。」

「如果你可以變成你最欣賞的樣子，你想成為什麼人呢？」

「成為英雄吧，我猜。」

「你不想成為我的英雄嗎？」芭比娃娃問，並且挑逗地眨眨她的尼龍睫毛。

大兵嗤笑一聲。「妳又不會頒獎章給我，」他說，「妳就是個蠢妞罷了。」

「你竟敢這樣說！」芭比娃娃叫道。她的怒火滿溢，使盡全力打了他一個耳光。大兵揪住她，把她推到他的包裝盒上。

「娃娃，聽好，別給我找麻煩。我對妳腦袋空空的言談厭煩透了。像妳這種妞是給人看的，不是講話給人聽的，」他搖晃她的肩膀表示強調。

「你這樣太爛了，」芭比娃娃驚呼道，「你根本就不喜歡我。」

「我喜歡妳啊，只要妳閉嘴就成了。妳話太多，而且妳不懂什麼才是重要的。」

芭比娃娃哭了起來。「放開我，你這白痴！」她大叫，「我怎麼會覺得你會是個男友的好人選？你是一頭個性殘暴的笨豬，腦袋裡只有塑膠炸藥！」

大兵聞言也打了她一巴掌回敬，然後就把她推開了。芭比娃娃一面哭一面跑掉。

她和大兵的情事就這麼結束了。她再也沒靠近過他，也不再提起軍事的話題。她回到肯多身邊，宣告他才是跟她共享真確、深刻的哲學見解的伴侶。肯多聽了很高興，雖然他不知道他們有什麼共通的哲學見解，不管深不深刻。

有一天，芭比娃娃問他，「肯多，你是愛國主義者嗎？」

「當然了，怎麼可能不是呢？」

「那麼你身為愛國主義者的人生目標是什麼？」

「我想就跟其他愛國的男人一樣吧。交很多朋友，開很多派對，有一間附泳池的房子，一間巴哈馬的度假公寓，寬螢幕電視，大型音響，三個車位的車庫，裡面停著BMW、保時捷和法拉利。」

「我可以理解，」芭比娃娃說，「你想當英雄嗎？」

「不。」

「為什麼？」

「英雄就是那種會被毀掉的人。」

「喔。」

在此同時，大兵被賣給一個喜歡點火、使用暴力玩戰爭遊戲的小男孩。他把大兵的一隻手臂扯斷，用一根冰錐穿刺他的身體，將他裝在屍袋裡埋起來，最後讓他在一場煙火爆炸中嚴重燒傷。大兵被迫退休，成為一名傷殘老兵，帶著永久性的疤痕，而且身體熔化了一半。他的餘生都在骯髒凌亂、無人聞問的玩具箱裡，無所事事地度過。

芭比娃娃和肯多被賣給一個珍愛他們的小女孩，她妥善地照顧他們，給他們許多新衣服。他們永遠過著幸福快樂的日子。

維沃爵士與聖鍋

中世紀基督教神話中的聖杯——亞瑟王傳奇中的追尋冒險故事——其實源自於歐洲的異教傳統，原是以神鍋的形象出現，也是一個裝滿鮮血的容器，象徵死亡與重生。儘管基督教化的聖杯傳說代表的是父權體系的世界，其中的聖杯仍然被置放在屬於女性的聖殿中，而且只會顯現在品格合宜、尊重女性的騎士面前。喬瑟夫・坎伯指出，失落的聖杯事實上象徵的是異教徒祖先們失落的信仰，他們對於死後來生的觀念，與基督教神學截然不同。

我的維沃爵士和加拉哈、藍斯洛、波爾斯等騎士不同，他追尋的不是聖鍋的基督教化變體，而是聖鍋本身，一件象徵性的遺物，來自遠古的、以大地為核心的宗教信仰。由此，他的故事將反轉過的情節倒回原貌，回歸到創造世界的大地子宮的古老概念。

「我是華倫斯爵士，聖鍋的守護者。」

從前，有一個年輕的騎士隨從，名叫維沃，他是御前武士藍德爵士手下的學徒。藍德爵士惡名昭彰，喜愛飲酒、騷擾女人、競賽比武——差不多就是照著這個次序。他早上（或午間稍早）一起床就開始喝酒，連續喝上一整天，到了晚間就已變得暴躁又粗野。他會向其他騎士挑釁，不管對宮廷仕女或下人女傭都粗魯地毛手毛腳。若有小狗或農民擋了他的路，他就一腳踢開。有時候，他駕臨比武會場時根本醉得連長矛都拿不穩。藍德爵士不是個好伺候的主子，但年輕的維沃試著忠心耿耿地服侍他。

維沃是個心懷良知、性格嚴謹的少年。他不像其他年輕的騎士隨從，他真的能夠讀書。在藍德爵士睡著等酒醒的漫長時光中，維沃沒有跟其他學徒一起玩骰子或是拿木劍比試，而是在看書。

維沃有時會試著和他的主人進行哲學性的討論，希望能從比他年長、也理應比他睿智的對方身上，學到世上的各種知識。通常，藍德爵士只會在他的背上一拍，力道大得讓他咳嗽，並得意地叫喊著說，思考太多會讓他的私處萎縮。藍德爵士的意見幾乎永遠都是用吼叫的方式表達。

維沃也會傾聽城堡裡的老婦和女傭們微弱的聲音。她們會在冬夜的火堆旁述說古老的故事，或是在洗衣、刺繡時唱著古老的敘事歌謠。他從這些管道聽說了神祕而富有魔力的聖鍋，人民幾乎不敢提起它的名號。

根據耳語傳言，聖鍋是一切死亡與生命的真正源頭。只要望見它，就能化身為神祇。但是，它藏身在一座遙遠的仙靈城堡中，古往今來只有一個人曾經冒險前往。那人是著名的騎士，華倫斯爵士。這位偉大的戰士在追尋聖鍋的途中消失無蹤，再也沒有人見過他。

維沃下定決心，等他成為騎士，他就要去尋找那座藏著聖鍋的城堡。他向宮中最年長的仕女詢問城堡的位置，她告訴他，只能從北方女巫那裡問到城堡的方向。北方女巫曾是一位偉大的女祭司，已經退隱回森林裡的家中。他將這項資訊記在心中。

維沃的騎士主人逐漸酗酒成疾，患上消化不良、黃疸、神智不清的毛病。最後，藍德爵士病重得無法和領主一起出征臨國。其他騎士威勇地朝著金子、美女和榮耀前行時，他只能在床上喝酒、呻吟、嘔吐。維沃陪在主人身旁，盡忠職守地在水盆上方扶著他的頭，暗自幻想著屬於自己的榮耀時刻終會來臨。他想像著，他的榮光會遠遠勝過其他騎士，因為他選擇的追尋任務價值崇高。

自然而然地，藍德爵士最終不堪飲酒過量，在病床上過世了，死時一手拿著半空的酒壺，另一手抓著女僕的馬甲內衣。國王開恩冊封年輕的隨從維沃為騎士，以補上空缺。

國王陛下建議維沃盡快踏上第一場追尋之旅——這是新進騎士的任務，他越快出發，就越能撫平主人過世帶來的悲傷。事實上，維沃並不為嗜酒如命的藍德爵士過世而感到悲傷，但他仍然向國王鞠躬、表示會謹遵命令。

「你的追尋任務是什麼呢，維沃爵士？」國王問。

「陛下，我想要找到藏著聖鍋的城堡。」

聚集在旁的騎士們集體倒抽了一口氣，接著發出異口同聲的大笑。

「維沃爵士，這必然會是一趟沒有結果的追尋，」國王說，「那座城堡不過是個古早的寓言故事。從來沒有人曉得它的地點。」

「有一個人知道，」維沃堅稱，「北方女巫會告訴我的。」

騎士們又笑了。

「你真是個愚蠢的小子，」國王說，「但你已經是正式的騎士了，就算是最年輕、最無知的騎士，也有權選擇自己想進行的追尋任務。所以，你就帶著我們的祝福出發吧，希望你初出茅廬的這年結束後，你也長了一年份的智慧。」

維沃爵士大喜過望，他為新的座騎裝好鞍袋，繫上嶄新的佩劍。短短幾天內，他就準備好啟程，選在一個清新的春季早晨出發，感覺彷彿全世界都歸他所有。鳥兒為他歌唱，青草為他生長，陽光為了溫暖他冰冷的金屬盔甲而閃耀。幾個小時後，盔甲被曬得太溫熱了，維沃爵士在那套金屬外殼底下滿頭大汗。但這點不適並沒有削弱他的自信。

然而，當他進入北方女巫居住的森林時，他全身感到一陣寒意。森林幽深、黑暗、陰濕，高大樹木的根柢到處蔓生，絆得馬兒腳步踉蹌。風吹過森林樹頂的枝椏時，彷彿說著陌生的語言。一隻老鷹低飛擦過他的頭。一頭形貌陰暗難辨的野獸竄過他的路徑。一條蟒蛇從樹枝上垂下，沒有眼瞼的黃玉色眼睛盯著他看，把他嚇著了。

當維沃爵士抵達位於陰暗溝壑中的女巫住屋時，他高昂的豪情早已消退殆盡。他用劍柄在門上敲了敲。門不靠人類的動作就自動悄悄往內打開，他不安地站在原地動也不動。

「嘛，你是要進來，還是要站在那裡磨蹭？」有個聲音說。

維沃走進去，在昏暗空寂的石板地房間內四下張望。牆上架著一隻火把。

「你想要什麼？」那個聲音問。

「我來向北方女巫詢問，藏著聖鍋的城堡在何方，」維沃說。

看不見的發問者笑了，「你走吧，小子。上別的地方發別的夢去。」

「我以新進騎士的光榮身分發過誓了，」維沃堅決地說，「這就是我的追尋任務。如果沒有面對面見到北方女巫，我哪裡都不去。」

「好吧，那就見見她吧！」那個聲音說。原本看似一片空白的牆壁上突然有一扇門打開了，門前站著一個相貌驚人的身影，身穿層層疊疊的破布，尖帽下粗如鐵絲的紅髮像斗篷般垂到腳踝。她的臉膚色死白、扭曲不堪且醜陋駭人。維沃爵士大為驚恐，然後才發現那是張面具。

「讓我看妳的真面目，」他說。
「沒有人可以看我的真面目。」
「就算妳長得醜，」他回應，「也不會比這面具難看吧。」
「夠了。你要拿什麼跟我交換你想問的事？」
「我什麼也沒有，只有我的馬、武器和盔甲。如果我給了妳任何一項，我就無法行動了。妳要我給什麼呢？」
「我要你承諾，如果你找到藏著聖鍋的城堡，你絕不會對任何人透露它的地點。」
「樂意之至，」維沃說，「我向妳承諾。」
「好，那麼你聽著，」她向他解說該走的路線：通過酸沼，越過迷霧山脈，沿著古公路的一條廢棄支線走，前往岩石海岸。她說那裡有個永無陽光照射的地方，他就會找到藏著聖鍋的城堡。「到了城堡之後，你就得靠自己了，」女巫說，「我一點也不知道他們會用什麼法術驅逐不受歡迎的訪客。」
「怎麼會有永無陽光照射的地方呢？」維沃問。
「我不知道。我又沒去過。別人怎麼告訴我，我就怎麼跟你說。」
維沃爵士感謝女巫的幫忙，出發前往酸沼。他的馬在沼澤邊緣畏縮不前，牠有足夠的智慧知道該避開鬆軟不穩的土地。維沃爵士設法繼續行進，逼使馬兒往前走，但那可憐的動物抖得跟半液化的土地一樣厲害。維沃嚴格遵照女巫給的路線而行，找到了一條路面紮實的通道。他的馬有一次踏錯腳步滑了一下，一條腿就往下陷到膝蓋處，幸好下一步牠就安全地把馬蹄從軟爛的泥巴裡拔出來。

維沃脫離酸沼之後，迷霧山脈在他面前拔地而起，像披著斗篷般被常年不散的水氣繚繞著。夜幕逐漸低垂。維沃心想，走出迷霧的路線在陽光下就已經夠難找了，更何況是在黑暗中，於是他在路邊紮營睡覺。夢中縹緲的鬼魂哀嚎著擾亂他的睡眠，他醒來時打著寒顫、身體僵硬。

結果，迷霧山脈比他想像中更難應付。霧氣冰冷而令人無法呼吸，帶有一股酸臭之氣，嗆得他咳嗽。他的馬兒偏離道路好幾次，總是經過好一番折騰才返回正途。霧濃到讓維沃坐在馬鞍上時看不見馬兒的四足。最後，他不得不下來牽著馬走，用自己的腳感受、探測方向。

他在令人窒息的白色雲霧中苦行了一整天，直到逐漸昏暗的光線提示他夜晚又將來臨。他紮了營，開始絕望地懷疑自己能否走出山中這片濃霧，再度睡得毫不安穩。

他睡醒時，透進盔甲的露水讓他全身濕透。更糟的是，他的補給存量岌岌可危。雖然他的馬兒可以輕易找到糧草，但他自己只剩下一點快要發霉的起司、幾條肉乾、一塊硬得要用石頭敲的麵包。他在寂靜的山裡聽不到、看不見任何人跡，迷霧中甚至沒有一聲鳥鳴。

在迷霧繚繞的山脊上，又過了一天。黃昏時分，維沃感覺霧變淡了，山路開始往下。不時有斷斷續續的微風吹開簾幕般的水霧。他隱約看見下方的山谷。這些跡象鼓舞了他，讓他和座騎帶著新生的希望繼續趕路。他們抵達谷地時，最後一道夕陽餘暉正把烏雲的邊緣染成暗沉的紅色。

那是一幅陰鬱的風景，但維沃很開心能恢復清楚的視野。他看見一片荒瘠的土地，一邊矗立著迷霧山脈，另一邊是許多岩石密布的小丘。那條古道穿過山谷中央，旁邊是一條水流緩慢的小溪。他在此餵馬喝水、紮營過夜。

這條古道開拓於早已失落、如夢境般模糊的年代，開路者的姓名早已被遺忘。這條路由琢磨過的石磚鋪成，建造的技術精湛，幾個世紀以來，沒有一塊磚碎裂或脫落。後來再也沒有人知道怎麼建出這樣的路了。人們相信這條路一定是藉黑魔法之助才建成的，於是出於迷信的恐懼而遠遠走避。除了這層恐懼以外，路邊沿途還立了許多神祕的石像，是古老而陌生的神祇，誰知道它們會帶來什麼危險的影響。那些石像的肩膀聳起，雙手緊繃但手中空無一物，臉孔在風吹雨打下被蝕平了，看起來無比古老又十分邪惡。

維沃爵士努力不去看那些恐怖的神像，早上起來就策馬沿著路往北而行。他在這篇空茫單調的景色裡走了幾天，其間只有風聲吹過低矮的灌木叢。夜裡，他依稀聽見風中傳來微弱的嗤笑聲。他的糧食已經耗盡，一天比一天飢餓。他用弓箭獵到一隻紅松雞，但那餐之後，他就沒再看見任何獵物了。

他逐漸陷入昏沉恍惚的狀態，馬兒無精打采地往前走，他則在馬鞍上搖搖晃晃。一望無盡的公路在他眼前閃爍。有好幾次，他以為自己看到那些石像移動了，或是聽到石像出聲對他說話。他從眼角餘光瞥見一尊相貌特別醜怪的石像突然跳起來要撲向他，威脅似地舉高爪子。但當他正眼看著石像時，它靜靜立在原地。

維沃來到公路的盡頭時，已經不再確定自己眼前看到的是現實還是幻覺。兩根高聳的柱子標示出石磚路的邊緣，路面外似乎空虛一片。維沃爵士接近邊緣時，發現道路結束在一座陡峭石壁的頂端。有一條急遽轉向的坡道通往一座非常幽深、非常黑暗的峽谷，朝著北方的開口迎向一道陰冷的海景。維沃往邊際看，看見峽谷底端有一座城堡，東、南、西三面都被高而突出的石壁投下陰影籠罩。「一個永無陽光照射的地方，」他對自己說，「在岩石海岸。一定就是那裡了。」

他催促著他滿不情願的馬兒走上那條坡道。儘管馬兒略有抗議，牠的腳步仍然穩當，緩慢而謹慎地往下走，只有少少幾下打滑。到了谷底，城堡就矗立在陰影中，由黑色玄武岩築成，牆面厚實，每個角落都有砲塔。比武用的空地上，飄動的旗幟繪有黑色、圓形的三腳鍋。除此之外，看不到任何動靜，除了無休無止、緩緩侵蝕海岸岩石的浪濤聲，也沒有別的聲響。

維沃騎向城堡大門，敲響門上的鐘鈴。一個身穿黑盔甲、騎著黑馬的騎士旋即出現了。

「誰在那裡？」他喊道。

「我是維沃爵士，前來尋找聖鍋。閣下又是哪位？」

「我是華倫斯爵士，聖鍋的守護者。除非與我一戰，否則你不能通行。」

維沃在馬鞍上來回挪動、瞇起眼睛，因為他看到對方化成兩、三個人影，滑動著交疊又分開。「那位有名的華倫斯爵士嗎？」他叫道，「您的名號家喻戶曉。您是一位傳奇人物呀，閣下。」

華倫斯爵士把長矛拿低，「你準備好反擊了沒有？」

維沃爵士拿起長矛，但饑餓得無力握穩。他撐了一兩分鐘，讓矛尖在空中畫出顫抖不穩的圓圈，然後他就開始慢慢搖晃，隨著一記響亮的金屬碰撞聲，從馬背上跌下來，躺著動也不動。

維沃爵士恢復意識時，發現自己獨自躺在一張窄窄的小床上，狹小的房間裡只有一根蠟燭，和黯淡的陽光透過獨獨一扇窗戶的方框照進來。當他四下打量這個地窖般的房間，門打開了，一位白袍仕女端著一碗湯走進來。湯的香味讓他口水直流。「你看起來好多了，」她評論道。

「這是什麼地方？」維沃問。

「你在聖鍋城堡裡，這是世界上最神聖的地方，也是地球的中心。現在吃點東西吧，」她坐在床沿，用湯匙餵他喝湯，讓他頗難為情。他試圖把碗接過來，但手抖得太厲害，只好放棄，讓她幫忙餵湯。每一口湯似乎都讓他的四肢恢復了一些力氣。

「那位騎士說如果我不與他一戰，就不能通行，」維沃說，「我跟他戰鬥了嗎？」

「沒有。華倫斯爵士不是那種莽漢騎士。他看到你這麼虛弱，就把你帶進大門。他以前也是在饑餓之中來到城堡。」

「我心懷感激，」維沃說。

「好好休息吧。我晚點再幫你帶多點食物來，」她離開了，並鎖上背後的房門。

「我得到了照顧，」維沃心想，「但好像也成了囚犯。我得想個辦法逃走，但等一陣子吧，要等好一陣子，」他再度睡著了。

接下來幾天，好幾位白袍女子為他送來餐食。也有幾名穿白衣的男性僕人幫他帶來洗澡的水盆和毛巾，並且收走夜壺。過程中沒有任何溝通。當他的身體恢復健壯，可以在房裡到處走走、活動手臂之後，他想過要把下一個訪客推開、趁著門沒鎖時逃出去。然而，他的下一個訪客是一位尊貴的人物，他知道對方推不得，因為她戴著一頂鑲鑽的銀冠，身穿一襲繡有銀白新月的絲絨白袍。

「我是守護聖鍋的高階女祭司，」那位人物說，「我提供你幾個未來的選擇。」

「有哪些選擇呢？」他問。

「在過去，自己找到路來到這裡的外人會被處死，他們的血會被注入……某個祕密的地方。

近年來，我們的作法比較人道了。你的第一個選擇是：我們讓你走原路回去，但你要先接受抹除你記憶的手續，讓你相信你來到這裡的旅程，只是一場夢，或是幻覺。你再也不會想跟人說起。第二個選擇，是留在這裡，像華倫斯爵士和其他幾位騎士一樣，永遠擔任聖鍋的守衛者。」

「如果我選了第二個，我就能獲准看到聖鍋嗎？」他問。

「是的。」

「那我就這麼選了，」維沃說。這段獨處的日子裡，他回顧了自己過去的生活，覺得並沒有太重大的價值。他沒有家人。而騎士的生活就是在國王的城堡裡閒晃、像藍德爵士一樣做些消遣，同時等待下一場可能造成重傷或死亡的戰爭，這也不再那麼有吸引力了。維沃爵士已經接近過死亡，發現那並不是什麼光榮之事。

女祭司頷首，碰了他的額頭一下，然後離開房間。他雙眉之間被她手指觸碰的地方，怪異地發癢了好幾個小時。

隔天，華倫斯爵士本人出現了，帶了一套白袍讓維沃穿上。「我來帶你進行入門儀式，」他說。

他帶維沃出了房間，走過一道道迷宮般的走廊，來到一間昏暗的密室，牆壁上有許多凹洞，各自放著許多書籍、雕像、水晶石等神祕的物品。維沃在密室內見到一名上了年紀的女人，自稱是他的老師。往後幾個星期，他每天都花好幾個小時向她學習古代的神話傳說、和不能公諸於世的祕密技藝。

當老師宣布他學成，他便被告知要為聖鍋的揭幕做準備。準備工作包括許多儀式、守夜、禁食。最後，預定的日期終於來臨。

滿心期待的維沃先和女祭司及若干隨從會面，她們帶領他走過城堡裡的好幾層樓，深入地下室，來到黑暗峽谷最底端的基石。他們進入一個偌大的洞穴，位在城堡下方深處，內部陰暗且充滿流水聲。

「你等一下即將看到的，」女祭司說，「是這個世界上最神聖的象徵物，聖鍋，它代表了地球永無止息的生死循環。萬物終有一死，歸入灰燼之中，但所有的生靈也都從其中誕生。聖鍋以這條法則教導我們，沒有任何生物是永生不死的。只有聖鍋永垂不朽，它將萬物的碎片不斷攪混、重新分配。所以，聖鍋永恆地產出新生、也永恆地取走生命，聖鍋不是一件物品，而是女人。」

她的助手點亮洞穴周圍的火把。維沃看見了，整個空間藉由自然和人工的結合，雕塑成一個女人的造型，呈仰躺姿勢，面朝著高聳昏暗的拱形天花板。女人的身體大約有兩百碼長，臉部刻畫清楚，有著一渦渦捲髮，高挺的胸乳、觸及穴壁的修長四肢。最特別的是她的腹部，位置對應著地上巨大的圓形凹洞。從那處凹陷傳來了永無止盡的流水波動與沖刷聲。

「這就是聖鍋，」女祭司說，「裡面的水像鮮血一樣鹹，隨著北方海洋的潮汐而漲落。聖鍋向我們展現，一切的生命都源出於女性法則，而不是任何男性神祇的創造。遠古以前的先民尊崇聖鍋，而現在，我們這些了解它神聖地位的人依然敬拜它。」

維沃爵士雙膝跪地，驚奇地交握雙手。

他皈依了聖鍋的哲學教條，餘生都待在城堡裡學習、沉思。不久，他就成為一位博學之士。華倫斯爵士變成他的好友。他和一名女祭司結了婚，過著幸福快樂的日子。他再也沒有出現在國王的領土裡，成了傳說中的人物。

最後，由於外面世界的暴力愈演愈烈，高等女祭司決定必須讓聖鍋城堡更難被探險的旅人找到。她施咒將城堡籠罩在迷霧之中，並在原地營造出無人居住的險峻海岸作為幻象。通往該地的道路也施了法術，全都會繞回起點，讓旅人困惑迷失。

聖鍋的故事經過幾個世紀的流傳後有所改變。最後，象徵物從代表女性、注滿海水的自然洞窟，變成了曾經盛裝男性聖徒鮮血的人造容器。騎士仍然常去追尋它，但始終沒有找到。

艾菈丁與神燈

女性版的阿拉丁為這個古老的阿拉伯傳說帶來了令人驚奇的轉折。我開始下筆時，並不知道艾菈丁（Ald Dean）會對神燈精靈做出什麼要求。這麼說吧，她擅自接管了這個故事，循著女性主義的路線通往自己的快樂結局，不只為自己、也為別人帶來幸福。關於她的作法，有許多值得稱道之處，與許多傳統故事中自私的典型英雄要求的個人財富、地位、權勢形成對比。她所帶來的社會變革，代表了一種女性主義群體中常見的、自我滿足式的想望。

霎時之間，油燈湧出一陣濃霧……

從前，在一個老派的封建王國裡，住著一個名叫甘嘉．丁（Ganga Dean）的窮寡婦，外號是裁縫師丁夫人。她日以繼夜地穿針引線，養活自己和女兒艾菈丁。她們住在國王的宮殿後方，一條小巷子裡狹窄又寒酸的茅屋。

甘嘉．丁仰望著皇居的高牆，深感嫌惡。她總是對女兒抱怨國王課徵重稅，搶走貧苦婦孺口中的麵包，用來對外興戰，為國王和朝臣謀取更多財富。「戰爭只是掌權者玩的遊戲，」她苦澀地告訴艾菈，「代價卻是臣民在承受，搞得他們家破人亡，好讓遊戲能夠繼續。」

甘嘉像其他鄰居一樣討厭稅吏和衛兵，那些武裝的衛兵強取豪奪的甚至比稅吏還多。他們隨心所欲地挑選豬崽、母雞、傳家寶物、年輕的女孩或男孩，他們一被帶走，就從此下落不明。失去財產或子女的百姓一旦表示抗議，就會遭到傷害或殺戮，國王的人只會笑呵呵地揚長而去。「他們比禿鷹還邪惡，」甘嘉恐懼地悄聲說，「他們偷竊、強暴、殺人樣樣來。我們這些平民活著就只是為了滿足他們永無止盡的貪欲。」艾菈逐漸出落成標緻的少女後，她母親總是把她藏起來不讓稅吏看到，以免她被抓去滿足士兵的淫慾。

艾菈丁是個輕鬆樂天的女孩，儘管環境貧窮，她還是決心盡可能地享受生活。她在街頭到處跑，對商人惡作劇，加入男孩子的球賽，只要有機會就藐視權威。她母親懇求她穿上規矩的衣裙，學習淑女的優雅氣質，好吸引到一個有錢的丈夫，將她們從匱乏的生活中解救出來。但艾菈拒絕改變自己活潑野性的舉止。她不介意臉上的髒污、糾結的頭髮和雜亂不整的衣服遮掩她的美貌。

有一天，一個街頭魔術師到了甘嘉的家裡，狡獪地自稱是她亡夫失散多年的兄弟。這位寡婦連忙盡力招待他，開了最後一瓶蘋果酒、宰了最後一隻雞來給他當晚餐。魔術師一邊吃一邊打量艾菈，稱讚她美麗，說他可以訓練她成為整片國土最富裕的寵姬。他宣稱，她最後可以嫁個位高權重的貴族，也許是公爵或王子。

甘嘉開心地雙手交握，「我家艾菈可以當上公爵夫人或王妃？」她叫道，「願神保佑你，先生。那就讓她去學寵姬的行當吧，天曉得她現在也做不了什麼有用的事。」

「但是，母親，我不想成為寵姬，」艾菈抗議道。

「親愛的，我們得實際一點，」她母親說，「在我們的處境之下，這是妳能給自己找到最好的出路了。沒有別的方法更能讓妳接觸到那些達官貴人。要記得，只有寵姬能夠打動那些統治我們的、沒心沒肺的男人。妳可以做出很多好事。而且現在是妳的親叔叔主動說要教妳呢。這可是大好機會啊，艾菈。」

「我才不覺得，」艾菈咕噥道，她本能地對這名訪客巧言令色的態度感到不信任。

「想想看，」她母親繼續滔滔不絕，沉浸在發財夢中，「哪天我們甚至能住在皇宮裡，從陽臺俯看我們這舊茅屋呢。妳是個漂亮的女孩，妳的外表可以讓妳攀上高位。」

艾菈只是駝著背坐在椅子上，悶悶不樂地摳著拇指的肉刺。

「今晚就先說到這兒吧！，」魔術師雀躍地說，「明天我會帶她去找我一個朋友開始見習，對方是位非常偉大的女士。現在，我們先休息吧！」

他告退，睡到甘嘉平常的床上，她為他把床鋪得乾淨整齊，而自己睡在地上的草席上。魔術師就像當時大多數的男人一樣，深信每個女人都應該樂於犧牲自己的福祉，尤其如果她是（或相信自己是）他的姻親或血親。

艾菈坐著凝視了火堆好一會，思考自己該不該趁魔術師帶她走之前離家出走。但艾菈愛著她可憐、天真的媽媽，不想害她擔心，所以決定跟魔術師走，再見機行事。

早上，她把少少幾樣個人物品裝進包袱，和他一起出發。他們朝著山的方向走了很遠。艾菈非常疲累。她在四周只看見布滿岩石的荒土，沒有任何偉大女士可能居住的地方。「還要走多遠啊，叔叔？」她問。

「就快到了，」他向她保證。她並不放心。

不久，他們就走進一道多石的峽谷。魔術師從包包裡拿出鏟子，開始挖著礫石。他很快就挖出一個鑲在花崗石塊上的鐵環。「去拉那個鐵環，」他命令艾菈。她照做了。花崗石塊往旁移開，發出低吼般的壓磨聲，露出一扇活板門，底下有一道通往地底的石梯。

「妳要走下這道樓梯，通過底下的洞穴，」魔術師告訴她，「不要碰任何途中的東西，就算碰一下都可能致命。在大洞穴的末端，你會看到一個凹槽，裡面放著一盞普通的油燈。把那盞油燈拿來給我。記住，千萬不要碰別的東西。」他給她一支點燃的蠟燭，把她推向活板門。

艾菈丁頗為樂意走下石梯，因為這感覺像在探險。她的蠟燭讓她看見一座乾燥的洞穴，擺滿了蒙塵的木盒和木箱。鬆軟、粉狀的灰塵積在地上，她走過時就隨著她的腳步迴旋揚起。她什麼東西都沒碰，雖然想知道箱子裡裝著什麼的好奇令她心癢難耐。

洞穴中的空間通向一條狹窄的通道，接著又到了另一個房間，比上一間大得多。這裡也幾乎塞滿了木盒子，其中一個是打開的。艾菈丁拿著蠟燭傾身一看。她興奮地發現，盒子裡正如她預期的裝著寶藏，有黃金的珠子、杯盞、手鐲，鑲珠寶的頭冠和項鍊，還有戒指、踝鍊、胸甲全都閃耀著貴金屬和寶石的光芒。

位在洞穴遠處牆上平視高度的凹槽裡，只放著一盞又小又髒、光澤黯淡的普通黃銅油燈。艾菈難以想像，為什麼她叔叔會想要這個油燈多過洞穴裡的其他珍寶。她也想不到，為什麼他不自己下來看看這裡藏的是什麼。她對他的懷疑很快地加深了。

她手裡拿著油燈回來時，發現花崗石塊再次堵住了洞口，只留下一側六吋寬的空隙。她透過空隙看見魔術師的臉。

「妳可去了真久，」他低聲抱怨，「快點，丫頭，把油燈給我，然後我就把石頭移開讓妳出來。」

艾菈丁笑了。「叔叔，你以為我有多笨啊？」她說，「先讓我出去，你才拿得到油燈。」

魔術師勃然大怒，連連咒罵地要求艾菈丁立刻交出油燈——這只讓她更堅定地拒絕。魔術師先是伸了手臂、後來又戳了棍子到洞裡，試圖抓住她。她拿了油燈退回樓梯底部。「你為什麼不自己下來呢，叔叔？」她叫喊道，「這地方有什麼問題嗎？」

魔術師發現怎麼說服她都是沒用的，於是大喊：「蠢丫頭！妳就去享受妳的寶藏吧——直到永遠！」他說著就把出口完全封閉了。沉重的岩塊阻絕了所有聲音。艾菈丁獨自置身於墓穴般的寂靜中。

一開始，她爬上樓梯，試著要把花崗石塊移開，但石塊有好幾噸重，如果沒有外面那個魔法鐵環的幫助，根本移動不了。她唱歌、說話給自己聽了一會兒，作為娛樂，希望魔術師會回心轉意，把她從這個地下牢籠裡放出來。但時間逐漸流逝，她又餓又渴，逐漸喪失鬥志，意識到她那位假叔叔想必是把她留在這裡等死。

她不禁哭泣落淚，眼淚流到了還握在手裡的舊油燈上，把上面的塵土沾得濕糊。她自動把沾濕的地方擦了擦，露出金屬表面。

霎時之間，油燈湧出一陣濃霧，聚成了一個巨大精靈的形狀，他頭上光禿，戴著鐘擺似的耳環，身穿寬大的絲質長褲。「真是解脫！」精靈叫道，艾菈大為驚嚇，「我已經窩在那燈裡兩百年，總該有人發現我了。小女主人，現在有個神燈奴僕任妳差遣了。妳有什麼願望呢？」

「我想離開這個洞穴，」艾菈立刻說。

「馬上辦到，小女主人，」精靈把她抓起來放在臂彎間，跨了一個大步，通過某種濃稠黑暗的奇怪介質，然後就把她放在花崗岩上方的地面。她環顧四周。黃昏降臨了，一陣冷風在岩石間呼嘯。魔術師不見蹤影。

「我現在想要吃喝點東西，」艾菈說。

精靈彈彈手指。她腳前出現了一張美麗的地毯，上面擺滿一盤盤水果、一壺壺水和酒，還有麵包、起司和甜點。艾菈吃得飽到不行。然後，她命令精靈帶她回家。

「但是，那些寶藏怎麼辦呢？」他狡獪地問，「妳不想拿些金子和珠寶走，幫自己買到嶄新的人生嗎？」

「我不這麼想，」艾菈說，察覺到其中有陷阱，「我對那些寶藏沒什麼把握。也許我那個假叔叔叫我別動手是對的。」

「真是明智的女孩，」精靈說，「事實上，那些寶藏是以許多鮮血為代價而得到的，給人帶來的也就只有短暫的滿足。妳如果碰了它，妳就會感染這種貪得無厭的疾病，會讓妳殘障、甚至喪命。除了純潔的處女之外，任何人走進洞穴都會致命，這就是為什麼妳的同伴不敢自己下去，而叫妳代勞。」

精靈又一彈手指，清走了碗盤，讓艾菈帶著油燈坐在毯子上。艾菈倒抽一口氣，因為毯子飄浮離地，在夜空中全速飛行，把她載回家，體貼地把她放在母親家門口。

「好了，小女主人，」精靈說，「妳到家了。現在，要不要變幾個真正的奇蹟來呢？我已經太久沒有施展我的法力了。不如來一座有五十個房間的白大理石宮殿，還有一百個切爾克斯奴隸，一整個馬廄的好馬，和鑲滿鑽石的洋裝？妳喜歡什麼？妳不想成為富有的貴族，或甚至當上王妃嗎？」

「不，我不想要當王妃。貴族一無是處，只會從窮人手中偷東西，滿足自己膚淺的享樂欲望和不必要的奢侈開銷。」

「天啊，妳真是個假正經的無聊鬼，」精靈說，「妳這副高高在上的態度，是想怎麼樣呢？我的每任主人要的都是宮殿、奴隸和那些統治階級的玩意。」

「我想要更實用的東西。我想要消弭戰爭。我要你讓整個國家和所有鄰國裡的武器都消失不見，這樣男人就沒有理由互相戰鬥、傷害彼此。」

精靈翻了翻白眼，「我不習慣這種事，」他抱怨，「我的主人都是要我殺掉敵人，讓他們當上老大。維護和平有點超出我的工作範圍。」

「呃，如果你辦不到的話——」

「說話小心點，小女主人！我可是神燈精靈。我什麼事都做得到，」精靈雙手握拳，眼睛閉緊、咬緊牙關，使盡全身的力氣，「好啦，完成了。妳還有什麼奇怪的願望？」

「把稅吏都變成綿羊，把他們的衛兵變成牧羊犬。」

精靈又用力一次，然後告訴她這個要求達成了。

「把貴族的珠寶都變成麵包，分送給窮人。」

這也達成了。

「現在，把所有的宮殿跟所有的茅屋都變成樸素但舒適、大小適中的房子，這樣一來國民就可以平均分配到財富。」

「妳這是叫一個可憐的精靈改變整個社會，」精靈抗議道，「這是一項艱鉅的任務。」

「嗯，如果你不行的話——」

「才不！」他叫道，「我無所不能！」他說著，使出比以往更大的力量。他的眼球凸出、舌頭往外伸、臉色泛紫。艾菈看見她母親破舊的茅屋在眼前變成一間上了白漆的可愛農舍，還有花園和柵欄。巷子裡的其他房子也發生了變化，國王皇宮的高牆則突然縮小得看不見。

精靈坐在地上喘氣。「我筋疲力盡了，」他說，「妳把我最後一點力氣也用光了。接下來好一陣子，我都沒辦法做別的事了。讓我退下吧，女主人。我沒有法力了。」

「那就走吧，」艾菈丁說。

精靈緩緩把自己塞回油燈裡。他消失時，她聽見他的聲音虛弱地說，「如果還有什麼需要，就擦擦油燈。」

隔天一片混亂。富貴人家驚駭於宮殿和寶物像變魔法般地消失了。他們尖叫著召來士兵，士兵想用草叉、耙子和鋤頭作為武器，但那些農具的數量不夠。國王的諮議大臣害怕人民會揭竿起義，或是周圍曾遭劫掠的國家會發動報復計畫。他們發現其他人也都沒有武器時，鬆了一口氣。同時，軍隊將領無事可做，便找了新的工作。

一旦他們發現民怨已經在新的生活狀況中紓緩，對於革命的恐懼便煙消雲散了。平民甚至友善地對過去的貴族伸出援手，教他們如何耕地、如何管理少量的財產。過去判若雲泥的不同階層，融合成了一個沒有階級的國家，人們不再覺得必須打壓別人才能壯大自己。

艾菈丁和她的母親受到鄰人的尊敬。甘嘉再也不用為了生計日以繼夜地縫紉。她每天舒適地工作八小時，並且享受用她的點子和創意做出獨創設計。艾菈到一座由前公爵經營的乳牛牧場工作。最後，她跟那個酪農的兒子結婚，永遠過著幸福快樂的日子。

幾乎整個王國的人都過著幸福快樂的日子，只有精靈除外。改變一整個社會讓他的法力耗竭過度，他再也變不出宮殿了。他只能在小孩的生日會上表演娛樂節目，從帽子裡變出活鴿子。有時候，他會纏著人講他在風光歲月中變出的奇觀，但沒有人真心想聽。最後，他回到油燈裡，學會滿足於在黑暗的世界中製造出一點點光亮。

莎洛瑪的冥府之行

這個故事重述了巴比倫女神伊絲塔（蘇美文明中的依南娜）如何深入冥府救活她的愛人搭模斯（蘇美文明的杜木茲）。他在聖經中以多瑪的形象重現。伊絲塔在七道冥界之門各捨棄一件衣飾，遇見了她的黑暗孿生姐妹，埃勒什基迦勒（她在此與印度黑暗女神迦梨的形象融合），最後被釣在彎鉤上化為白骨。描繪這些情節的女祭司之舞顯然流傳了下去，成為聖經中莎樂美和母親希羅底（又名愛羅底）的故事。希羅底或許就是與國王（希律）在聖婚儀式上交合的高等女祭司或祭司王后。對於伊絲塔和塔姆茲的敬拜，當時盛行於巴勒斯坦，婦女每年會在耶路撒冷的神殿為搭模斯哭泣（以西結書 8:14）。

她仍舊舞著……

從前，有一位美麗的女祭司，名叫莎洛瑪，她愛上了一位叫作薩木斯的王子。在那個時代，有皇家血統的男子按照習俗要每年抽選一人，前往地底的死亡之國，換得地上的農作物繁茂生長，人民免於饑荒之苦。

春天來臨時，新的籤抽出來，莎洛瑪驚駭地發現，抽中的是她的愛人。「你不能去，你不能，」她對薩木斯哀求。

「這是我的責任，」他回答，「我怎麼能不去？我剩下的選擇就是流亡，在異國過著平民的生活。身為王子，不能降格做出這種懦夫之舉。」

莎洛瑪又是哭泣、又是發怒，但薩木斯很堅決。他說，那些先他而去的人，都因為勇於自我犧牲而受到神明一般的崇敬。他也想要獲得崇敬。「這比跟我在一起還重要嗎？」莎洛瑪問他。

「這比任何事都重要，」薩木斯說，「身為服事聖職之人，妳很清楚這一點。我必須完成對人民的責任，他們則會永遠敬拜我作為回報。」

莎洛瑪見他心意已決，便去求助於她的母親愛羅底，一位法力強大的仙后。「薩木斯決心要完成犧牲儀式，進入冥界，」她說，「我要怎麼做才能阻止？」

「妳無能為力，」愛羅底王后告訴她，「妳不該阻止他。人民都相信，如果不這樣，他們就會陷入饑荒。妳要讓儀式進行，再自己去找他，把他帶回來。」

「我該怎麼做？」

「我會告訴妳，但我先警告，這不是一項簡單的任務。」

「我不在乎，我什麼都願意做。」

「那麼，仔細聽。儀式結束後，妳要進到神殿裡，身上穿著妳最好的七件寶石繡袍，一層疊一層。最外面那一件得是紅色，第二件橙色，第三件黃色、第四件綠色、第五件藍色、第六件紫色、第七件黑色。妳要在神殿中央內室的神明前跳舞，直到進入恍惚狀態。然後，妳就會通過七道冥界之門。每道門的守衛都會向妳索取一件衣袍當作路費，所以妳抵達死亡之國時會是全身赤裸。妳也要記得帶硬幣付給三條冥河上的船夫。妳必須去見冥后卡迦梨，她會告訴妳該怎麼找回薩木斯。我沒辦法再多說了，因為我也不曾親自去過。我告訴妳的只是祕典中寫的內容，只有身懷仙靈血統的人能夠閱讀。」

莎洛瑪向愛羅底王后道謝，趕忙從衣櫃裡挑出七件最輕薄的衣袍，以免阻礙她跳舞。她一件件穿上時，感覺就像被包裹在雲朵中。

攸關命運的那天來臨了。薩木斯王子身穿黃家紫衣，騎著一頭白騾。他在一支盛大的遊行隊伍簇擁引導下來到神殿祭壇，途中鑼鈸敲擊、號角吹響，棕櫚葉來回搖動。祭壇中央有一棵大樹，枝條已經削去，他的雙手被吊在樹上，流出血來。

他勇敢地承受折磨，對儀式上的問題做出正確的回應，莎洛瑪在樹根旁哭泣，她的女僕和其他婦女也一起，因為傳統認為必須有女子的哭聲才能幫助王子進入冥界。

薩木斯靜止不動很長一段時間以後，主祭宣布他的靈魂已經進入冥界。他從樹上被解下來，葬進光鮮亮麗的新造墓穴。在典禮最後，莎洛瑪進到神殿中央的內室。在四周高聳、蹙眉的神像環繞之下，她開始在寶座前跳舞。

她舞至雙腿疲累、氣喘吁吁，七件薄袍下滿是汗水。但她仍舊舞著，直到視野周圍變黑，神殿內室的輪廓開始在她眼前閃爍、消溶。她改而瞥見一座寬廣、深不可測的深淵在她腳邊開啟，一條通道朝內迴旋而下。她舞動的雙腳帶著她走上那條通道，舞蹈的節奏無法停止，身體的其他部分幾乎是不情願地跟了上去。

在第一道門，一個紅色皮膚、全身穿著猩紅色的生物攔住她，牠手上長著紅色爪子，頭上也有暗紅色的犄角。門扉漆成鮮血般的紅色，鑲嵌紅色的寶石：紅寶、石榴石、紅玉髓。周圍的岩石是鏽紅色的砂岩和朱砂。

守門人擋在她面前說，「妳是活人，不付路費就不能進入死者之國。」

「我可以付，」莎洛瑪說。她脫下最外層的長袍，交出那件輕薄如紗、繡著寶石的衣物。守門人收下了，並打開大門。她走過大門，發現自己站在一條河水濃稠的紅色河川岸邊——一條血河。

有一艘小渡船停在岸邊，船上有一個全身披掛深紅色衣袍、頭戴兜帽的人影，一隻只剩骨骸的手握著船槳，另一隻手往外伸出，手心朝上。莎洛瑪忍住一陣顫慄，上了船，在白骨手中放了一枚硬幣。船夫立刻出發，划船載她渡過血河。她勉力撐過這段航程，努力不吸入令人反胃的強烈血腥味。

河的另一岸上，沙土呈現橙色，十分燙熱。她循著一條彎彎曲曲的道路，通過岩壁，來到第二道門，門漆成火焰般的亮橘色，鑲嵌著火蛋白石，兩旁有火把在燃燒。守門人穿著番紅花色的長袍，戴的頭冠上有點燃的蠟燭。他揮動著燃燒的火炬攔住她，對她說：「妳是活人，不付路費就不能進入死者之國。」

「我可以付，」莎洛瑪說。她脫下第二件衣袍，守門人接過，打開了大門。她通過後，簡直被熱氣燻得窒息。她來到了火焰的國度。她周圍的岩石洞孔裡燃燒著小小的火苗。她站在一條紅熱的岩漿之河的岸邊。一艘由鏽鐵打造的渡船停在河岸，由一具人形的金屬機械生物操作。它伸出手，莎洛瑪給他一個硬幣。它載她渡過灼熱的河流，途中，鐵船升溫到使人無法碰觸的高熱。若是沒有五層衣物保護皮膚，莎洛瑪或許會燙傷。得到充分保護的她，只是有點困難地呼吸著燙熱的空氣。

河的另一岸是赭黃色的泥地，上面長著高大的奶油金黃色向日葵，在花莖上扭擺、朝著她點頭，彷彿有自己的情感知覺。由黃金製成的第三道門上刻有太陽的圖樣，周圍有振翅的亮黃色蝴蝶像雲朵般簇擁。守門人的黃袍上有更多蝴蝶，所以他看起來就像由一堆顫動的黃色翅膀構成的高塔。

莎洛瑪再度遭到盤問，於是她把第三件衣服給了滿身蝴蝶的守門人。她通過黃金大門時，逐漸覺得行動自在了一點。門後是一片全由硫磺石構成的地景，顏色鮮黃，十分美麗，但是發出讓莎洛瑪無法呼吸的惡臭。她屏住鼻息，用嘴巴淺淺呼吸。氣味刺鼻、顏色黃如太陽的尖丘和純硫磺的巨大結晶之間，有一條彎曲的路徑，她沿路前行。

下一道門是一座高聳的石碑，整體由翠綠的孔雀石打造，上面鑲嵌翡翠。守門人是一個全身覆蓋植物的綠色巨人，長了鬍子的臉從一頂蔓生的綠葉冠冕下露出來。綠色的巨人告訴她要付路費才能進入死者之國，然後接下了她的第四件衣袍。

她通過大門，來到一座茂盛的叢林。道路上有多處都被茂密的綠色植物掩蔽。她撥開蕨葉叢，努力地找到路。她必須通過一條黏滯、水淺的溪流，上面覆蓋一層毒藥綠的藻類。溪上沒有渡船，但她發現了亮綠色的長石做成的踏腳石，以前她的導師們把這種礦物叫作亞馬遜石。

第五道門是用豔藍色的青金石打造，她從前學到過這是屬於天界的礦物。門上鑲嵌的藍寶石和海水藍寶就像靛青色天空裡的藍色星辰。守門人是個外表善良的藍髮精靈，穿著墨水藍的絲袍。他照例盤問她、並收下她的第五件衣袍時，用憐憫的神情望著她。「活人為什麼會想自願赴死呢？」他問。

莎洛瑪予以忽略。她匆匆通過大門，踏上一片藍色的土地。那裡給人的印象是一個由亮藍色天空籠罩的開闊空間，地面是鋼藍色的岩石，其中的空隙長出一叢叢藍風鈴草、矢車菊和龍膽。

第六道門看起來是以一塊巨大的紫水晶石鑿刻而成，透著紫色的微光。守門人高瘦得不自然，全身披蓋著紫色絲絨，只露出一隻淺薰衣草色的纖手，沉默地接過她的衣袍。紫色的守門人什麼也沒說。他打開大門，為她呈現一片永遠是黃昏時分的景色，籠罩著紫羅蘭色的霧氣，小溪在一叢叢紫花間流淌。

這幅景象中沒有什麼明顯的威脅，但不知為何，莎洛瑪比先前更不願意踏進這片紫色的陰影中。她膽怯地前進，以警戒的眼光環顧四周，彷彿她預期那片霧隨時會凝聚成恐怖的東西。沒有出現任何驚嚇她的事物，但她走在彎曲道路上的同時，靈魂中深植了一股無可動搖的抑鬱感。

看見第七道門時，她的絕望感更是加深。夜空下，大門像一堵黑曜岩高牆，表面打磨發亮猶如黑色的鏡子，矗立在全黑的岩石之間，看起來堅不可摧、令人望而生畏。她在門前停下，沒有看見守門人。

她蒼白的軀體在最後一件衣袍的黑紗下隱約可見。輕薄的衣料無力抵擋寒意——一陣冰冷、不屬於人世的惡寒，彷彿來自外太空的黑暗中，遠離一切溫暖、怡人、熟悉的事物。莎洛瑪不由自主地抱緊身體，摩擦手臂驅寒，但無濟於事。她站在巨大的黑門前瑟瑟發抖，等待的時間彷彿無窮無盡。

霎時之間，她面前的黑色泥土中有個人形拔地而起，塑形成人類的輪廓時，表面閃亮而不透光。它的臉上沒有五官，手臂和手掌只有粗糙的雛形。它向她伸出一隻半成形的手。雖然她看不見它的嘴巴，但它說，「妳是活人，不付路費就不能進入死者之國。」

「我可以付，」莎洛瑪輕聲說，為了避免聲音太過顫抖而不敢大聲說話。她脫下黑色紗衣交給那個黑色生物。現在她全身赤裸，只剩下最後一個硬幣握在手中。

巨型的黑曜岩大門緩慢地打開，寬度只容她剛好通過，前往冥界中央的深淵。在門的另一邊，她。來到一條黑色的河川，這是冥界最寬廣湍急的河流，在河岸之間滑順地流動，像一條巨大而沉默的黑蛇。岸邊有一艘渡船，操船人老朽灰敗，貌似巨型的灰蜘蛛。他皮包骨的手腳簡直不比樹枝粗，但莎洛瑪付給他最後一枚硬幣後，他以幾乎超凡的力量駕船通過湍急油亮的黑色河流。

一到彼岸，莎洛瑪便疑惑地停下。她的周圍到處飄浮著死者陰暗稀薄的形影，微弱的聲音嘆息著，說著她不太理解的語言。他們看起來像人類，但又不是。他們的形體像是黑煙中變出來的，又或是靜靜滑越過一切障礙物的影子，來來回回地輕飄，彼此間輕聲談論著她。

她鼓起全身的勇氣，對空宣布：「我來見冥界女王卡迦梨。」她的聲音略微破碎，但在背景的嘶嘶聲和耳語聲中，聽起來已經相當有力。陰影紛紛退到一旁，為她讓出一條路。她朝著他們示意的方向前進，來到一座各面都被水晶柱包圍的廣大廳堂。

在廳堂中央，有一名長著四條手臂的黑膚女子坐在黑瑪瑙寶座上。她頭戴冠冕，衣服是金色和豔紅色，佩戴許多珠寶。她的長髮向上豎起，彷彿被連續不斷的氣流吹著。她的外表就足夠令人心生畏懼，但仔細瞧瞧她黝黑的臉，莎洛瑪才發現真正的驚人之處。除了黑檀木般的膚色以外，卡迦梨的臉孔和她一模一樣。

她深吸一口氣，鞠了個躬，然後對著寶座上的神靈開口。「陛下，我來領回薩木斯王子的靈魂，」她說。

「是嗎？」卡迦梨說，「妳願意付所需的贖金嗎？」

「我沒有財物可以付了，」莎洛瑪說，「我遵照指示，全身赤裸地來到您面前。」

「是的，從上面的世界而來的死者必須赤裸，如同他們出生時一絲不掛。雖然妳遵照了習俗，但妳並沒有死。妳必須比露出皮膚更赤裸，才會像是死者的模樣。妳必須褪下血肉，赤裸到只剩骨頭。」

莎洛瑪不禁顫抖，「那麼我要怎麼和愛上我血肉之軀的薩木斯王子結合呢？只剩骨頭是不能做愛的。」

「在死者國度捨棄血肉的人，重生進入活人世界時也會重新穿上血肉，」卡迦梨說，「這是自然之道。」

「您的意思是說，我可以拿回我的身體嗎？」

「我的意思是說，所有的身體在生命的鍋釜中都是一樣的。妳沒看見我就是妳的陰影雙胞胎、同時是妳的生命與死亡嗎？所有生物看見的我都是如此，因為我是它們的女王。」

莎洛瑪沒有時間思索這些如謎話語的意義，因為兩隻生著皮革翅膀的巨魔突然從天而降將她抓住，掛在卡迦梨廳堂天花板上的鉤子。掛在鉤上的她，皮肉迅速融化流失，剩下一具骷髏。然後，其中一隻巨魔帶著薩木斯王子的靈魂飛到她面前。

「受難的王者啊，你看，」卡迦梨對他喚道，「你認得出這些白骨嗎？」

薩木斯仔細地看。然後他開口了，「是的，我看出我的愛人莎洛瑪潔白美麗的貝齒。就算沒有包覆著牙齒的迷人雙唇，不管如何我都認得出來。」

「恭喜，」卡迦梨女王帶著一絲嘲諷說，「你證明了自己，你是個觀察入微的情人，值得她的犧牲為你換來的生命。有一件事，我要命令你永遠記住。她是為了愛而犧牲，你卻是為了虛榮。永遠不要再愚蠢地以為你可以沒有能力愛一個人，卻有辦法愛全人類。你要從女人身上學習怎麼當個男人。」

薩木斯低下頭說，「我實在不該懷疑她的智慧。」

「你們兩個，離開吧，」女王命令道，「未來陰影再次降臨的時刻，我們會再度相會，因為沒有人能夠永遠離開死者之國。」

巨魔將莎洛美的白骨從鉤子上解下。她的血肉迅速生長得完好如初。薩木斯喜悅地擁抱她，她帶他離開冥后的廳堂，回頭通過冥界的每一層、每一道門。如同所有準備出生在人世的生靈，每道門都為他們敞開，每條河都任他們自由通行。

當這對快樂的愛侶回到皇宮，他們得到祝賀者的喝采歡迎，還有一場盛大的宴會。不僅薩木斯被尊為神祇，莎洛瑪也被視作女神，形象如同天堂的聖母、以及傳說中她住在地底並統治冥界的陰影雙胞胎姊妹。

她從來沒有把自己和卡迦梨神祕的相似程度告訴任何人——包括薩木斯。但她經常思索此事，最後對於人類和神界的連結獲得了一些結論。她將結論寫在一本書中，藏在神殿的隱祕之處。她不曾讓人讀過那本書，以免其中內容冒犯了人民單純的信仰。

當薩木斯王子與莎洛瑪成為國王與王后，他們取消了一年一度的犧牲祭典，宣稱人民已經得到了永遠的救贖。此言似乎不虛，因為即使沒有額外的照料，莊稼仍然每年欣欣向榮地生長。

夫妻倆過著幸福快樂的日子，直到他們攜手返回冥界的時刻來臨。最終，人民將他們供奉在大神殿裡，成為最重要、最受愛戴的神明。之後有好幾個世紀之久，每年都會由一名皇家出身的少女在儀式上表演莎洛瑪的七重紗衣之舞，以祈求繁盛不息的生命。

織工

古希臘神話中的阿拉克涅（Arachne）是一名人類少女，她的紡織手藝之精湛，招來了技藝女神雅典娜的嫉妒，惡意地將她變成一隻蜘蛛，教訓她不可與神祇競爭比美。這是一則改編的神話故事，意在降低雅典娜女神作為命運編織者的地位。在這個版本中，阿拉克涅早先就以她的圖騰，蜘蛛的形象出現在世上。我們那些善於紡織的女性祖先，想必非常讚嘆蜘蛛結網的精細技巧，並自然地將之歸功於女神的恩賜。

編織命運的女神在希臘文中有另一個名字叫作可蘿索（Clotho），她的紅線織在每一幅預言人間事件的網中。過了許多個世紀，許多歐洲人依然相信，女人紡織、編結、穿針引線的工藝能夠促使特定事件發生，帶來保祐或是詛咒。蜘蛛在仙靈世界也是神聖的生物，傳說中的仙靈常穿著蛛絲製的衣物。

富有的仕女會拿真絲、錦緞和羊毛給她。

從前，有一個窮寡婦，她的女兒名叫蘿瑟特，紡紗和編織的高超技術在鄉間各處人盡皆知。她們家境貧寒，蘿瑟特靠著自己的手藝奉養母親。富有的仕女會拿真絲、錦緞和羊毛給她，付錢請她織出美麗的布料和緞帶做成衣服。附近的農夫也請她紡出耐用的毛料，織成能抵擋風雨的厚實斗篷和長褲。織錦商人收購她的作品，並以好幾倍的高價轉賣。人們用「像蘿瑟特的作品一樣」讚美手工精緻、花樣繽紛的織品。

母親常說蘿瑟特打從幼時就對蜘蛛非常著迷。她會一坐好幾個小時看蜘蛛結網，然後拿線試圖模仿蛛網的樣子。她對蜘蛛十分保護，從來不會殺死出現在家裡、織網造成不便的蜘蛛。反而，她會小心地將牠帶到屋外，放在牠能安心結網的地方。

蜘蛛似乎也信任她。她把牠們移到安全的地方時，牠們毫不害怕地跳到她手指上，用八隻閃亮的眼睛望著她。她曾說，一隻普通的園蛛，也比一百個最優秀的人類工匠更懂得紡織，只要她的手藝能有蜘蛛的一半好，她就心滿意足了。

蘿瑟特成年時，就和青梅竹馬的愛人，一個名叫藍柏的牧羊少年訂了婚。藍柏從蘿瑟特身上得到靈感，開始培育毛質特別細軟纖長的綿羊，牠們的毛可以織成柔軟但耐久的毛料。村民們都相信，蘿瑟特和藍柏結婚後，事業一定會蒸蒸日上，因為他們的才能正好相得益彰。

蘿瑟特的村莊屬於瑞斯查男爵的領地，他是個殘酷的領主，掌握著所有臣民的生殺大權。有一天，男爵剛好路過蘿瑟特的屋子，而她正在門階上就著陽光紡紗。他看到她，便停下來、跨下馬鞍。

「我渴了，去拿杯啤酒給我，」他命令道。蘿瑟特放下紡紗的工作，趕忙照辦。她把啤酒遞給男爵時，他熱切地凝視著她的臉龐。

「妳真是個漂亮的姑娘，」他說，「妳叫什麼名字？」

「我叫蘿瑟特，爵爺。」

「很好，蘿瑟特，明天到我的城堡來。我要妳當男爵夫人的侍女，對妳這種鄉下女孩來說可是飛上枝頭了。」

蘿瑟特行了禮，什麼也沒說。她跟瑞斯查領地裡的每個人都知道，男爵夫人的侍女不過就是男爵的後宮女奴，服務的是他，而不是他的妻子。男爵夫人本身也知情，並且歡迎這種安排，讓她能不需要滿足男爵殘暴的性慾。每次有新人加入後宮，他便會將暴行集中在她身上好一陣子，直到她精神完全崩潰，樂意服從任何命令以避免遭受更多痛苦。

男爵策馬離開後，蘿瑟特痛哭落淚，跑去把他的話告訴母親。「我這輩子完了，」她啜泣道，「現在我永遠不能嫁給藍柏，永遠不能紡織。我再也沒辦法自由了。我會待在他的城堡裡當囚犯，直到他死——當『他』那醜陋怪物的囚犯！」

「噓，妳不能這樣說話，」她母親說，恐懼地四下看看，彷彿覺得會有男爵的衛兵偷聽。她也甚為絕望。她想不到方法能救女兒。她安撫蘿瑟特、親吻她，虛弱地說，「但是妳就能穿華服、戴珠寶了。」

「是啊，但身上全是瘀青和水泡！」蘿瑟特激動地叫道，「母親，我無法忍受。我要逃跑。」

「那樣妳會變成逃奴，只要被抓到就是死刑啊，」她母親說，「喔，天呀，我們做了什麼，要招到這麼悲慘的命運？」

蘿瑟特和母親哭得累了，便去睡覺，希望新的一天能為她們的問題帶來解答。夜裡，蘿瑟特被床邊一道神祕的微光驚醒。她睜開眼睛，看見一位奇怪的女士坐在那兒，身材高挑、灰眼清澈，灰色長髮如絲，手指非常纖長。她身穿一件薄薄的白袍，彷彿飄浮在她身旁的空氣中。

「妳是誰？」蘿瑟特叫道。

「我是仙靈阿拉克涅，織工的守護女神，」那位女士說，「我的蜘蛛僕人聽見了妳的苦惱，召喚我來幫助妳。我可以救妳脫離瑞斯查男爵的魔掌。」

「噢，快告訴我！」

仙靈給了蘿瑟特一束帶著特異虹采的紅絲線。「明天別去城堡。坐在妳的織布機前，織出一幅穿著像男爵的人，從馬背上摔到溝裡，腿彎成不自然的角度的畫像。把這束紅絲線織到畫像上。」

蘿瑟特照著阿拉克涅的指示做了。在她織出人像的同時，瑞斯查男爵的馬兒絆倒，把他甩進溝裡，摔斷了一條腿。

之後幾個月，男爵臥床等待斷腿復原，咒罵醫生和侍從，讓身邊人人不得安寧。蘿瑟特希望他已經忘了她。但很不幸，當男爵恢復到能夠騎馬，就出現在她家門前，質問她當時為什麼沒有遵照命令出現。

「明天一定要來，」他告訴她，「我會給妳一件新的絲絨長袍。這對鄉巴佬來說夠誘人了。」

他騎馬離開，留下再度痛哭流淚的蘿瑟特和母親。

那天晚上，仙靈阿拉克涅又出現在蘿瑟特床邊。

「親愛的仙靈啊，幫幫我，」蘿瑟特哭道，「男爵打定了主意要強佔我。」

「別害怕，」阿拉克涅說，又給她一束紅絲線，「不要遵照他的命令，明天用妳的織布機織出一個躺在床上的貴族，臉上病容蒼白，旁邊有醫生圍繞的畫。把這束絲線織到畫像上。」

隔天，蘿瑟特編織時，瑞斯查男爵突然得了一種沒有任何醫生認得的病。他虛弱得下不了床，幾乎沒辦法吃喝。他的大部分侍從都暗暗希望他會死掉，他的妻子絕對也如此盼望。

然而他沒有死。過了幾個月，他逐漸痊癒，恢復了力氣。春回大地的時候，他就能起床走動了。

蘿瑟特和藍柏認為男爵已經忘了他對蘿瑟特的命令，準備在綠野上舉行婚禮，邀請全村的牧羊人參加。這對愛侶開心地手牽手在草原上漫步，藍柏同時放牧著他的羊群。蘿瑟特告訴了他男爵來找她的結果。「誰想得到呢，」藍柏評論道，「好好對待蜘蛛竟然有回報。」

同時，有一個織錦商人到蘿瑟特家裡拜訪，看到她用魔法絲線織的兩幅畫。

「這是她做過最驚人的作品，」他對蘿瑟特的母親說，「我出各五枚金皇幣買。」那窮苦的寡婦震驚於如此慷慨的出價，足以讓她買好幾年份的麵包和啤酒。她立刻接受了。商人大為高興，把蘿瑟特的織錦畫打包，心中確定它們至少各能賣到五十枚金皇幣。

而幾天後，他把兩幅織錦畫以各六十五枚金皇幣的價格賣出，買主正是瑞斯查男爵夫人。

織錦畫掛在男爵夫人的客廳裡，不久就吸引了男爵的注意。他仔細一瞧，發現畫中人和他的相似度令人毛骨悚然，和他座騎絆倒的場景、他床上的掛飾，以及關於他近來厄運的其他細節，也都如出一轍。

他衝進妻子的房間，把她從床上揪起來，大吼道，「妳是從哪弄來那兩幅織錦畫的？」她跟他說了，他便立刻跑去找商人，並且得知那是蘿瑟特織的。瑞斯查馬上召來宗教裁判官，跟他們說蘿瑟特是女巫，對他下了兩個魔咒。第一個咒語害他摔斷腿，第二個咒語害他生病。他出示織錦畫作為證據。

裁判官逮捕了蘿瑟特，將她綁在刑椅上，讓她接受浸水審判。浸水椅審判的理論很簡單，人人都能懂。如果被強壓到水裡的被告溺死了，那麼就可以證明她是無辜的。如果她沒有溺死，就證明了她是女巫，必須處死。不管如何，裁判官都是贏家，還可以從她的財產中分到一筆。

他們把蘿瑟特壓在村子的池塘裡，藍柏和她母親絞著手站在群眾中看著。蘿瑟特被壓在水下很長一段時間。大家都肯定她必然已經溺死了。但是，一群又一群的水蜘蛛聚集到她旁邊，每隻都拖著一個充滿空氣的小絲球，牠們用蛛絲蓋住她的鼻孔，並給她空氣呼吸。

蘿瑟特被拉起來，仍然存活，裁判官於是斷定她確實會巫術，判她隔日接受處決。男爵指示裁判官夜裡將她囚禁在他城堡塔樓的房間裡。他仍然覬覦她，企圖在她等待受死的這一晚蹂躪她。

可憐的藍柏深受打擊。他扶著蘿瑟特不停落淚的母親回家，然後獨自坐在他不久前才跟愛人一起散步的草原上。他一面擦著眼淚，一面想著一個比一個絕望的計畫，此時他訝異地發現身邊站了一位高挑的女士，出現時完全沒發出半點聲響。「妳是誰？」他叫道。

「我是仙靈阿拉克涅，織工的守護女神。我要告訴你怎麼救蘿瑟特。」

「要怎麼做？要怎麼做？」

「午夜過後，到男爵塔樓底下的灌木叢裡躲著，帶上行李和兩匹馬。要確保沒有人看見你。

蘿瑟特會從塔樓逃下來，你們一起騎馬逃走。到東方的國家去，別再回來。你們會有好運的。」

藍柏相信了仙靈的話，連忙開始準備。他沒把計畫告訴任何人，只通知了蘿瑟特的母親。

黃昏時分，如果有人在看男爵的塔樓，一定會發現十分奇怪的景象。一根形狀奇異、微微發光顫動的柱子拔地而起，沿著牆一路延伸到高塔上唯一的窗戶。若靠近一點看，或許就能（在視線被黑暗模糊以前）辨認出那根顫動的柱子是由數千隻攀在牆上的蜘蛛組成的。牠們正在製造些什麼，但是牠們小小的身體和腳堆得太密，讓人無法看見。

在高塔上的房間裡，蘿瑟特垂著頭坐在一張木凳上，既頹喪又絕望。夜漸深，她心想這就是她人生的最後一個晚上了。她痛惜著自己永遠無法經歷的歲月、無法感受的愛情、無法生養的孩子，還有她無法織就的藝術作品。

她聽見鑰匙在鎖孔中轉動的聲音，從這些哀傷的思緒中驚醒。門開了，瑞斯查男爵站在門口，手裡拿著一條皮鞭。一個守衛在他背後將門鎖上。

「好哇，女巫織工，我們又見面了，」他譏笑道，「這次妳可就要聽我的了。在教會懲罰妳之前，我先來對妳的巫術報仇。妳現在沒有絲線可以織出災禍降到我身上了。今晚大禍臨頭的是妳。」

她從凳上驚跳起來，往牆邊退縮。他朝她逼近，用鞭子抽她一下，然後把她壓在地上。他彎下身準備撕開她的裙子時，她驚恐的眼睛看向他背後的窗戶，她看見仙靈阿拉克涅的臉，像暴風雨雲一般陰沉憤怒。

仙靈的身體似乎縮小、變暗，在窗臺上疊縮起來。她變成一隻巨大的黑蜘蛛，渾圓的肚腹上有一塊血紅色的漏斗形花紋。蜘蛛躍過地面，跳到瑞斯查男爵赤裸的背上，把毒牙刺進他的肉裡。男爵放聲尖叫，跌倒在地，伸手抓扯那隻蜘蛛，但牠靈巧地避開他彎成爪狀的手指，爬過他扭動的身體，到了蘿瑟特身旁。「他死定了，」蜘蛛細小的聲音附在蘿瑟特耳邊說，「去窗戶邊往下爬，妳的愛人在等妳。」

蘿瑟特趕忙到窗戶旁，發現一道蛛絲編成的梯子穩固地接在窗臺上，雖然輕盈卻非常強韌。她安全地爬了下去。她碰到地面時，藍柏緊緊抱住她。他們騎上他帶來的馬走了。

隔天早晨，當男爵的屍體在塔樓上被發現時，男爵夫人和侍女們在她的客廳裡私下舉行了小小的慶祝會。她們用花環裝飾蘿瑟特的兩幅織錦畫，並且用男爵最好的藏酒乾杯慶賀。之後，男爵夫人為大部分的侍女們安排了婚事，告別那些希望離開城堡的女子，想留在她身邊的那些則分配到更好的位置。

繼承丈夫所有遺產的男爵夫人成為一名睿智且仁慈的領主。她降低稅賦，鼓勵農場儉約經營，對農民公平以待，贏得了眾人的尊敬。雖然她有許多追求者，但她拒絕再婚，說一生見過地獄一次就已經很夠了。她十分長壽，以高齡逝世時得到全國的深深哀悼。

蘿瑟特與藍柏在遙遠東方的另一個國家定居，靠牧羊、紡紗、織布過著舒適的生活。蘿瑟特的母親也搬去和他們同住。他們婚後不久就生了好幾個孩子，老大是女兒，有著清澈的灰眼珠，命名為阿拉克涅。人們大都說他們過著幸福快樂的日子。但有些人說蘿瑟特在人生走到盡頭時並沒有死亡，而是變成了一隻蜘蛛。至今，每隻花園蜘蛛的身上都仍有玫瑰的花紋[12]。

12 蘿瑟特的原文 Rosette 作普通名詞時指玫瑰花的形狀。

海之女巫

儒艮或是海豚一閃而過的形影似乎在美人魚傳說的誕生中扮演了重要的角色，不過除此之外，牠們也是另一個為人津津樂道的古老故事的前身：年輕男子被海裡的仙女或女巫帶走。自古以來，水手們就常幻想和海妖甚或水中女神墜入愛河。水中女神是古典時期有著魚尾和珍珠項鍊的阿芙蘿黛蒂；也是泰米絲或尤麗諾米，擁抱萬物的海洋子宮；亦是羅馬人的大海女神，母神卡拉（母神卡瑞）；或者是巴比倫的提亞瑪特，代表太初之始創造一切生命的水源。水手間流傳的故事有時將凡人溺斃海底的命運浪漫化，說成是沉入海之仙女、深淵天使永遠充滿愛意的懷抱。這些男人在海上——一個根本上對人類不友善的環境——度過了那麼多歲月，不可避免地會推演出幻想故事，為他們周遭恐怖的自然力量加上人性化、甚至性慾化的色彩。

一對海豚雀躍地繞著彼此跳躍。

從前，有一個名叫戴維的貧窮青年，獨自住在海邊一處破敗的小屋。他雖然長得尚稱英俊，但是一隻手萎縮、還跛了一條腿。當地的工作都需要粗重的體力勞動，他無法藉此養活自己。他勉強營生的方式是撿貝殼磨亮之後做成首飾，或是釣魚、捕蟹、撿蛤蜊供應給地方上的旅店。他從來不知道父母是誰，他是個棄嬰，撫養他長大的孤兒院給了他瓊斯這個姓氏。

他在與世隔絕的小屋裡感到寂寞或喪氣時，就會拖著跛腳到鎮上加入旅店裡的群眾。當地的漁夫以一種高高在上的態度接納他，讓他跟他們同桌而坐。他們會嘲弄他，假裝旅店主人漂亮的女兒貝瑟芭在跟他調情。

但事實上，在這個房間裡的男人之中，貝瑟芭唯獨不會向戴維示好。要是有客人開玩笑地把她跟那個跛子湊成一對，她就皺著鼻子說，「你以為我找不到比那個簡直不算男人的傢伙更好的對象？那個窩囊廢對我根本沒用處！」她會把頭仰得老高，繼續她的動作，對戴維本人連一個字都懶得說。

戴維好脾氣地忍受了這樣的嘲弄。他在成長過程中就預期得到自己未來會是如此。附近的女孩沒有任何一個想跟他扯上關係。有時候，他深深希望自己能有一副直挺健壯的身體，能夠吸引女性以理想的方式注意他。但他知道這只是癡人說夢。因為身體殘缺，他能夠想見自己只會愈來愈老、愈來愈孤獨，最後變成一個瘋瘋癲癲的獨居老人，對著風講話，聽著大海的聲音。

有一天，一場猛烈的風暴吹起浪濤，讓海潮漲到非常高。戴維知道這樣的天氣會把許多貝殼帶到海灘上，便出去撿拾。他拖著袋子一路跋行時，注意到一個人形的物體在沙灘上拍動。他趕忙上前，發現原來那是一隻在風暴中擱淺的海豚，正掙扎著要回到水中。

戴維喜歡海豚，時常欣賞牠們在海浪中嬉戲時的靈敏姿態。在他眼中，牠們就像是海浪的精魂，充滿了生命的喜悅。看到這隻可憐的動物脫離了所屬的環境受困於此，觸痛了他的心。

他對海豚輕聲吹著口哨，心想那聲音也許有些類似牠們的語言。牠停止了拍動。他伸出手，溫柔地撫摸海豚的頭，那驚魂甫定的動物似乎放鬆了下來。

「別擔心，我會幫你，」戴維說。海豚靜靜躺著。戴維從袋裡拿出繩子，從鰭的後面繞過海豚的身體。他緩慢而痛苦地將牠沉甸的重量拉過沙灘、拖進水裡。海豚發出陣陣高頻率的聲音，戴維吹口哨回應牠，希望牠聽了能覺得安心。

他將海豚弄到水下二呎深時，便把繩子解下來，改用雙手推引牠。海豚開始靠自己的力量游動，突然之間從浪中躍起，繞了戴維的身體好幾圈，似乎是表示感激。戴維有點哀傷地看著牠在波浪間跳躍，將他拋在後頭。有那麼幾個片刻，他覺得自己交到了朋友。

隔天傍晚，他在黃昏中走在同一片海灘上，發現一隻落單的海豚在靠近海岸處玩耍。「會不會是『我的』那隻海豚又要擱淺了？」他自問。他停下腳步看著。牠維持在相同的位置，直到逐漸降臨的黑暗模糊了他的視線。戴維轉身離開時，聽到一聲像是人類吹出的口哨聲。他往後一看。有一個全身赤裸的女人走出浪花朝他而來。

她長得很美，身體蒼白而光滑，長長的藍灰色頭髮在背後流瀉而下。戴維震驚地呆立著，她直直朝他走來，握住他的手。她的皮膚溫暖而潮濕，就像那隻海豚。

「我是海之女巫，」她說，「你也許聽說過我們。在特定的季節，我可以白天變成海洋生物，晚上變成人類。我來感謝你救我一命。」

戴維手足無措。他想不出該怎麼辦，只能脫下自己的襯衫披在她身上，遮蔽那既吸引他又令他困窘的裸體。他對自己說她可能會冷。

她接受了，並且穩穩挽著他的手肘。「我們走吧，」她說。

「走去哪裡？」

「當然是去你家裡了啊。」

戴維領著她沿海灘走向他的小屋，心想這絕對是在作夢。進了門，海女巫就脫下襯衫，將他抱進懷裡。她教他如何與她交歡，整夜都陪著他。戴維欣喜若狂，幾個小時的時間像是只有幾分鐘地快速流逝。

黎明時分的第一道晨光出現時，海女巫親吻了他，然後離開了，向他承諾隔天晚上會再回來。她走出小屋，越過沙灘，進入海中。戴維看著她，心臟重重跳動著。他看見她潛入一陣海浪底下，消失了。過了片刻，他又看到一隻海豚跳離波浪。

戴維在滿心喜悅之中度過了那天，簡直等不及夕陽西沉。夜幕低垂之時，海女巫又來到他身邊，跟他以繾綣歡愉和枕邊細語共度了一整晚。戴維難以相信自己如此幸運。他徹底墜入愛河，覺得自己是世上最幸福的男人。

海女巫告訴他，接下來一個月，她每晚都會來造訪他。之後，她就必須回到大海，跟其他海豚一起遷徙到遠洋。那個月份結束前，她告訴了他關於深海生活的種種：海底洞窟裡的奇觀、沉船裡的寶藏、大型鯨豚的社會習俗。「許多海豚相信，人類是退化了的海豚，」她說，「他們認為，數千年前人類離開了海洋，失去了游泳的肌肉能力，所以只能用兩條腿在陸地上蹣跚行走，游起水來更是比剛出生的鯨豚幼體還要笨拙。有些海豚看過人類對彼此做出恐怖的事情。他們認為這是因為人類遺忘了大海之母教導的正道。」

「的確，有些人類會做出恐怖的事，」戴維說，「但並不是所有的人類都這樣。有些人還是心地善良。」

「是的，就像你，我的愛人，」她說，「我發現你比其他人類行動起來更不順。為什麼呢？」

「我的腿跛了。」

「為什麼？你被鯊魚咬了嗎？」

「不，我的腿天生就跛了。我不知道輕鬆行動是什麼感覺。那就是我喜歡看海豚的其中一個原因。他們好優雅，而且似乎從行動中得到無比的喜樂。」

「你想要能夠像海豚一樣游泳嗎？」

「喔，當然。」

「既然我們分別的時間也來臨了，我就告訴你，是有這樣的魔法——但那是一種很嚇人的咒術。」

「我什麼都願意做，只要能像隻海豚一樣活著，陪伴在妳身邊。」

海女巫難過地撫摸他的臉頰，並深深嘆了一口氣。「好吧，你接下來三個星期不能吃除了魚以外的東西。第二，你必須每天游泳一哩遠。第三，你必須放棄雙手不用。在夕陽碰觸海平線的瞬間，必須有人從手肘處切下你的雙臂，然後將你丟入海中。」

「那樣我不會失血而死嗎？」

「如果咒術的準備都有好好執行的話，就不會。」

「我能像妳一樣生活嗎？我們能永遠在一起？」

「永永遠遠，我的愛。」

「我會做的，」戴維宣示。「我不在乎會有多痛苦。沒有妳的生活會更令人痛苦。我無法想像再也見不到妳。」

「但你需要一個助手——必須身強體壯，而且有一把斧頭。」

「我會找個這樣的人來。」

海女巫在早晨離開時，格外溫柔地親吻他「我也希望我們能在海底永遠相守，」她說，「你不知道，在海綠的深水之下、在海洋的包圍之中做愛，是多麼的舒服。再見了。希望咒術成功的時候我們就能重逢。」

戴維決定，他要不計代價地完成那個咒術。他去旅店裡，希望能找到人幫他。漁夫們看到他都十分訝異。

「你到哪裡去了，戴維？」他們問，「我們好幾個禮拜沒見著你了。我們以為你跟你那間小破屋一起被風暴颳走了。」

戴維將自己和海女巫的事一五一十地告訴他們，讓他們驚奇得面面相覷。最年長的那名漁夫緩緩搖頭，摸摸太陽穴，暗示戴維終於被寂寞的生活給逼瘋了。戴維說到那個咒術、徵求他們出手相助時，他們全都驚駭萬分。

「也就是說，你想要在我們之中找個人來謀殺你，」最年長的漁夫說，「這就是謀殺。你會在海裡流血而死，或是鯊魚會更快把你解決掉。你徹徹底底瘋了。戴維，就算你想要用特別可怕的方式死掉，我們也不會幫你動手。」

然後，貝瑟芭說話了，她剛剛就一直聽著他們說的每一個字。「我覺得這還挺浪漫的，」她說，「為愛而死。我不知道他的海女巫是什麼人，但如果一個男人的愛深到讓他願意拋棄性命，那就是真愛。」

「蠢丫頭，你不懂嗎？」最年長的漁夫說，「她只是他幻想出來的。」

「才不是！」戴維激切地叫喊道，「她就跟你們一樣真實，而且比我見過的任何女人都美。如果我因為她的咒術而死了，那就這樣吧。我寧願死也不要過著沒有她的生活。」

「你們看看，他想要為愛而死，」貝瑟芭說，「我覺得這好美啊。多麼浪漫。」她發出一聲夢幻的嘆息。

「傻瓜，」最年長的漁夫斥道，「他在這裡找不到殺人犯幫他的。我們只殺魚。」

「我來幫他，」貝瑟芭說。

戴維不敢置信地轉向她。「妳不夠強壯吧，」他說。

「我很強壯，我每天端啤酒、殺魚頭。我的手斧像剃刀一樣利，而且重到可以切斷骨頭。」

「妳是認真的嗎？」戴維問，「我能信任妳嗎？」

「是，我是認真的。」

漁夫們坐立不安地看著這不正當的契約在他們眼前成形。他們只喝了一點點酒，玩笑比平常開得少，完全沒有唱歌作樂，早早就回家了。

這下來的三週，戴維堅持地每天吃魚肉和游泳，而每個人都試圖說服貝瑟芭放棄她的承諾。但她對每個人都說，「不，我已經出言保證，就不會失約。我想，那個跛子搞不好比你們都還像男人呢。」

當攸關命運的那天到來，漁夫們聚集在山丘的側稜，俯瞰著戴維計畫要結束生命的碼頭。他們既想看又不願意看，所以兩相妥協之下，決定從遠處旁觀。他們看見戴維和貝瑟芭走到碼頭的盡頭，她提著一個桶子和一把斧頭。戴維仰躺下來，將雙臂朝兩側展開。

「這真是血腥的行為，」最年長的漁夫說，「我們應該去阻止，而不是袖手旁觀。」但沒有人移動。

「看，」另一個人說，手指向海面，「有一隻海豚，好像是單獨一隻，這不尋常。」

確實有一隻形單影隻的海豚正游向岸邊。牠接近的同時，西沉的夕陽觸及了水平面。貝瑟芭的手斧舉起又落下。漁夫們聽到一聲慘叫。碼頭的木板上開出猩紅的血花。幾秒後又重複一次。然後，貝瑟芭將戴維推下碼頭。他的身體落水處離那隻正在游泳的海豚只有一段短短的距離。

片刻之間，一切沉靜。然後傳來了又兩次濺水聲。貝瑟芭舀了好幾桶水來把碼頭清洗乾淨。最年長的漁夫遮著眼睛，越過水面望向更遠處。「現在有兩隻海豚了，」他屏息說。所有的漁夫也都跟著看去。的確，在原本只有一隻海豚的地方，現在有兩隻成對，雀躍地繞著彼此跳躍。

再也沒有人提起這件事。戴維消失了。他的小屋在冬季的風暴中解體。地方的傳說暗示他被海之女巫抓走了。有些故事則說他也許過著幸福快樂的日子。

日後，每次只要有船沉了、有人溺死，漁夫們就會說，那個人是去找戴維．瓊斯了。

給我王子與森林仙子

一部分的傳統童話故事屬於道德劇性質，設計來教導兒童善有善報、惡有惡報的觀念。這樣的故事可能描述天真淘氣的行為如何經過實質的試煉而轉變為善行，最後附上一句教訓詞以強調重點。

給我王子（Prince Gimme）是這齣道德劇的主角，代表了自大、貪婪與膚淺帶來的不幸結果。救治他的是女性的魔法，以代表靈性轉化的聖鍋作為象徵，女神的三位一體原型則以白、紅、黑三種顏色為代表。印度教將這些顏色稱為「三德」，各自是女神的處女、母親、老嫗三種形象的象徵，亦即瑪雅、杜加、迦梨。故事中的貓科魔獸也以類似的顏色呈現。克服對於魔獸的害怕，是王子的試煉之一，代表人有時必須經歷恐懼威脅，才能真正脫胎換骨。

「您一定是森林仙子了，」他說。

從前，有一位小王子，他是父母期待多年才生下的獨子。他從來就是予取予求，所以長成了一個被寵壞的傲慢孩子。他只要一說「給我」，他想要的東西就會立刻由溺愛他的父母、朝臣或是僕人奉上。因為他太常說「給我」，他的小名就變成了「給我」。他的本名是帕西瓦・喬治・奧力佛・阿洛伊瑟・佛迪南・亞歷山大・馮・哈斯卓肯—維騰罕。

由於給我王子貪得無厭，他的生活充滿了不斷的宴會、演奏會、戲劇表演、嘉年華、比賽、武會、皇家狩獵、特別的玩具，和其他虛有其表的活動。他喜愛玩樂，卻對國家大事興趣缺缺。他的雙親開始擔心，他未來登上王位時會耗盡王國的資源，使政府勢力耗弱。

給我王子成年時，他年邁的父母開始為他商談婚事。有數十名符合資格的公主寄肖像來，但王子只是每張瞄一眼，就說「她不夠漂亮。」

國王與王后擔心他們的獨子終生不婚，等他們一死，王室的血脈就會斷絕。國王試圖和給我講道理，告訴他智慧和善良是比美貌更值得追求的美德。王后則想訴諸他的孝心，堅持說死前若是沒有孫兒承歡膝下，她絕對無法安息。但給我王子只聽得進朝臣的話，他們也贊同沒有任何人類女子能比得上森林仙子的美麗。王子宣稱，他只接受她作新娘。

這個要求是他的父母無力滿足的。他們十分絕望。王子此生第一次有要求遭到拒絕，因而變得更加執著，決意要娶森林仙子。他派出傳令員前往王國各處，保證只要有人提供前往她住所的路線，就能領到豐厚的獎賞。沒有人回報消息，只有一個沒沒無名的女巫送來訊息，說只要王子前來她位在森林邊界的小屋，她就願意幫助他。

給我王子立刻下令組織一隻有騎士、駿馬、侍臣、馬車的浩大隊伍，打著鼓、吹著號角前往女巫的房子。為免他在旅途中無聊煩悶，他還安排雜耍者、小丑、馬背特技演員在車窗外表演，以及穿絲衣的美女安撫他、餵他吃葡萄，另有樂師和歌手為他屏除旅程中的噪音，讓他耳中充滿美妙音樂。

抵達女巫的房子後，他們搭起彩色的帳篷，擺出豐盛的食物和美酒，辦了一場奢華的野餐。一個侍從去敲女巫的門，邀她參加王子的宴會。

一行人警戒地等待女巫開門，預期會見到一個眼神邪惡、相貌駭人的老巫婆。當事實證明女巫不是醜陋的老怪物、而是頗漂亮的苗條年輕女子時，他們都鬆了一口氣。她穿著農民的服裝，腿邊靠著一隻小黑貓。

「這一片混亂是怎麼回事？」女巫質問道。

穿著金色制服、閃閃發光的給我王子上前，有禮地鞠躬，「我是王子，今日親自駕臨是為了找到森林仙子，我未來的新娘。我帶了許多箱珠寶要送給妳。女巫女士，請坐下來跟我喝一杯酒吧。」

年輕的女巫笑了。「我不要你的珠寶，也不喝你的酒，」她說，「我也不要那些花花綠綠的傢伙擠在我的草地上，踐踏我的藥草園。王子，立刻把他們遣走，然後我們或許就可以談談了，只有我們兩人。」

「難以想像！」侍衛隊長喊道，「王子不在皇宮時不能獨自一人！王室成員向來不能不帶隨從單獨行動。」

「你們自己看著辦吧，」女巫說，「如果王子不願單獨來拜訪我，那就不要來。」她回到屋裡關上門。

給我王子才不願意讓傳統先例壞了他的事。他把侍衛隊長推到一旁，命令所有隨從收拾東西退下，只留下讓王子回程騎乘的白馬。侍臣服從他的命令，儘管他們都擔心如果沒帶給我王子回去，將會面對國王的怒火。

他們離開後，王子到女巫門前，用他高貴的指節再次敲了門。女巫往外一看，只看到給我王子，和那匹鑲著金蹄、負著金鞍、韁繩上有寶石、鬃毛和尾毛裡有珍珠的白馬。

「把那頭動物牽到我的馬廄裡、騾子的旁邊，」她命令道，「確保牠有充足的飲水、新鮮的乾草和許多燕麥。還有，把那些愚蠢的金銀珠寶拿下來。」

王子從來沒被別人命令過，一時之間還覺得有點有趣。他順從地把馬牽進馬廄，花了好一段時間研究如何解下鞍具和韁繩、如何叉乾草、如何從井裡打水，但最終他都做到了。

他回來時，女巫拿下他的王冠和佩劍，在他背上綁了一個塞滿的沉重背包，自己肩上也挑了個行囊。然後她走進森林，示意給我跟著她走。

「我們要去哪裡？」給我問。

「去仙靈的聖林，」女巫說，「路很遠。你的鞋子看起來不太耐走，但我想你辦得到的。」

給我王子很快就發現，他鑲著寶石的舞鞋踩在粗糙的地面上一點都不牢靠。鞋子不久就開始磨刺他的雙腳，害他長水泡。有些寶石掉進了泥地裡。給我抗議女巫走得太快，要求休息，但她不予理會。她穩穩地往前走，看起來一點也不累。他試著落後一下、放鬆痠痛的雙腳，但他接下來就得用跑的才能在她走出視線外前趕上她。走了幾個小時以後，他痛苦地一跛一跛，背包的帶子簡直要讓他的肩膀四分五裂。但女巫仍然大步向前。他只好咬牙跟上。

他們抵達聖林時已將近黃昏。在那裡，女巫叫給我王子撿乾木柴生火，她則攤開全部裝備、還有作為簡單晚餐的一些食物。林子很大，地上長著柔軟的草，彷彿在低語的松樹高聳如牆。中央有一座古老的石柱，下有一張寬敞的獻祭臺，和石頭圍成的火坑，女巫很快就在那裡升起火。王子筋疲力竭地倒下，就著她遞來的水壺大口痛飲。

他們吃過東西以後，她在火裡丟了些藥草，燒出一陣濃郁、香甜的煙霧。她繞著聖林邊緣走，施下咒語，在獻祭桌上擺了幾樣神祕的物品，並用他從沒聽過的語言說了幾個字。她給他一個造型奇特的青銅高腳杯讓他喝了點東西，然後刺了他的手臂一下，他猜想應該是用一根特別銳利的荊棘。他的意識逐漸模糊。

內心深處有一陣突如其來的恐慌攫住他。他發現自己被人下了藥，想著這整個過程是否都只是綁架與謀殺的手法。霎時之間，他看清自己單獨跟這個陌生女子置身於森林之中，有多麼愚蠢。但是已經太遲了。他已經無法移動或說話。他的意識輕輕地、慢慢地迴旋著沉入黑暗中。

雖然他沒期望自己能醒來，但他終究醒了。他睜開眼時，樹林空空蕩蕩。火已經滅了。女巫不見蹤影。黎明的第一道銀光正從群樹間灑下。給我王子僵硬地爬起來四處看看。

有一條小路，是他之前沒注意到的，路的兩邊點綴著漂亮的風鈴草，通向樹林間一個較為空曠的地方。他沿著路走，很快就到達一間用雪白大理石砌成的美麗小教堂，屋頂則是銀色，在早晨的陽光下像水晶般閃閃發亮。

「那女巫說到底沒有騙我，」給我對自己說，「這一定就是森林仙子的居所了。」他走進小教堂。

早晨的陽光從珠母貝材質的高窗斜射進來照亮室內，舉目所見一切都是純白。廳堂中央的銀寶座上坐著一位美麗非凡的少女，身穿白色絲絨袍，頭戴鑽石王冠。她的頭髮是奶油白，眼睛的藍也淡到像是白色一般。一隻戴著鑽石項圈的白豹俯在她身旁。

給我王子雖然驕縱，卻還懂得禮貌。他有禮地跪在少女面前，交握的雙手舉起。「您一定是森林仙子了，」他說，「我真心讚嘆您的美貌，請容我成為您的追求者，儘管我也許沒有資格碰一下您的裙襬。他伸出一隻手。那頭豹發出低吼，給我趕緊把手抽回。

「我不知道你有沒有資格，」少女說，「但你搞錯了。我不是森林仙子。我是純潔公主。」

「請原諒我，」給我說，「我很自然地以為沒有任何人類女子能像您一樣美麗。您能夠告訴我該去哪裡找森林仙子嗎？」

「跟著我的魔獸走，你也許就能找到她。你有勇氣這麼做嗎？」

「美麗的公主，您叫我做什麼我都會做。」

「那就跟著走吧，」她說。她的寶座周圍漫起一陣銀霧遮蔽了她。白豹往前一跳，穿過小教堂的一根根柱子，進入外面的森林，沿著一條通往林中深處的小路走。給我王子跟上去，催促痠痛的雙腳跟在能將那頭動物納入視野的距離。儘管他拚命努力，白豹輕鬆的腳步還是很快就遠遠領先他，但他還是沿著小路走。

大約中午時分，他來到另一處空地。空地中央矗立著一座紅色砂岩蓋程的城堡，血紅色的旗幟飄揚，青銅打造的高聳大門上鑲有石榴石。給我疲憊地走近大門，搖響青銅門鈴。通道緩慢而無聲地在他面前敞開。

他在中庭裡一個人也沒看到，所以他繼續走向前方的大廳。他在那裡發現一位高挑尊貴的女子坐在火旁的鮮紅大理石寶座上，身穿紅絲絨袍，頭戴鑲滿紅寶石的王冠。她的頭髮也是紅色——不是胡蘿蔔般的橘紅，而是一種濃郁深沉的桃花心木紅。她身旁躺著一頭紅色鬃毛的巨大獅子。

「一定的，」給我對自己說，「這一定就是森林仙子了。」他在她面前深深鞠躬，禮貌地自我介紹，並說明來意。「偉大的女士，」他說，「請包容您最忠實、最充滿愛意的追求者。我的心告訴我，您一定就是森林仙子。」

那女人輕啟朱唇微笑。「你的心搞錯了，」她告訴他，「我不是森林仙子。我是光明聖母。」

「請原諒我，」給我說，「我很自然地以為沒有任何人類女子能像您一樣美豔照人。您能夠告訴我該去哪裡找森林仙子嗎？」

「跟著我的魔獸走，你也許就能找到她。你有勇氣這麼做嗎？」

「耀眼的女王，您叫我做什麼我都會做。」

「那就跟著走吧，」她說。火焰突然之間竄起，延燒成一面橫越廳堂的簾幕。雖然給我王子感受不到熱氣，但整座城堡似乎在一瞬間被火焰包圍了。幻象消散，剩下他在空地上和那隻低吼著的巨大獅子面對面。給我不禁顫抖，但還是站穩腳步。他徒勞地希望自己還留著佩劍。

獅子以最嚇人的姿態對他擺尾露齒之後，驕傲地轉身走開，彷彿在說給我王子不值得牠浪費時間。牠刻意踱上一條非常窄小、通往林中深處的路，順暢且隱匿地在矮樹叢間滑行，不時輕吼一聲、回頭看他。

給我跟著，在牠背後敬畏地小心保持一段距離。他愈來愈沒有自信，這些超出他控制的力量，例如可怕的獅子、消失的神祕城堡，在在令他迷失、憂慮。

這條路比先前的更狹窄、陰暗。頭頂上的樹冠極為濃密，遮掉了大部分的日光。小路不時被長有銳刺、形如利爪的懸鉤子叢阻斷，或是遇上一窪窪烏黑發臭的死水。獅子消失在群樹間，給我跟不上牠的腳步。他只能循著小路通過灌木與沼澤密布的地帶。不久，他的精緻衣服就變得破爛又沾滿污泥。他的寶石鞋讓他的腳太痛了，他便丟掉鞋子，用骯髒的赤腳繼續走。他衣物襤褸、皮膚髒污又一身凌亂，一副極不體面的模樣。

到了晚上，他來到另一處空地，那裡有一座用黑岩建造的粗糙拱頂屋，上面長滿藤蔓和雜草。它的門是黑鐵製成，像監獄一樣。給我走近時，門隨著一聲鐵鏽摩擦的嘎吱聲打開了。氣味難聞的陰暗室內出現一個人影，是個駝背、皺縮的老女人，穿著層層黑色破布，皮膚像古代的木乃伊一樣又黑又皺，而且看上去像塗滿了煤灰。她沒有一般老人的白髮，反而長著一頭恐怖的夜黑色絲條，彷彿自己有生命一般扭動著，像一窩蛇。她身邊有一隻黑豹，有著不懷好意的琥珀色眼睛，朝他嘶吼。

給我王子壓下一陣顫抖，勉強上前對老嫗尊敬地行禮。「抱歉，夫人，」他說，「我在找森林仙子的居所。妳能告訴我方向嗎？」

「就在這裡，」那名老婦嘎聲說。

「妳說什麼？」

「就在這裡，」她重複道，「我就是森林仙子。」

給我心想，這老巫婆一定是腦袋糊塗了，我得用外交技巧從她口中問出資訊。他勉強微笑說，「我聽說森林仙子是全國最美麗的生靈。妳也許能用妳的智慧，對我解說這個傳說的涵義。」

「你有眼睛，卻視而不見，」老嫗說，「你愚蠢地走進了充滿幻象的仙靈國度。你對幻象一無所知。你笨極了。」

突然之間，她骯髒的手爪揮向他。黑豹怒吼一聲，跳到他身上，將他壓倒在地，俯在他身上。牠帶爪的沉重腳掌踩在他的胸口，將他緊緊壓在地上。牠邪惡的黃色尖牙滴著唾液，離他的喉嚨只有一吋之遙。

給我王子一動也不動地躺著，瞪視著死亡如貓一般的臉孔。

「想了解幻象，」老婦說，「就要進入聖鍋重生。你願意為了你在追尋的那位仙子放棄生命中的驕傲嗎？你有勇氣這麼做嗎？」

給我不知道她是什麼意思，但他對自己的誠摯意念深信不疑。他點點頭。

「死亡就是了解的最後一步，」老嫗說，「男人若不認識自己的毀滅者，也就不會認識他的女神。跟我來。」

黑豹放開他，在他警戒地起身時低吼著窩在一旁。老嫗對他招手示意。他的眼睛適應黑暗以後，看見木屋中間有一個巨大的黑鐵鍋釜，擺在一堆煤炭上。這個容器與他腰部等高，大到可以放下一整塊牛身側肉。

「爬進去，」老嫗命令他。

「什麼，爬進大釜嗎？」給我叫道，「妳在開玩笑吧。」

「你是想要學習了解仙靈國度幻象，還是想要死在這裡？我的貓已經準備好撕開你的喉嚨了。」

「妳給我聽著，」他喊道，情緒終於爆發，「我受夠這些幻象了。我失去了僕人，被迫做馬僮和樵夫的工作，被下藥、被騙、被弄得一身髒，雙腳發痛地被拖過一整座該死的森林野地，被獅子和豹威嚇，而現在卻發現我我這場光榮任務尋找的目標不是美麗的仙靈公主，而是個又髒又醜的老女人，還想把我活活煮死。夠了！就算我永遠不結婚，我也不在乎。我只想回家，洗個澡、吃一頓像樣的晚餐，然後忘掉這整件事。把妳的貓趕走，讓我離開這裡。」

老嫗笑了。「嘛，你總算有點精神了，」她說，「但你的要求不可能達成。除了這一切使你謙卑的教訓之外，你還要學的一課是負責任。你一旦開始行動，就必須有始有終，並且接受後果。你的貪婪把你帶來這裡，現在你必須為自己的決定扛起責任。這是身為統治者的基本德行。配得上頭銜的王子，都不會逃避自己行為帶來的結果。王子得要勇敢。」

「什麼，勇敢到去自殺嗎？那不叫勇敢，而是愚蠢。」

「一個人若是寧可命喪大型貓科動物爪下，也不願意浸泡在魔法中、看見真正的仙靈幻境，那才是愚蠢。我的寵物也這樣覺得。」

聽到這句話，黑豹對王子伸出前掌，露出粗而閃亮的爪子，有好幾吋長，彎成邪惡的弧度，像針一樣尖。那頭動物的臉上似乎帶著甜美、期盼的微笑，粉紅色的舌頭舔舔尖牙。「哼哼，」牠發出呼嚕聲。

給我王子的心沉得跟雙腳一樣低。

「你這輩子都自私自利，」老婦嚴厲地說，「你成為國王以前，必須學會為別人承擔責任，還有聽取別人的意見。現在，親愛的王子，你聽好了。如果你不馬上爬進大釜，這隻貓就會跳到你面前，用爪子刺進你頭顱兩側，把你壓在地上，把你從頭到腳撕成一條條又細又長的肉條。你自己選吧。」

「如果妳這麼說的話，」給我說，「我就照妳說的做吧。」他抬起一條腿跨過大釜的邊緣。裡面裝滿溫暖的液體，讓他的皮膚有點舒服地發癢。他爬到底，讓水位浸到脖子的高度。

剎那間，那液體像膠水一樣硬化，又像流沙一樣把他往下吸。同時，溫度變得熱到難以忍受。給我王子試圖尖叫，但他的嘴裡灌滿了令人窒息的液體。他沉入鍋底，絕望地心想，一個哈斯卓肯—維騰罕王朝的王子用這種方式死掉，真是太孤單也太沒有意義了。

然而，他的意識沒有消失，進入了奇異又嚇人的夢境。首先，他以為自己的皮肉全都被煮得跟骨頭分離，身體只剩下一具骷髏。他撐著一身白骨站起來，走向一條寬闊的血河，漂浮到遙遠的彼岸，那裡排列著蜂巢般的墓塚。腐爛到不同程度的活屍在墓塚之間或走、或站、或坐。他像一片被風吹起的樹葉，飄在空中經過他們。

他來到一片寬廣的草原，落在地上。泥土開始覆蓋他的白骨，逐漸變成血肉，直到他感覺又有肌肉能夠驅動手腳。他站起來，發現自己又是個完整的人了，但是像出生時一樣赤裸。

他站立在陰暗木屋裡的黑鐵大釜中。老嫗和她的黑豹站在他面前。

「我沒死！」給我驚喜地呼喊。

「你當然沒死，你這白癡，」老嫗說，「你要是死人，我就是那不能說出名字的遠古黑暗女神。但你改變了。你對於重要與不重要、現實與幻象之間的意義，多了解了一點。你知道了森林仙子是你的毀滅者，也就了解了自然的完整輪迴。你看。」

老嫗摘下蛇髮面具，脫掉一身黑色破布，原來她就是那位年輕女巫，旁邊伴著小黑貓。鍋釜、木屋和長滿雜草的空地都消失了。給我發現自己站在聖林中的獻祭桌前。太陽才剛升到樹梢上方。

「妳！」他大叫，「妳就是森林仙子！」

「我告訴你了，」她說。

「所以這只是個魔法變的夢，因為被下了藥才產生的幻覺？」

「不盡然，」仙子說，「幻象來自你自身，不是只來自魔藥。你經歷了對你的人生而言必要的改變。我絕不能嫁給像原來的你那種幼稚的花花公子。坐擁高位的人必須學會謙卑。學會接受死亡的人才會更敬重生命。」

「仙子女士，妳確實十分睿智，」給我說者，握住她的手，「請嫁給我，指引我如何治國。」

森林仙子接受了，並且給他一件外衣穿上。他把白馬從她的馬廄裡牽出來，她則為騾子裝好鞍具，兩人一起騎向王宮。國王和王后立刻喜愛上這位實事求是的小仙子，她的黑貓——一隻非常睿智的動物——也很快成了宮裡的寵物。

年邁的國王和王后過世以後，仙子成為新王后，明智地引導她的丈夫，使他的王國逐漸興盛。他的綽號從給我改成了「給予者」，他過著幸福快樂的日子。

在盲人摸象的古老寓言中，摸到尾巴的人說這頭動物像繩子，摸到象腿的人說像是樹，摸到象鼻的人說牠像一條蛇，摸到耳朵的人則說像扇子，諸如此類。同樣的寓義也很適用於人類與神明的關係。由於神不是客觀上、外在上可以感覺到的生物，每個人都將自己的理解投射在神靈這個概念上。於是，男人創造出男神，女人則創造出女神。

這是一個關於理解的故事，特別關乎那些追求自己的「星辰」的女性之間所達成的和諧人際關係。星辰通常象徵著靈魂，就像在我們的語言中，靈性(astral)自我的「靈性」字面上的意思就是「與星辰有關的」。塔羅牌的大阿爾克那組合裡，有一張牌是名為「星星」的裸身女神，用啟蒙之泉沖灌陸地和水池。

位居這個故事核心的朝聖之旅，乃是改編自德爾菲神殿預言女祭司的傳說。她們位於地下的聖蛇祭壇是由女神的女信徒所建造，好幾個世紀後，才被敬拜阿波羅的父權社會祭司以神之名掠奪。即便如此，那座祭壇仍然由女性管理，供奉繆思女神，如果沒有她們，阿波羅也就沒有真正的神力。

四名朝聖者踏上旅程，去找那位先知……

從前，有一位著名的先知，既高壽又聖潔，讓許多人民從遙遠的國度不畏長途前來朝聖。先知身在一座陡峭高山上的大山洞裡，山下是野地深谷，來自聖山山壍的溪流在谷內奔流。據說這條溪的水擁有魔法和療癒的能力，因為它源自先知所在的山上。先知的神殿裡有些執事將溪水裝進小水晶瓶，賣給病痛纏身的朝聖者。溪水沒有治好病過，卻賺進大筆金錢，讓神殿和其中的人員享有舒適的環境。

通往聖山的路上到處是為朝聖者設立的旅店。旅店主人也大發利市，因為房間幾乎一年到頭總是客滿。每天，這樣的旅店裡總是會有朝聖者互相討論先知究竟是什麼樣的人。即使是已經拜訪過神聖山洞、親眼看過祭壇的人，也對他們看見的景象各執一詞。每個人的故事都不一樣。

有一天，四個準備去找先知的朝聖者一起坐在其中一間旅店裡，談論著關於先知的話題。他們的背景各異。一個是高壯的巨人，身形是一般人的一倍半高、兩倍寬，連旅店裡最大的椅子都擠不下他。第二個是侏儒，不比巨人的膝蓋高，需要坐特製的椅子才能把視線墊高到桌面以上。第三個是英俊年輕的王子，衣著華貴，佩戴金柄長劍、披著皇家紫的披風。第四個人是個穿樸素黑袍的灰髮女子，沒有佩戴珠寶，只在脖子上用銀鍊掛著一個護身符。

巨人自我介紹是國王的侍衛隊長，也是個專精武藝的戰士，自傲於他握劍的手有著超凡的準度與力量。侏儒自稱是國王的弄臣，全宮廷的人都喜愛他原創的雜技。而王子雖然是國王的親生子，但不幸地並不是王位的繼承人，因為他父親因故疏忽沒有與他的母親舉行婚禮。不過，他還是在宮中過著優渥的生活，大家都認為他跟嫡出的王儲一樣是王子。

三個男人自我介紹完，轉頭看著那個黑衣女子，期待地停住動作。她靜靜說，「我不屬於任何國王，或任何人。我是個女巫。我來找先知，是為了學習這裡施行的預言的藝術。」

王子問她，「所以妳相信預言是一種藝術，而不是神聖的天賦？」

「當然，」女巫說，「真正的預言家比起解讀未來，更善於解讀聽諭者的本質。」

侏儒說，「妳的意思該不會是說，神職人員得到的天啟是經過學習後表演的，就像我學習和表演笑話跟動作來逗樂眾人？」

「對，我就是這個意思，」她回答，「大部分人都有相信某些事物的欲望。就算他們眼中的奇蹟故事和通靈神算其實來源普通，也有人對他們明白解釋，他們還是認定那一定只是隱藏真正魔法的偽裝。」

「妳想摧毀人民的信仰嗎？」巨人吼道，「要不是妳是個女的，我就會找妳去外面用戰鬥維護妳的說法。世界上一定有魔法和神聖的力量，不然我們就不會想活下去了。」

「我言盡於此，」女巫說。

王子激她說，「妳自己也懂得預言、符咒和法術，妳每天都在使用魔法。」

「我只是為了營生，」女巫聳聳肩。

「別跟她爭了，」侏儒建議道，「先知是世上最偉大、最聖潔的。先知一定會對她、也對我們展示真正的神聖靈視。畢竟，我們是來學習，不是來爭吵的。」

「隨便，做女巫的該學會不要有意見，」巨人咕噥道。

「如果你想要第一個針對先知發表高見，」女巫說，「我建議你第一個進入眾聖之聖的殿堂，因為我們一次只能一個人進去。像你這麼強壯的戰士，最能夠應對各種可能帶來威脅的危機。你可以晚上回來對我們揭示先知的真貌。」

巨人沒聽出她語調中的嘲諷之意，立刻同意說他最適合打頭陣、率先進入未知之境。其他人也贊成。隔天清早，他們一起前往位於高懸峭壁下的神殿前廳，目送他出發。他開心地對他們揮手，跟隨一名提著燈的沉默白袍執事進入神聖山洞。

他在漆黑的地道中走了許久，除了嚮導手中的燈以外，沒有任何照明。終於，他看見前方有些微的亮光。他來到一處寬敞的洞穴，布滿半透明的鐘乳石，擺在他背後的燈發出溫暖的光，照得全室明亮。中央有一座金色祭壇，放著單獨一個裝有深色液體的水晶杯。祭壇旁站著一位美麗的白衣女子。她將杯子舉到他唇邊，直到他喝完裡面的液體。那是一種特別的酒，帶有苦澀的底味。

然後，他的嚮導帶他走過一道長廊，他經過時，岩壁上的許多圖畫彷彿在火光中舞動搖曳。深深的凹槽四處散布，裡面立著神祕的人像，身上覆滿閃亮的寶石，看起來活生生的，做出謎樣的姿勢。沿途的香爐散發出奇異的氣味，並在陰暗的空中燒出煙霧。巨人開始覺得暈頭轉向。

最後，他在一扇掛著金色簾幕的高聳門扉前停下。嚮導拉開門簾，示意他通過。他獨自進入了先知的居室。

那是一座挑高的洞穴，由天然的岩石鑿刻而成，掛滿富麗的織錦，牆上有火把燃燒。中間立著一座巨大的黑色大理石寶座，上面坐著一個體型著實無與倫比的巨人，跟大象一樣大。他動作遲緩的頭顱幾乎要碰到洞穴的屋頂，手腳粗如樹幹，手掌是麵包箱的尺寸。

朝聖的巨人跪下敬拜先知，感覺他的自我消溶於一陣陣的驚奇與崇敬之情。

先知彎下身，給他一面小銅牌，上面刻著五芒星。他充滿力量的嘴唇張開，說：「每個人都必須追尋屬於自己的星辰。每顆星辰終將沉落地下，太初之始如此，世界末日亦然。盡你所能地追求智慧。我要對你說的就是這樣。」

然後，先知巨人將下巴抬得老高，閉上雙眼，一動也不動。朝聖者感覺該要退下了。他緊握著銅牌，退出門外，與沉默的嚮導會合，在他的帶領下循著迂迴的路線走出洞穴。一路上，他的頭都詭異地嗡嗡作響。他感覺自己經歷了某件至關重大的事，聽到了某些意義深遠的話語，卻不知道是什麼。他決定稍後再思考先知的話。

巨人回到其他朝聖者身邊，跟他們說這整段經驗實在是言語無法形容，但先知肯定是個巨漢，就像他一樣，只是比他高大很多很多。

隔天早上，侏儒向其他人揮手告別，跟著沉默的嚮導進入神殿。他也被領到黃金祭壇前，喝下神祕的飲料，一樣走過有圖畫的長廊，耳中出現嗡嗡聲，並且停在金色簾幕前。他也進到了先知的居室。但他看見的不是預期中的巨人，而是山洞中央的一張迷你椅子，上面坐著一個極為矮小的男人，高度只到侏儒的腰。這個小矮人很老，頭髮銀白，還有長長的白鬍鬚，皺紋滿布的小臉就像乾燥的蘋果。

侏儒跪了下來，驚嘆於竟有人能矮小得如此完美，而那個小矮人把手伸高，交給他一面小銅牌，上面刻著一個五芒星。他用吹笛般的聲音說：「每個人都必須追尋屬於自己的星辰。每顆星辰終將沉落地下，太初之始如此，世界末日亦然。盡你所能地追求智慧。我要對你說的就是這樣。」

然後，他閉上眼睛，用一隻小手放在臉龐前，掌心朝外。侏儒認為這是表示要他退下，便往門外退去，並被領到外面，回到陽光之中，感覺自己獲得了某種意義深刻的訊息，如果他能夠知道其中的涵義就好了。

侏儒回到同伴身邊時，他說這段經驗既令人驚奇又難忘。但先知並不是巨人。剛好相反，先知是個像他一樣的侏儒，只是比他矮小很多很多。

隔天早晨，換王子進入神殿，他的身影跟在嚮導背後消失之際，對其他人比了個興高采烈的道別手勢。他也到了金色祭壇前喝了那奇特的酒。他也走過那道有圖畫的長廊，全身感覺到某種微微搔癢的刺激和昏鈍。他也穿過了那道金色簾幕。在先知的居室裡，他看到的不是巨人也不是侏儒，而是一位體型正常的國王，穿著閃耀奪目的袍子，頭上戴著寶石金冠，手上握有鑲嵌鑽石的權杖。他坐在無比富麗堂皇的寶座上，有紫色天鵝絨的靠墊和鑲飾寶石的精工雕刻。王子深深一鞠躬，幾乎不敢抬眼看如此高貴輝煌的景象。

那位王者以慈和的姿態伸出手，交給他一面刻有五芒星的小銅牌。他以渾厚成熟的音調說：「每個人都必須追尋屬於自己的星辰。每顆星辰終將沉落地下，太初之始如此，世界末日亦然。盡你所能地追求智慧。我要對你說的就是這樣。」

然後，他站起來，雙臂在掛著勳章的胸前交叉，示意會面結束。王子謙卑地退出居室，由嚮導帶領回到陽光下，心中確信有一位神聖的君主給了他獨一無二的啟蒙之鑰，如果他能解讀其中的神祕涵義該有多好。但儘管他事後努力沉思，還是覺得涵義隱誨模糊。

王子和其他人會合時，說他掌握了一個足以震撼全世界的祕密。但先知既不是巨人，也不是侏儒，而是統御整片大地的國王，一個像王子自己一樣的高貴紳士，但遠遠更加偉大。

第四天，輪到女巫了。她在神殿前廳跟同伴分開，跟隨嚮導走進黑暗的地道。她走近黃金祭壇時，白衣女子望進她的雙眼，以雍容大方的姿態垂下頭說，「姐妹，歡迎，願妳得到護佑。」

「願妳得到護佑，」女巫回應，接過她手中的水晶杯。她喝下了酒。她跟著嚮導通過有眾多圖畫的長廊，以了然於心的眼光看著畫中情景。她看過那些象徵符號，了解它們的涵義。她對凹洞裡的那些神祕人形說話，也得到他們的回覆。

當她穿過金色簾幕，走進先知的居室，她在途中停頓片刻，然後緩緩對著她看見的景象微笑。在火光中與她相對的，是一面全身鏡，旁邊站著兩名女子：左邊是一位少女，右邊則是白髮老嫗。少女對女巫伸出右手，而老嫗伸出右手。女巫握住她們的手，站在她們之間，面對鏡子形成一個三角形。

「所以，其實是內在自我在說話，」女巫說。兩名女子都點頭。

「在大地深處，我們知道何處是起點，」少女說。

「在大地深處，我們知道終點在何方，」老嫗說。

「我懂了，」女巫說，「指路之星就是內在靈魂。」

她從老嫗手中接下一面小銀牌，上面刻著五芒星。她親吻了兩名女子，離開居室，跟著嚮導回到戶外。

當天晚上，她和那三個男人同坐在旅店裡時一言不發，直到王子問她，「先知如何？妳看到的是什麼？」

「我沒看到任何異於平常的事物，」女巫回答，「除了從出生起就存在我體內的知識，我沒有學到別的。除了我血管裡的血液、身體上的衣服、雙腳下的大地，我沒有感覺到其他。」

「真是俗氣，」巨人嘲諷道，「很明顯，妳只是個見識短淺又世俗的女人家。」

「真是平凡，」侏儒說，「妳難道沒有對神聖事物的感應、真心敬畏的能力，還有對深刻意義的崇敬嗎？」

「真是低微，」王子哼氣道，「妳一定是沒有良好的教養和高雅的品味。」

女巫看著他們所有人，然後微笑了。「你們都是多麼有男子氣概啊，」她說，「你們認為，在這裡的經歷，會大大影響你們未來的人生嗎？」

「絕對會，」巨人說。

「當然，」侏儒說。

「毫無疑問，」王子說。

他們頗為和樂地分道揚鑣。

那三個男人發現自己無法將先知的神祕話語應用在生活中，很快就忘了這趟朝聖之行。他們將銅牌棄置一旁，忘了它的存在。他們各自一如往常地從事原本熟悉的活動，有時候認為這就叫作追尋屬於他們的星辰。

而女巫進行了深刻而漫長的思索。她對著銀牌沉思，上面的五芒星就像人體往外突出的五個點。她更加了解自己，於是也益發理解他人。她成為一位成就斐然的女巫，許多達官貴人都來尋求她的建言。於是她過著富裕又幸福快樂的日子。

分屬白色和紅色的姊妹在童話中頗富盛名，像是白雪公主與紅玫瑰的故事便是。為了呈現以母系為核心、由女性統治的國家，這個故事中的姊妹則轉化成夫妻。

心臟和靈魂與軀體分離的反派角色，也是童話故事的傳統元素之一，這個概念是奠基於人類古老的信仰，認為魔法可以透過頭髮、唾液、血液、指甲屑之類的身體部位對人進行攻擊、造成傷害。許多原始文明都認為，胎盤或臍帶是新生兒的分身或靈魂，必須細心照顧，舉行儀式並施下嚴密的咒語以後才會丟棄，以保護孩子免於傷害。同理，童話中的怪物也常透過外物的毀壞而遭到魔法攻擊。這些細節顯示了深植在故事中的古老民俗傳說成分。

百合拿著斧頭使力，很快就砍穿了粗厚的樹幹。

從前，有一個貧窮的鄉下女孩名叫百合，因她如百合白的皮膚和白金色的頭髮而得名。她是森林深處一名樵夫的獨生女，母親在她很小的時候就過世了。她父親教她砍樹，也教她切斷、修整、分割、紮捆木材，以便帶到市場上販賣。

百合的父親十分嚴厲，但他的訓練使她在成長過程中愈來愈強壯。她長大成人時，已經能揮動最沉重的斧頭、能連續好幾個小時砍樹劈柴而不喊累，也能扛著一擔木柴走十哩路到市鎮上。她也學會雕琢和刻鑿木材，是個技術精湛的藝匠。

百合對她辛苦但平靜的生活頗為滿意了，但還有兩件事美中不足。

第一個問題是她美麗的外表，因為這把方圓幾哩內的粗俗年輕人都吸引了過來。他們不停調戲她，擋住她去市場的路、偷她的木材、拉扯她的衣服和頭髮、壓倒她、搥打她，對她玩各種粗魯的惡作劇，以為這樣可以迫使她給予他們關注甚或喜愛。但是這只讓百合愈來愈生氣。有一兩次，她完全克制不住脾氣，認真攻擊那些折磨她的傢伙。雖然寡不敵眾，她還是打了漂亮的一架，把其中一個人打得掉了牙、一個斷了鼻子、一個折了手臂（用一塊柴薪打的），還有兩個肚子被踢得內傷。當然，這只讓他們更加懷恨在心。

然後則是她父親遭遇的不幸。有一天，樵夫的右手被一棵倒下的樹壓傷了，再也派不上用場。從那之後，百合必須負責所有伐木的工作和其他粗活。出於孤獨、挫折和不斷的痛苦，樵夫開始酗酒。他們微薄的收入半數被他拿去買酒，百合艱苦地挑起兩人份的工作，儘管非常努力，她和父親還是日漸窮困。

日子逐漸過去，百合的父親愈來愈容易在酒後暴躁狂怒，痛罵她工作不夠努力，或是指控她對他下了巫術。有時候他會出外遊蕩，好幾天、甚至好幾個禮拜不回來。百合的少女生活幾乎就只有無盡的悲傷、勞累的工作和揮之不去的煩擾。她覺得自己真是不幸，時常希望能夠變成別人。

有一天，她砍樹的時候，看到一匹裝備完整的戰馬獨自站在森林小溪裡，看起來迷惑又不適。百合涉水前去觀察。她發現那匹馬的韁繩握在一個已經死去、躺在水面下的流浪騎士手中。百合猜想他是在戰鬥中受傷，也許昏迷過去，從馬背上摔落溪裡，被自己的盔甲拖得往下沉，而淹死在只及膝深的水中。

百合把那匹馬從主人的屍體手中放開，領牠走出小溪，將他繫在岸邊。然後，她把騎士的屍體拖出水中。她正思考要怎麼做的同時，馬兒嘶鳴一聲，用鼻子推了推她。她突然明白，那匹馬是要她取代騎士的位置。她毫不遲疑地著手行動。

她吃力地將盔甲和衣服從死掉的騎士身上剝除，把赤身裸體的他丟回溪裡。他順水漂走時，她發現他的腰帶上綁著一個裝滿的錢袋，真是幸運。她把自己的衣服留在溪邊，穿上還算合身的騎士盔甲。這身金屬衣累贅又笨重，她得爬到一顆大石頭上踏腳才騎得上馬。但一騎到馬背上，她就感覺自己搖身一變，變得比原來的自己更強大。她對馬兒說，「我要叫你幸運。」

百合整理了武器，將大把的樵夫斧頭斜掛在背後，然後在馬鞍上坐定。「走吧，幸運，」她對馬兒說，他們便走出森林。

一開始，百合想要回家跟父親分享她的意外之財。但是她接著就想，他也只會把錢拿去買酒喝光。而且，如果有人懷疑她搶劫並殺害了那位騎士，該怎麼辦？她會被送上絞架的。想到這些事，她停也不停地騎過父親的小屋，在門前丟下了夠他買一年份飲食的錢。然後她便出發到處旅行、探索世界。

在通往城鎮的路上，百合遇到那些平常欺凌她的男孩。她的心往下沉。「他們會去舉報我，」她絕望地想。但接著她就想起來，她全身都有盔甲遮蓋。面甲遮住了她的臉，只要她不說話，他們就無法認出她。所以她大膽地向他們騎去。

令她驚訝的是，所有的男孩都彎身鞠躬，在她接近時諂媚地拉著自己前額的頭髮。她在頭盔下微笑了。她用劍脊重重毆打那個最高大的、以前對她最粗魯的男孩，把他打得倒在泥巴裡。他趕忙爬跪起來，不停說，「爵爺，打得好！謝謝爵爺！」

她再度微笑。「我現在是鄉村惡霸都尊敬的百合爵士了，」她對自己說。「真是懦弱的癩蝦蟆，他們對拿了武器的人就擺出這麼不一樣的嘴臉！」她開始想永遠以流浪騎士的身分到處行走。

她在山丘間紮營度過幾個星期，練習使用武器。她用鋒利的匕首把頭髮削短，自行學會用低沉的男性化嗓音說話。閒暇時，她用木頭刻了一朵百合花，當作頭盔上的冠飾。她覺得準備好了，就往前騎行，尋找冒險的機會。

有一天，她來到一座安靜沉寂的城堡。比武場上沒有騎士，田野上沒有工人，也沒有商人從大門進出，沒有飛舞的旗幟，沒有牛羊或其他動物。舉目所見，唯一的活物是個被關在城門旁鐵籠裡的美麗紅髮少女。她淒苦地掉著眼淚。

「怎麼了呢？」百合問她。

「喔，騎士大人，我真是世界上最不幸的人了，」那少女哀泣道，「我是玫瑰公主，國王的女兒。我的父母被一頭恐怖的魔怪俘虜了，他把他們關在城堡裡，強迫我住在這籠子裡，答應嫁給他才能出來。我寧可死。他卑鄙又殘忍，把我父親的騎士和許多僕人都殺了。沒有人能打敗他。那頭魔怪無懈可擊。」

「為什麼？」百合問。

「他在城堡中庭種了一棵巨大的魔法樹，樹頂有一個盒子，裡面藏著魔怪的心臟。只要他的心臟安全地藏在那裡，他就不會遭到任何傷害。」

「我們會有辦法的，」百合說，她覺得自己這輩子已經對付過夠多惡霸了，「我是百合爵士，我對樹很有一套。有沒有什麼密道可以通到城堡裡？」

玫瑰公主告訴她，城堡北面有一條下水道，通往地牢。「我小時候常在那裡玩，後來才被抓到、禁止再去那裡。但像你這樣高貴的騎士，一定不願意從那麼見不得人的路進城堡。」

「只要是能夠達到目標的途徑，就沒有什麼見不得人的，」百合說。

在夜色掩護之下，她騎向城堡北面，把幸運繫好，然後脫下盔甲。她只帶著斧頭跟匕首，從廢水管爬進去，到了城堡的中庭。魔法樹就聳立在那裡，在夜晚的天空下高大又墨黑。百合拿著斧頭使力，很快就砍穿了粗厚的樹幹。樹搖搖晃晃地隨著一聲巨響倒下

魔怪從睡夢中驚醒，兩手各抓著一支火把，咆哮著衝出城堡。他是一頭噩夢般恐怖的生物，有一般男人的兩倍高，只有一隻長在額頭中間的眼睛，長牙從嘴裡露出。他向百合攻擊，她靈巧地躲開，衝向倒落的樹冠。她找到一個卡在枝椏間的木盒。她一斧劈開盒子，裡面露出魔怪狂跳的心臟。百合拿起匕首一刺。魔怪正伸手抓她時，突然往前倒地，動也不動。

百合從死掉的怪物腰帶上拿了一串鑰匙，跑去把玫瑰公主從籠裡放出來。公主脫身之後，抱著百合親吻。「英勇的百合爵士啊，你是我高貴的白騎士，」她叫道，「你一定要到城堡裡來。我的父母一定會想見你，幫你辦一場慶祝宴會。」

國王和王后脫離了監牢，歡天喜地的和女兒團圓。死掉的魔怪和魔樹被清走，盛宴準備開

始。他們從附近的領地雇來額外的僕人。很快地，城堡就生氣勃勃，準備慶祝肆虐多時的魔怪終於滅絕。

滿心感激的國王與王后送給百合一件嶄新的天鵝絨斗篷在宴會上穿，玫瑰公主親手在上面繡了一朵金百合花。國王在宴會桌旁起身致詞，稱讚百合是全國最勇敢的騎士，哪怕他是個「還沒長鬍子的年輕人」。他接著說，根據王族傳統，他要將半個王國賞給百合爵士，並下嫁他的女兒作為賜婚。

百合被滿口的烤鵝嗆著了，得連忙大喝好幾口酒。

「我俊美的騎士只是基於禮節而表示謙遜，」玫瑰說著，溫柔地親吻她。

百合著實吃驚得無言以對。她努力站起身來，表現出足夠的風度向國王道謝。但她一坐下，就靠向玫瑰耳邊悄聲說，「我們得談談。」

她們在私室碰面，百合告訴玫瑰說自己是個女人，並將她假扮騎士的始末和盤托出。玫瑰公主沉默地坐了好幾分鐘。然後她笑了起來，不停地笑，充滿感染力的笑聲讓百合也不禁加入。

「這真是有史以來最棒的笑話了，」玫瑰擦著眼睛說，「那些驕傲的戰士，全都輸給了一個砍樹的女人。百合，我還是愛妳。你跟我會結婚。這是為了王國的福祉，這個國家一直需要一個更有效率的政府。我們最後會當上國王和王后。我保守妳的祕密，妳也守住我的。」

百合懷疑地說，「我不知道我能不能永遠維持這場騙局。」

「別胡說。妳性喜冒險，要不然一開始就不會那樣做了。別現在才懷疑自己。我們會好好找樂子的，等著看吧。」

最後，百合同意了。她在盛大輝煌的典禮上與玫瑰公主結婚，然後一起生活。她們的僕人說她們似乎非常幸福，因為她們時常在私人寓所掩起的門後同聲大笑。

百合與玫瑰接下王國的政權後，也十分受到臣民的敬愛。百合國王經常騎著名叫幸運的御馬到民間訪視，聽取他們的困擾，通常也都能妥善處置。玫瑰王后則因富於常識、施濟窮人和其他善舉而深受讚揚。

關於她們在性愛方面不甚正規的興趣，偶而有些八卦傳言。據說王后不時有其他愛人，國王出外旅行時亦然。甚至有傳言說，像歷史上記載的其他幾位君主一樣，國王找的是男性伴侶。但和那些君主不同的是，百合國王挑中的男人在事前和事後都不曾表現過同性戀的傾向。這實在令人費解。但是，其中沒有任何人願意拿國王的床第偏好來嚼舌根。

百合與玫瑰治理英明，深受人民愛戴。她們生養了兩個孩子，並教育他們接續百合國王的統治。大體上，他們過著幸福快樂的日子。

在遙遠的森林深處，一位殘廢的老樵夫的門前，每個月總會有不知名人士留下一小袋錢。他很快就拿那些錢喝酒，終結一生。

石像鬼

哥德式教堂的建築工選擇以大量的鬼怪形象來做裝飾，數量甚至超過神聖人物的造像，這點令人費解。姑且假定，背後的概念是為了讓常民能夠清楚地想像出惡魔的形貌，並且恐懼自己或許將會永恆地在它們的圍繞之下受苦。然而，我們難免懷疑，當初那些石雕匠單純只是喜歡打造石像鬼，一如現代的電影工作者、玩具設計師、藝術家和特效專家喜歡創造怪物。

在大教堂誕生的時代，神職人員認真地相信有許多婦女崇敬著會保護她們的惡魔。因此，若說一個女人能夠得到教堂裡的惡魔的保護，也不算是太奇怪的事。所有的女人都遭到懷疑，在教會眼中，她們代表罪惡與死亡的本質，而教會頒定的獵巫手冊宣稱她們的肉慾就是一切巫術的終極根源。

她會帶來小量的供品給石像鬼，並且坐下來對他說話。

石像鬼蹲踞在大教堂邊角的一座尖塔上，往下凝望著城市。他石製的翅膀收折在背後，下巴靠在雙手中，舌頭從獠牙之間伸出。日復一日、年復一年，不管天氣如何，他都蹲在同一個地方，俯瞰著下方的人類。

但人類不知道的是，石像鬼們有時候會趁夜離開崗位，在黑暗中飛翔。少數看過如此景象的人，通常以為自己只是做了噩夢。

角落尖塔上的石像鬼常常飛到一間正好位於他爪下的排屋，去看望一位名叫瑪麗的少女。打從瑪麗還是個在大教堂附近的街道上亂跑的野孩子時，他就開始注意她了。她兒時是個特別可愛的小孩，現在也出落成美麗的年輕女子。

石像鬼愛上了她，但她愛的是鄰家的一個男孩，和她年紀相仿，名叫皮耶。瑪麗和皮耶從小一起上學、一起玩耍，保護彼此免於街頭生活的危險。他們現在成了情侶，正準備要結婚。

石像鬼以一種遙遠而冰冷的態度嫉妒著皮耶，就像他嫉妒教堂比較低的樓層裡那些更受關愛、位於室內的雕像。那些雕像長得比較像人類，腳邊永遠點著蠟燭。

「為什麼他們可以享盡關注，我們卻坐在冷風中崩落分解、還要吸進煙囪冒出的黑煙？」石像鬼們彼此低聲抱怨，「我們也是雕像啊。我們也有資格待在室內，享受供品和敬拜。」

但石像鬼們發現，室內的雕像雖然有些也長了翅膀，卻似乎沒有在夜間自行移動的能力。所以，他們覺得自己野性、自由的生活使他們的地位更為優越。他們管室內的雕像叫作繡花枕頭、娘娘腔、小寶寶、家畜、廢物。

角落的石像鬼比同伴有更寬廣的視野，能夠把整座城市看得更清楚，所以他時常描述城裡的事件給那些位在牆邊較遠處的石像鬼聽。石像鬼們特別感興趣的是意外、械鬥、罪案、火災、戰爭和群眾活動。他們會互相訴說自己在歷史事件中目睹的情景，例如大革命。那些時光多麼令人興奮啊！平凡的日常生活讓石像鬼們無聊透頂，因為他們已經看了好幾個世紀。

儘管如此，角落的石像鬼還是喜歡看著瑪麗逐漸長大、開展人生。她在嚴酷的環境中仍能保持甜美善良的性格，這令他驚喜，就像看到城市的垃圾堆裡開出花朵。皮耶似乎也很欣賞她良好的個性。他們是一對快樂的愛侶，在彼此的陪伴之下無比幸福。

有一天晚上，石像鬼飛到瑪麗的臥室窗前，停在窗臺上，想看著她入睡。很不幸，她還沒睡著，看到石像鬼從窗外看她。她驚恐地尖叫，把全家都吵醒了。

石像鬼有點困窘地退開，躍過屋簷跳到人們看不見的地方。他聽見瑪麗的父母急忙衝進房裡。他聽見她歇斯底里地將她看見的景象一股腦全說出來。她說他是魔鬼。

「噓，那只是噩夢，」她母親安撫著說。

「不是，不是，我明明醒著，我『知道』我醒著，」瑪麗堅稱。

她父親探出窗戶，宣告窗外空無一物。等到窗戶關妥、鎖上，窗簾也拉好之後，瑪麗才在家人的安慰之下冷靜到足以重新入睡。

由於石像鬼從不闔眼睡覺（其實他們也沒有眼瞼），他們將街上發生的一切盡收眼底，不分日夜。邊牆上的一隻石像鬼告訴同伴，下面的街道上住著一個非常邪惡、獨來獨往的男子，專門攻擊婦女。他已經強暴並謀殺了三名受害者，至今尚未落網。石像鬼們饒富興味地監視著他，因為他們自認是真實犯罪故事的愛好者。

他們觀察到，這個男人挑選受害者時，會先經過好幾天、甚至幾個星期的跟蹤，然後找出進入對方家中的方法。角落的石像鬼驚駭地發現這名惡徒開始跟蹤瑪麗，而她絲毫沒有察覺。

有一天，瑪麗的雙親帶著出遠門的行李走到街上，石像鬼發現他們要去旅行，而瑪麗並沒有跟隨。他們把家裡的鑰匙交給她，跟她親吻道別。他們出發時，她開心地揮手。只有石像鬼看到，那名惡徒就在角落盯著他們。

夜晚降臨之際，石像鬼的目光完全沒有離開瑪麗的家門過。午夜左右，那名惡徒出現了，對著門鎖戳弄了好一下子。門開了，他進入屋內。石像鬼不知所措，焦慮地在他的臺座跳上跳下。

「去救她吧，」他左邊的石像鬼說。

「要怎麼救？她以為我是魔鬼。」

「要是那個男人也這樣以為，就更好了，」右邊的石像鬼說。

角落的石像鬼接受了同伴的忠告，往下飛到瑪麗的窗邊。窗戶鎖著，但是窗簾沒有拉上。他透過玻璃看見那名惡徒跪在瑪麗床上將她壓住，手裡握著刀子指向她的喉嚨。她驚嚇得睜大雙眼、發出呻吟，卻因為他的威脅而不敢放聲尖叫。

石像鬼舉棋不定地在窗臺上動來動去。然後，那名惡徒開始撕破瑪麗的睡衣。「喔，上帝啊，請救救我！」她哀鳴道。

石像鬼心想，「上帝不會救妳，但是我會。」他使勁一衝，撞穿了窗戶，堅硬的身體讓玻璃碎成上千片。那男人才轉過頭，石像鬼的石頭爪子就攫住他的喉嚨，用力捏緊。

他把那男人拖下床摔到地上，依然緊抓著對方。那男人的身體變得像破布一樣癱軟。他把那男人的刀子丟出窗外。瑪麗坐起身來，整個人驚呆了。石像鬼一手抓著那個惡徒，一手抬起瑪麗的手放在自己額頭上，想讓她拍一拍。她在有點迷眩的狀態下拍拍他。然後，他帶著他的受害者快樂地飛出破碎的窗戶。就在回到邊角的尖塔上安坐下來以前，石像鬼隨手把那男人拋落在街上。

隔天早上，有人發現了那具破碎的屍體。人們很好奇為什麼從矮牆上摔落會在脖子造成那麼嚴重的傷勢，像是被刑架絞過一樣。一些官員來到矮牆邊探查線索，石像鬼冷靜地看著他們，舌頭從獠牙之間吐出來。他們沒發現他的爪上稍微沾了血跡。

大教堂裡的神父不久就破解了謎團，宣稱那個男人是遭到一群魔鬼的攻擊，在努力前往大教堂尋求安全庇護的途中英勇地反抗，但不幸地，其中一個魔鬼在他還來不及抵達門前時就把他掐死了。

一兩天後，瑪麗本人來到了矮牆邊。她查看了一隻又一隻石像鬼，熱切地望著每一張石製的面孔。她找到角落的石像鬼時，在他頭上放了花圈，把杯盞放在他腳邊，點亮蠟燭，在他身旁坐下。她往下看向自己家的屋頂。窗戶已經修好了。

瑪麗養成了每幾個星期造訪一次教堂矮牆的習慣。她會帶來小量的供品給石像鬼，並且坐下來對他說話。石像鬼很開心。

有一天，皮耶隱匿地跟蹤她。他從柱子後面看見她將一束雛菊放在石像鬼的膝上，拍拍他尖銳突出的肩膀，並在他身邊坐下來。皮耶於是從藏身處跳出來，抓住瑪麗的手臂。

「瑪麗，妳在做什麼？」他喊道，「妳變成魔鬼的信徒了嗎？」

瑪麗驚愕地轉過來面對她的愛人。她支起身子，把皮耶的手甩開，並且說，「我認為這不關你的事，皮耶。」

「我的事？這當然關我的事！妳就要成為我的妻子了。如果我的妻子開始敬拜魔鬼，我當然會擔心。」

「他不是魔鬼。他只是隻石像鬼。但最重要的是，他救了我的命。我應該要當他是我的救主。」

「瑪麗，妳在說什麼？這是褻瀆、瘋狂、妄語。畫在樓下祭壇後面的形象才是妳的救主。」

「抱歉，皮耶，事情不是這樣。祂什麼事都沒為我做。救了我的恩人在這裡，」她把手放在石像鬼折攏的翅膀上，「皮耶，我很清楚，因為當時我在場，而你不在。我第一次看到他的時候誤解了他，以為是個噩夢。現在我明白了。」

皮耶眼中含淚，擁抱著她，「我可憐的甜心，妳的神智被那恐怖的經驗弄糊塗了，我害怕教會裡的神父會指控妳施行巫術、崇拜魔鬼。妳知道那樣的話會發生什麼事，瑪麗。太可怕了，我連想都不願意想。我不能忍受失去妳，尤其不能像那樣地失去妳。」

「那麼你怎麼想呢？他們難道是把魔鬼的形象放滿了這座神聖的建築物，引誘人們崇拜魔鬼嗎？」

「我不知道教會的神父們行事的緣由。但我們的本分是不要去想為什麼，瑪麗。重點是，如果妳質疑他們，他們有權力粉碎妳的身體、焚燒妳的靈魂。趁他們還沒抓到妳，請不要再帶供品來給這些小魔鬼了。我好為妳害怕。」

瑪麗從鼻子哼了一聲，「強暴犯和殺手逍遙法外、對人無害的婦女卻被抓捕，這個世界有些地方大大出錯了。親愛的，我知道你在體能上非常勇武，但恐怕你並沒有多少心靈上的勇氣。我喜歡我的石像鬼。我在這裡跟他一起看風景，很舒坦。別人只要知道這些就夠了。皮耶，就讓這裡成為我的私人領域吧。我不會為了任何人放棄的，連你也一樣。」

皮耶遲疑了。「妳知道，教會甚至能憑比這更少的罪證就把女人活活燒死，」他說，「妳知道妳永遠不能說出不理性……或與眾不同的話。」

「我知道，」瑪麗說，「讓這成為我們的祕密吧。」

皮耶親吻她，同意了，儘管他還是一臉擔憂。瑪麗在皮耶背後拍了石像鬼最後一下、眨了眨眼，然後這對愛侶便手挽著手走開了。

石像鬼們都很羨慕他們的角落同伴，能夠得到活生生的人類的喜愛與保護。他們向他保證，他比那些無功受祿的室內雕像更高一等。

瑪麗坐在石像鬼身邊時，腦子裡確實突然出現了一些白巫術的靈感。一些鄰居低調地尊她為醫者兼女智者，但她的事從沒有傳進教會的神父耳裡。很快地，瑪麗和皮耶就在大教堂裡完婚了。幾天過後，瑪麗帶了一小塊婚禮蛋糕去給石像鬼。

瑪麗和皮耶過著幸福快樂的日子，他們生養的孩子就在石像鬼注視之下的同一條街道上長大。他喜歡看著他們玩遊戲、打發時間。有時候，在他從獠牙間伸出的舌頭周圍，彷彿掛著微笑。

小白帽

這個故事中，三個不同世代的女人分別穿著代表少女、母親、老嫗的神聖三位一體的顏色——所謂的「三德」，白色、紅色和黑色。由於小白帽是少女，她的代表色是白色，她也是我們熟悉的童話故事版本中的小紅帽的女兒。

當今的環保意識讓我們必須對獵人採取一種新的觀點。他代表了男性對野生環境的毀滅性剝削，在這個故事裡不是英雄，而是反派，取代了象徵自然本身的野狼。野狼並不以生吃活人聞名。由此觀之，古老版本的童話中，野狼對人肉的旺盛食慾又是個謊言，也許是編造來讓小孩厭懼森林裡的野狗，因為牠們對農牧經濟可能造成的衝擊。

她站起來，抓了一根粗木棍。

從前，有一個小女孩叫作小白帽，因為她騎馬或步行外出的時候，總是穿著一件雪白色的斗篷。她跟她的母親小紅帽一起住在大森林邊緣的小屋裡。

小白帽的祖母（總是一身黑衣）住在森林深處的另一間小屋，距離人們群居、已經開發的地區十分遙遠。儘管如此，人們還是循著蜿蜒的林中道路前去拜訪小白帽的祖母，因為她見多識廣，是個強大的女巫，能夠治癒疾病、接合斷骨、接生嬰兒、提供建言，還有施展祈求愛情、好運、豐收和風調雨順的魔咒。她能跟樹木與野生動物的精魂溝通。她的小屋周圍滿是獸欄，她在裡面養著各種來來去去、被她治好傷的森林動物。

有一天，小白帽的媽媽準備了一籃補給品——鹽、麵粉、蜂蜜、起司、肉乾和其他食物——讓小白帽帶去給祖母。她要待上幾天，之後再把籃子裝滿祖母採集的各種藥草和根莖，帶回家來。小白帽很開心地聽話照辦，因為她最喜歡拜訪祖母了。森林小屋有鳥類和動物可以讓她觀察、跟她玩耍，而且充滿了祖母熬煮的藥草雜燴的濃郁氣味。那裡總是有好玩的事情。

小白帽的祖母教了她許多關於植物、岩石、星辰、風和水的知識。她也教孫女要尊重野生動物。她特別喜歡害羞的森林野狼，長期且耐心地研究牠們的習性。

她堅稱野狼不是某些人以為的那種兇猛野獸，而是非常聰明、忠心、高貴的犬類，會溫柔地對待自己的同類，甚至也如此對待對牠們不構成威脅的人類。祖母曾經治好幾隻野狼的病，也療養牠們被獵人或邪惡的捕獸夾弄出的傷口。她贏得了那些野狼的信任，牠們時不時會回來造訪她。她學會如何在狼群面前表現得不具威脅，以免遭到攻擊。她教小白帽表現出狼能夠辨識的正確舉止，並且告訴她，只要她行為合宜，就不用害怕這些森林的犬科動物。所以，小白帽在森林裡從來不覺得緊張，哪怕是聽見狼群整隊準備狩獵時詭異的嚎叫聲。

清新的月光在露珠上閃閃發亮，小白帽出發去幫忙跑腿了，她提著籃子，雀躍地吹著口哨與鳥兒答和。她在森林裡走了幾哩後，在一條小溪旁坐下來喝水休息。她坐在那裡的時候，一對獵人走過來，合力抬著一具掛在竿子上的大型狼屍。

小白帽驚駭地看出那是一隻當了母親的狼，牠鼓脹的乳房代表著某處有群小狼成了孤兒。她的左後腿被陷阱夾住，一路撕裂到跗關節。

「嗨，小女孩，」年紀較大的那個獵人說，「看看我們抓到什麼？又少一頭害妳擔心的狼了。」

「狼才不害我擔心，」小白帽回應，「你們做的事太恐怖了，竟然讓狼媽媽痛苦地死掉，讓她為了回去找孩子而把腿傷成這樣。」

獵人勃然大怒地說，「妳這小女孩的嘴真不客氣。也許我們該花點時間好好教妳怎麼尊重長輩了。」

另一個獵人吃吃笑著，拖動雙腳，臉上帶著空洞的表情，「威爾，你看，她夠大了，對不對？」他哄勸似地說，「她大到可以做那檔事了，對吧？嘿，威爾，我們來跟她做做吧。可以嗎，威爾？可以嗎？」

小白帽的母親警告過她，有些男人心裡懷著傷害小女孩的念頭。她站起來，抓了一根粗木棍。

「喂，」威爾低吼道，「妳總不會想因為沒禮貌，就嘗試跟兩個高大的壯漢打架，讓自己被揍一頓又弄得髒兮兮，還毀了妳那件漂亮的白斗篷吧？妳總不想跟這隻狼有一樣的遭遇，對吧？」

「你是說你要把我丟到陷阱裡、把我的腿剁下來嗎？」小白帽說。她雙腳分開，拿穩棍子準備攻擊。她氣到感覺不到害怕，儘管她知道自己處境危險，如果那兩個男人選擇跟她打起來，她無可避免地會打輸。

腦筋不靈光的那個人聽了她的話又吃吃笑了起來。「上啊，去抓她，威爾，」他吸著鼻子說。

「不准碰我，否則我要告訴我祖母，」小白帽恫嚇道，「她是大森林的女巫，她會對你們下咒，讓你們的腳扭成反方向、耳朵掉下來。你們會後悔的。」

「我聽說過她，」威爾哼嗤道，「她是個能把自己變成狼的惡魔。如果她是妳祖母，那麼妳這丫頭身上也流著邪惡的血。」

「上啊，威爾，去抓她，去抓她」年紀比較輕的那個獵人又說了一次。

威爾遲疑了，然後比了個輕蔑的姿勢、轉開身，「她不值得，」他虛張聲勢地吼著說，「而且我們還要去看其他的陷阱。算了吧，羅洛。」

「喔，好嘛，好嘛，威爾，」羅洛哀哀抗議，「她夠大了，不是嗎？好嘛，我們跟她做嘛。」

「羅洛，我說不行，」較年長的獵人斥喝，他的伙伴退縮了。他們轉身大步走開，留下小白帽一個人。她丟掉棍子，拿起提籃，儘可能跑得離獵人愈遠愈好。

她抵達祖母的小屋時，跟祖母說了那組獵人的事。「我知道那組人，」祖母說，「他們壞透了。我知道我們可以用什麼方法治治他們，但是得等明天。現在，我們要看看能不能來得及找到那些孤兒小狼。」

於是，小白帽和祖母出外察看祖母知道的好幾個狼窩。果然，在第三個狼窩裡，有四隻飢腸轆轆、剛出生的狼崽，正哭著找媽媽。小白帽把其中兩隻裹在斗篷裡，她祖母則帶上另外兩隻。她們把幼狼帶回小屋。祖母為小白帽示範，如何用小瓶子和皮革製的奶嘴餵溫羊奶給牠們喝。牠們似乎消化得來，不久後就滿足地在火爐旁的稻草籃裡睡著了。

小白帽對幼狼極為著迷，到了隔天早上才有機會去看其他動物。這次，她祖母收留了一條腿骨折的小鹿、斷了翅膀的老鷹，還有一隻被陷阱夾掉三隻腳趾的浣熊，正在從嚴重的感染中恢復。

照料了那些動物之後，祖母帶了工具，跟小白帽一起出發去找獵人布下的陷阱。她小心地把每個捕獸夾觸發、破壞，把彈簧丟掉，只留下一堆散落的金屬。她把一個捕獸夾原封不動地帶回家。她把它掩藏在前門的門階上，對小白帽說，「讓我們瞧瞧會抓到什麼。我知道那些傢伙發現陷阱出了事之後，一定會來這裡。」

隔天一早，她的預料成真了，威爾和羅洛怒不可遏地出現在她門前。

「老巫婆，快滾出來，」威爾吼道，「我知道是妳弄壞了我們的陷阱。快點出來面對後果。」

「有膽就來抓我啊，」祖母叫道。她身上裹著床單，頭上戴著一個造型像巨狼齜牙咧嘴的醜怪面具，有著紫紅色的長舌頭，可以用她自己的舌頭在大大的牙齒之間伸進伸出。

威爾舉起槍準備射擊，朝門衝過去，羅洛跟隨在後。他抬起腳要把門踢開，但在此同時，他用來支撐的那隻腳被一層落葉下的捕獸夾彈起來攫住。他重重跌倒在地。槍走火了，射下楓樹的幾根枝條，然後從他手中飛出。

祖母把門甩開，戴著狼面具、手拿斧頭現身。威爾徒勞無功地拉扯捕獸夾，開始尖叫。羅洛結巴地說，「妳——妳的牙——牙齒好大顆啊，奶奶！」

「這樣才好把你吃掉啊！」祖母叫道，並且用斧頭整齊地將威爾的腦袋對半劈開。羅洛轉身，死命地逃跑，彷彿全地獄的惡魔一擁而出要來追他。再也沒有人在森林裡看過他。

稍後，祖母把獵人的屍體剁成易食用的小塊，放在森林裡讓野狼吃。

小白帽隔天就回家了。她的媽媽問起她在祖母家做了什麼事時，她說，「嗯，我們幫忙餵飽了一些狼。」

性別是怎麼來的

這則故事同時重述了兩則神話。其一是希臘神話中，宙斯由於嫉憎上古黄金時代的雌雄同體人類享有無上的喜樂幸福，而對他們展開攻擊。另一則是巴比倫神話中善嫉的神明遭到大母神的彩虹處罰，禁止他接近人間的神殿祭壇，以懲罰他掀起洪水——這則神話的發現，為聖經中諾亞的故事創造了十分不同於以往的解讀。

舊約聖經中，上帝將夏娃與亞當「分開」時所表現出的妒忌，也許就根植於這些更古老的神話所闡述的、性方面的欽羨。猶太教傳統認為，這對人類的先祖原本是以兩人皆雌雄同體的型態生活，若是如此，所謂上帝替亞當創造伴侶的說法，便站不住腳。更古老的典籍則記載了一對元祖夫妻，亞達姆（男性）與亞達瑪（女性）。印度教的歡喜佛[13]與濕婆／帕爾瓦蒂也屬於此類的原始雌雄同體形象。英文的「雌雄同體（hermaphrodite）」就是源自於男神赫密斯（Hermes）與女神阿芙蘿黛蒂（Aphrodite）的結合。他們合為一體，成了古希臘文明中男女之愛的象徵，日後的父權式宗教卻對之投以不安的疑慮眼光。

13 又稱雙身佛。但其譜系應該屬於藏傳佛教，而非印度教。

他憤怒的吼聲如雷貫耳……

在世界誕生之初，大母神請託原始的雙性祖靈依它們自己的形象創造出人類。最早的人類在一具軀體上兼有男女的性徵，並且生活在長久的喜悅之中。和當時其他的溫血動物一樣，雌雄同體的人類隨時能夠感受到自己的一半給予另一半愉悅與回應。因此，他們的世界喜樂、和平且充滿了愛。水乳交融的狂喜如同持續不斷的一波波漣漪，他們從生到死都浸淫其中，絲毫不知失落、寂寞與邪惡滋味。這是他們的黃金時代。

然而，一位自稱天父的神祇對這些快樂而完整的人類極為嫉妒。出於本身的空虛感，他想要得到獨一無二的愛戴與敬拜。他執迷於自己的嫉妒心，陰沉地躲在天上黑暗多雲的角落，變得愈來愈陰鬱惡毒。有時候，他的怒氣會射穿烏雲，打在地球上就變成毀滅性的閃電。他憤怒的吼聲如雷貫耳，使飽受驚嚇的人類奔逃躲藏，卻不知道這位神明為何如此威脅他們。他看見他們躲避他的樣子，更加憤怒了。

有幾次，天父對人類的城鎮注下憤怒的火焰，想教他們別再無視他。他害死了許多人。有一次，他甚至讓他的雷雨雲降下大量暴雨，使得洪水淹沒地球，淹死了上百萬無辜的生靈。大母神與雙性祖靈為此懲罰了他。他們升起彩虹橫越天際，擋住他前往地球上神殿祭壇的路，讓他再也不能吃到人類供奉給神明的美食。

這使得天父妒忌更甚以往。他開始恨雙性祖靈依自己的形象創造人類。他想要依他自己的形象造人，並以此居功。他想了又想，最後想到他可以做一件事來贏得造物主的頭銜。他可以對溫血動物原本雌雄同體的構造進行根本性的改造。他要讓他們變得更像他。

於是，天父趁著其他神明不注意時，乘著閃電溜到地球上，開始將溫血動物雄性與雌性的兩半撕扯開來。這樣的毀傷使人類哀聲尖叫，呼喚大母神拯救他們，但她當時身在另一個星球，沒有聽見他們的懇求。

天父為了趁被發現前分割完許許多多的雌雄同體動物，動作十分迅速。由於太過匆忙，他分割男性與女性的方式相當粗糙含混。女性雙腿之間的一小塊肉被扯下來，尷尬地掛在男性的胯下。人類日後判定，這就是為什麼女性以週期性的失血緬懷她們失去的部分，而男人身上多餘的那一塊肉不受他們的控制，而是聽命於它們原本的主人、也就是女體。

天父告訴人類中的男性，他們現在是依他的形象造的了，因為他把女性的部分從他們身上取走。他們的黃金時代結束了。他告訴他們，他是個善妒的神明，所以他們不能在他面前敬拜其他神靈。他要求他們的服侍、苦工與不斷的讚美。他堅持祭壇上所有的祭品都必須是專門獻給他的。他在各方面都要求徹底的服從，以恐怖的懲罰來恫嚇叛逆者，為他們準備了一個地下的酷刑之地，讓他們在那裡遭受永恆的痛苦。最重要的是，他命令男性永遠不准哀悼他們所失去的、女性的那一半，也不准表現出一絲一毫的女性特質。

當大母神回到地球，看見她所寵愛的溫血動物陷入了不幸的處境，她怒不可遏。她對天父報以各式各樣、鋪天蓋地的咒罵。諸神都親眼見到他當眾受辱。但這無濟於事，只讓他更加憎恨大母神以及其他記得他如此受辱的諸神。他立誓總有一天要將他們統統除掉，獨自統治天界。

在此同時，人類與其他動物難以抗拒尋找他們被強行剝奪的另一半的衝動。兩種性別渴望交合，以將男性多餘的部位回歸到它在女體上的位置，短暫地回味他們曾經恆常享有的喜樂。天父的任何威脅或懲罰都無法禁絕。人類——也許還包括動物——儘管對此產生罪惡感、因為自然慾望而自我厭惡，但他們交合的行為卻是無法消滅的。很久之後，在一個叫作羅馬的地方，人們甚至將之命名為「宗教」（religion），意思是「重新連結」（re-linking）。

男人試圖減輕自己的罪惡感，於是告訴自己，他們是依造物主的形象所創的，比女人高等。女人並不信服，因為她們知道，作為男人心目中男子氣概來源的那塊肉，其實是由誰所控制。但是，由於天父執行了新的律法，女人仍然日益遭到她們過去的另一半所壓迫。

大母神垂憐這些女人，她想，如果男人要變得跟他們的神一樣善妒，那就讓他們好好嫉妒。她給了女人生產與哺育的專屬權力。男人只能一代又一代地看著女人的身體產出新的生命、看她們與新生命建立起人類經驗中最親密的連結。男人千方百計地想要控制如此神奇的魔法，但他們始終不甚了解它是如何運作的。

有時候，一群男人則決定要掌控生命循環的另一端，也就是死亡。他們內在的自我認為，就算他們無法創造生命，至少能夠摧毀生命，這也是掌握權力的感覺。其中有許多人最終將一輩子都用來追求那樣的權力，甚至覺得那是一種光榮的生活方式。

於是，世界顛簸危顫地走入了天父的時代，原先互相容屬的兩種性別愈來愈對立。在痛苦與憤怒之中，許多人類聽信了天父、背棄大母神與其他神明，採納了他所要求的、血腥殘忍的犧牲儀式，有時甚至殺死自己的同胞以博取他的歡心。他時常向他們承諾，當他們做到他的要求以後，他就會將罪惡與懲罰的重擔從他們身上解除，但他從來沒有實現諾言。

大母神對這個新的世界深感悲傷。就像所有的母親一樣，她會說人類只是在經歷某種過渡時期。「他們擁有理性思考的能力，」她解釋，「他們遲早會棄天父而去，因為他不可理喻。」她期望，在人類毀於自相殘殺以前，能夠變得更成熟、滌清自己身上的仇恨與毀滅傾向。

同時，她持續地對那些準備好聆聽她話語的人類說話，啟發他們去創造、去盼望、去愛。儘管天父無所不用其極地將她妖魔化，許多人類仍然追尋著她。他們給了她上千個不同的名字，包括自然、大地、眾神之母、天后、幸運女神、仙后。

而這就是為什麼，人類分立的兩種性別持續地嘗試重新結合、卻又難以克服彼此的差異，每個世代裡，只有勉強接近半數的人能夠做到。除了人類以外的動物對這個情況調適得比較好，牠們的方法不是讓兩種性別的動物大多時候保持分離，就是只出於生命本能而交配。人類想要與另一半結合、共度幸福快樂的生活，但有時候卻無法滿足自己真正的欲望、抱憾而終。

這也是為什麼他們永遠在對彼此述說真愛戰勝一切、讓兩人合而為一的故事。他們一試再試，想要抵達他們所知範圍內唯一能夠企及的天堂。

世世代代的讀者都喜愛安徒生筆下的小美人魚，艾德華．艾瑞克森為她塑造的雕像，至今仍安坐在哥本哈根港的岩石上。然而，在孩提時代，我太為她的痛苦感到難過，而無法享受在故事中與她相伴的時光。我認為她不應該為了愛情而犧牲自己的身體舒適。愛不應該帶來痛苦，也許，女人必須忍受痛苦才配得到愛，是男性所抱有的觀念。但王子又忍受了什麼呢？他不勞而獲。

所以，此處的小小美人魚得到了一個更富於關懷和同情心的王子，解除了她的痛苦。幫助她的醫者／巫師，斯克勒庇俄，原型為古老的醫藥之神，古希臘的阿斯克勒庇俄斯（或在古羅馬稱為伊斯庫拉庇俄斯）。他自己的公主離家出走，嫁給一個凡人，不像一般童話中公主的命運是如同溫室裡的花朵守在原地生根、過著充滿幻想與特權的生活，沒有任何為自己做決定的機會。

美人魚往下游進深淵……

從前，有一隻美人魚名叫小小（Littlest），因為她是所有姊妹之中最年幼也最嬌小的。她骨架纖巧，敏捷而靈活，能夠從漁夫撒下的漁網邊緣滑走脫身。她會撿拾銳利的珊瑚礁碎片，割開漁網，把裡面的海豚、海龜和魚類放出來。漁夫們尖聲叫罵詛咒時，她便嘲笑他們的窘態、對他們甩挑尾巴，然後游走。

小小跟她的父親海王一起住在珊瑚皇宮裡。幾年前他的王后意外死在一支沒瞄準的魚叉下，他便鰥居至今，並且避免和陸地人或船隻的所有接觸。他告誡女兒們，不要對著水手歌唱、不要坐在沒有遮蔽的岩石上梳頭髮、也不要在帆船後面玩耍。

儘管如此，小小美人魚仍然時常違背父親的告誡，因為她太喜歡捉弄陸地人了。她會游到大船附近，近得讓水手能偶然瞥見她。她會在黑暗的夜裡對他們唱著甜美的歌曲，聲音在海浪的耳語中只能勉強聽得見。她喜歡割斷繫錨的纜繩、在船舵塞滿海草。有一次，她甚至大膽到從一個正在游泳的水手身下冒出來，把他的褲子拉到腳踝。

小小美人魚也喜歡和海豹與海豚玩耍，牠們隨時都能玩翻筋斗、鬼抓人。海王時常責備她的輕佻任性、以及她選擇的友伴（「那些動物！」他會如此哼斥道），有時候還斷言她這樣不會有好下場。但他並沒有認真管束限制她。她的姊姊們試圖激發她對實用工藝的興趣，例如串珍珠和雕珊瑚。但這些靜態活動總讓她很快就神遊別處，然後尾巴一擺就又溜走了，去跟海獺玩裝死遊戲。

在一個風暴來襲的晚上，小小美人魚乘著大浪，發現一艘遇難的船隻。船的桅桿斷了，撕裂的船帆垂掛在一側，船身翻倒過來，下沉到舷側，無助地在海上漂移，每一陣打到甲板上的海浪，幾乎都要將它摧毀。幾個被沖下船的船員在快速的水流中虛弱地掙扎。

美人魚靠近那艘船，發現船艏已經傾斜、開始下沉。同時，她被一具漂浮的人體撞到了。她轉過去，看到一個衣著華貴的年輕男子，失去了意識，正在滑入水中、沉向死亡。美人魚把他扶起來，凝望他的臉，她心想這是她所見過最俊美的臉龐了。

美人魚一整晚都奮力將那名年輕男子的頭撐在水面上，並且拖著他沉甸的體重游向遙遠的海岸。黎明時分，她終於把他扔到海灘上，然後筋疲力盡地回到柔軟舒適的水裡。在她緩緩游回家的途中，她的魚尾肌肉疲累得發痛，那個年輕男子的臉在她腦中留下的記憶縈繞不去。她意識到自己一定是愛上他了。

幾週之後，她又見到他，站在一艘豪華大船的船舷欄杆旁。那艘船的桅桿上飄揚著皇室的旗幟。他活得好好的，穿得甚至比上回還華麗，英俊的外表讓她一看見就覺得心臟彷彿縮緊了一下。她在船的四周來回游泳，聽到有人喊了他的名字「亞寬王子」。小小美人魚立時下定決心，唯有當上亞寬王子的王妃，她的心才能平靜下來。

她如此告訴父親時，他勃然大怒。「我早就說，跟陸地人打交道準沒好結果，」他吼道，「小小，妳就算只有跟牡蠣一樣的腦袋，也應該知道，人魚不能跟陸地上那些用腳爬的動物結婚。難道妳下半輩子都想跟海象一樣、靠肚子在旱地上拖行嗎？」

「也許我也能長出腳來，」美人魚提出意見，「聽說海女巫能做出雙腳給人魚。」

「哼，這是什麼鬼話，」海王說，「把這些胡言亂語給忘了、快點長大吧，女兒。海女巫是個危險人物，我不准妳接近她。」

於是，小小美人魚當然立刻計畫去拜訪住在海底深淵的海女巫。她雇了一對燈籠魚來照路，往下游進深淵，那裡的壓力害她的耳朵嗡嗡作響。她看到海女巫正用一個放在火山噴氣口上的大鍋子煮晚餐。她體形龐大、皺紋滿布，皮膚是藍黑色，還戴著用尖銳魚棘做的頭冠。

「女孩，妳想要什麼？」女巫問。她長長的尖牙磕碰作響，一副邪惡的樣子。

「我想要一雙腿，就跟陸地人一樣，」美人魚膽怯地回答。她對女巫非常害怕，卻不敢表現出來，因為她想起，有些僕人曾竊竊私語地傳說海女巫會吃人肉。

「哈！妳的曾曾姑婆有一次也是為了同樣的理由來找我，」女巫說，「她偏偏對一個陸地上的男孩有了點愚蠢的迷戀。我告訴她這樣不會有好下場，結果我說對了。妳來的原因是什麼？」

「嗯，我……」

「不要緊，我明白。又是那個白癡念頭在作怪，對不對？妳以為妳戀愛了。我一直弄不懂，那些笨頭笨腦的跛腳陸上爬行動物有什麼魔力，讓妳竟然希望變得跟他們一樣。好吧，如果妳想把自己變成一隻跛腳鴨，我也沒差。我可以給妳雙腿，但這樣做有個重大的缺點。」

「什麼缺點？」美人魚問。

「妳要付出痛苦的代價。妳用這雙新腳踏出的每一步，感覺都會像走在刀尖上一樣。」

「我不在乎，」小小美人魚說，「我要當亞寬的王妃。等我嫁給王子，我就可以叫人用掛著絲簾的金轎子，抬著我到處走。」

「好吧，」女巫嘆道，「這是妳的選擇，到我的洞窟裡來吧。」

往後幾天，小小接受了一系列魔法手術，其中有些令她非常難受。最後她那閃亮強健的尾巴，變成一雙纖細白皙的腿和細緻的腳掌，脆弱到連接觸岩石都讓她差點受不了。

「現在，最後一個步驟是把妳的魚腮變不見，讓妳成為呼吸空氣的人類，」女巫說，「這得要在沙灘上進行，因為妳再也游不了那麼遠了，我的鯊魚阿諾德會拖著妳去。」

美人魚微微打顫。她和所有的人魚一樣害怕鯊魚，連溫馴的鯊魚也不信任。她看過阿諾德，牠是一條長達三十五呎的大白鯊，有粗糙的皮膚和滿口可怕的利齒。由於別無選擇，她還是鼓起勇氣，讓自己的身體掛在阿諾德的背鰭上。阿諾德以鯊魚茫然無心但充滿威脅性的姿態前後擺動。

「妳確定牠知道怎麼做嗎？」小小緊張地問。

「她當然知道，」女巫粗聲說，「妳唯一要擔心的，是不要讓牠陷入飢腸轆轆的狂亂狀態，若是那樣，我就無法幫牠的行為負責了。妳的眼力比牠好，所以如果碰巧看到水裡有血，就要帶牠避開。到了沙灘上，妳就吞下我給妳的兩顆藥丸，然後躺下。妳會睡一陣子，醒來的時候，就會跟其他的陸地人一模一樣了。這樣多可惜啊。」

她拍拍阿諾德的尾巴，牠便出發了。他們游了好幾哩遠，阿諾德偶而停下來吞咬一兩隻小魚，幸好美人魚沒有發現海裡有血。她在離岸十碼處放開鯊魚，踏著碎浪來到沙灘上，雙腳如刀割般的痛楚和雙腿軟弱笨拙的動作，令她感到驚愕。她覺得自己根本是個跛子。

極度疲累、緊張又疼痛的她躺在一棵棕櫚樹下，吞下女巫的藥丸，陷入無夢的沉眠。醒來之後，她的鼻子呼吸到空氣，皮膚感覺黏膩、鹹苦、沾滿沙子，很不舒服，而且有生以來第一次，覺得自己乾巴巴的。

她起身，轉向城鎮，她知道王子的皇宮在那裡。走路令她痛苦得時常得坐在路邊休息。當她坐著的時候，一匹馬拉著馬車經過，駕駛座上坐著一名肥胖的男子。

「我可以坐你的馬車到鎮上嗎？」美人魚喊道，「我的腳受傷了，沒辦法好好走路。」

那名男子下馬看著她。「妳的人比妳那雙傷腳問題還大呢，小姐，」他竊笑著說，「妳都光溜溜地在大白天裡到馬路上遊蕩嗎？妳是腦子傻了還是怎麼樣？」

「我沒有衣服，」美人魚說，「不過，我很快就會當上王妃，到時候，我就會穿得比你還體面。我要去亞寬王子的皇宮，你可以載我去嗎？」

那個胖男人大笑道，「哈，妳比傻瓜還瘋，但真是挺新奇的。上來吧，小姑娘，看我們能走多遠。」

她上了馬車，痛得縮了一下，坐在車伕身旁。他立刻把手滑入她大腿中間捏了捏，以暗示的口吻問，「妳打算怎麼付車錢呢，小姐？」

「我現在沒有錢，」她不自在地扭動身軀說，「不過，等我做了王妃，就會好好付你錢的。」

「我倒現在就想要呢，」他眼神猥瑣，「而且我不是指錢，妳只要躺在馬車後面，把腿張開，我們就扯平了。」

「不，我不要，」美人魚終於明白他的意圖，「我要當王子的新娘，不要像你這樣的醜無賴來糾纏。放開我。」

「喔，是嗎？」車伕一面把她抓得更緊，一面生氣地說，「假如這是命令，妳怎麼辦？」

「就這麼辦，」美人魚說著從馬鞭座上拔出鞭子，用末端猛抽他的腹部。雖然她新生的雙腿沒有力氣，但她的手臂和肩膀因為游泳了一輩子而非常健壯。她揮鞭的力道之大，讓那個男人從座位上摔落地面。美人魚再把馬鞭倒過來，打在馬臀上，馬兒驚跳起來、狂奔而去。馬車捲起一片塵土，消失在路上，留下馬車伕大聲咒罵、暴跳如雷。

美人魚知道她赤裸的身體會引起男陸地人一些令人不快的反應，便把馬車停在一叢闊葉灌木前，用樹葉幫自己編了一件衣服。然後，她平穩地駕著馬車進城，到了皇宮門前。她對衛兵說，「我要見王子。」

衛兵上下打量她的時候，眼珠都凸出來了。

「我該怎麼通報您的芳名呢，女士？」他的語氣帶著明顯的嘲諷。

「你就說他的救命恩人來了。」

她怪異的外表和高高在上的態度，使得衛兵有些害怕。他緩慢、小聲地告訴守門人助手，「我不知道該怎麼辦，說不定她是個仙女。最好別冒險，去告訴王子吧。」那人聽了便跑去傳信，而美人魚靜靜等待。

稍後，一個僕人出現了，他帶了口信說要把那穿著樹葉的女士帶到覲見室。她在那裡看見王子，坐在鑲著紅寶石的寶座上，一小口、一小口地吃著水煮蝦子，還用金牙籤剔牙。他懶洋洋地打量她。

「妳說妳是我的救命恩人，是什麼意思？」他問。

「一個多月以前，你遇到船難，」她說，「我撐著你讓你不沉進水裡，還把你帶到岸上。」

亞寬王子聽了瞪大雙眼，「我的船真的沉了，大家都說是奇蹟出現，把我從那麼遠的地方送回岸上，我什麼也記不得。妳一個弱女子，怎麼可能在海裡游得了那麼遠？」

「我很會游泳，」美人魚說。她描述了那場風暴、那艘船的遭遇，甚至還有王子當時的衣著，以說服他相信她確實在場。王子終於信服了。

「那麼，我顯然欠妳一命，」他說，「妳一定是個天使、水中精靈，或是有魔力的仙女。如果妳是來要求回報的話，請告訴我妳想要什麼。」

「我想當你的王妃，」她直白地說。

王子聽了驚得下巴一垂，舉到嘴邊的一隻蝦也掉了，「但這是不可能的，」他說，「我已經跟艾斯托利亞的公主訂了婚，三個星期後就要舉行婚禮。請要求別的吧——什麼都可以。」

「別的我什麼都不要，」美人魚說。

王子開始冒汗。根據他所受的教導，不論在什麼情況下，都不能得罪有魔力的仙女。「請先做我的客人一陣子吧，」他提議道，「也許事情自然有其他轉機。我全宮上下聽候妳差遣。等妳休息好了、體力也恢復以後，我們再談談。」

美人魚被帶到一間豪華的寢宮裡，有柔軟的地毯輕撫她疼痛的雙腳，還有一張四柱大床，和一個裝滿刺繡華服的衣櫃。有個女僕來幫她洗澡、梳髮，男僕端來一盤盤她嘗來味道怪異的水果跟餐食。她用餐後小睡片刻，之後除了雙腳仍然疼痛不斷，其他都好多了。

稍後，有個僕人傳來口信說王子邀她共進晚餐。她被領進一間私人餐廳，在那裡和亞寬王子一面享用美食、一面欣賞樂舞表演。他向她提起他將要和艾斯托利亞國女繼承人舉行的婚事，說他必須藉此和一個更強大的國家在政治上結盟。雖然他和公主素未謀面，但是人家說她她既聰明又可愛。「妳得要明白，我們王室成員常常不能控制自己的人生，」他說，「有人以為我們除了享樂之外，什麼事都不用做，但其實不是這樣的。」

「我不在乎，」美人魚說，「你一定要娶我，因為你欠我一命。」

王子深感煩惱，他迴避了這個問題，盡量做個討人喜歡的共餐對象。晚餐後，他還教她下棋。在火爐邊結束了愉快的夜晚後，她便躺回四柱大床。

王子則匆忙前往皇宮另一側廂房探望他的母后。因為她非常聰明睿智，大家都把她看作女巫。亞寬原原本本說明了他的難題，她很快就提出解法。

「如果那女孩像你說的那麼天真，」王后告訴他，「你可以安排一場假婚禮，讓她相信自己成為你的王妃了。三個星期後，你可以說你要奉命遠行，然後去艾斯托利亞慶祝你真正的婚禮。然後你就得輪流花時間在兩個新娘身上，直到永久性的解決辦法出現。」

「我希望妳所謂的『永久』指的不是什麼暴力的事情，」王子說，「我非常喜歡這個女孩、或是仙女——不管她是什麼。何況，我還欠她一命。」

「別擔心，兒子，」王后說，「事情自然會有辦法解決的。」

王子終於放心地上床睡覺。第二天，他安排了一場祕密舉行的假婚禮，讓小小美人魚以為她成了他的王妃。雖然新娘雙腳明顯的痛苦症狀令王子十分擔憂，但他們還是快樂地生活在一起。不到一個星期，他就發現自己深深愛上了她，這讓他愈來愈反感和素未謀面的艾斯托利亞公主的政治聯姻。

不過，王子是個負責的人，所以時候一到，他還是編造了一個出遠門的藉口，離開他的假王妃，臨行之前含淚給了她無數個吻，並聲明會永遠愛她。美人魚絲毫沒有起疑，因為她盲目而瘋狂地愛著王子，相信他永遠都不會為了任何事欺騙她。

當王子抵達艾斯托利亞的首都，國王和王后緊張地迎接他，而他並沒有看到公主。歡迎儀式之後，他鼓起勇氣詢問公主在哪裡。她的父母滿臉通紅，結巴了一會兒，國王才坦承他們也不知道她現在身在何方，不過肯定很快就會找到她了。王子心中略有不平地接受了他們的邀請，在宮中待上幾天，等他們繼續尋找公主的下落。

第二天晚上，他被一陣急促而狂亂的敲窗聲吵醒。他從床上起身，打開窗戶往外望去，看見一個懸掛在繩子上的小人影。

「你是誰？」亞寬問。

「噓！我是艾斯托利亞的公主，幫忙我進去吧。」

他伸出一隻手把她拉進室內。她是個身材嬌小、瘦骨嶙峋的女孩，有尖銳的下巴、吉卜賽人的閃亮黑眼睛，和一頭蓬亂油亮的捲髮。他覺得她長相並不好看，便問，「妳真的是公主？」

為了回答他，她伸出手，讓他看手上有王室徽記的戒指。「我是來請你幫忙的，」她說，「你看起來是個高尚的人，但我並不愛你，以後也永遠不可能愛上你。我愛的人是一個平民，我父母絕對不會允許我跟他結婚，所以我今天晚上要跟他私奔，反正我也不想當公主了。我只是來要求你平靜無事地離開，不要因此而對我父母宣戰等等，你同意嗎？」

王子被如此突兀的行徑嚇了一跳，他想起了家裡那個他真心愛著的假新娘，便對瘦巴巴的小公主微笑了。

「放心吧，殿下，」他說，「我也不認為我會愛上妳，我會跟妳父母一起設法解決問題的。我希望妳和妳的平民愛人過得幸福。他究竟是什麼人呢？」

「他是個偉大的巫師兼醫者，叫作斯克勒庇俄，」她答道，「總有一天你會見到他的，而且那時你會很高興。謝謝你的幫忙跟諒解，你是個好人，亞寬。」

她親了親他臉頰，就跳到窗臺上抓住繩子。他探出去看時，她已經被拉到屋頂上消失不見——王子猜想是斯克勒庇俄拉她上去的。

隔天，他準備啟程回家。他向艾斯托利亞的國王和王后表明，他對他們並無惡意、也跟他們相處愉快，保證兩國會維持友好邦誼。他也表示，如果公主找到了，他會高高興興地回來，但他心裡十分肯定，公主是不會被他們找到的。

美人魚愉快地迎接他歸來。當他提出舉行第二次公開婚禮，要全宮的人都參加、為她正式加冕時，她更是開心。

亞寬不在時，王后對美人魚逐漸熟悉，而且愈來愈喜歡。她後悔建議兒子欺瞞一個這麼深情又可愛的女孩，所以非常樂意舉辦一場真正的婚禮作為補償。她親自籌辦了王室有史以來最盛大的婚禮，親手將王冠戴在媳婦的頭上，並在眾人面前擁抱、親吻她。

美人魚衷心回報婆婆對她的關愛。往後幾年，兩人的感情十分親密。美人魚的母親早逝所帶來的傷痛，因為溫暖的婆媳之情而顯著地平復了。

老國王過世之後，亞寬王子繼位，在母親和妻子的協助之下挑起治國的重責大任。美人魚雖然繼續受雙腳疼痛之苦，仍過著非常快樂的生活。儘管有許多醫師嘗試過，卻沒有人能夠治好她。

有一天，終於有一位名叫斯克勒庇俄的著名醫者來到亞寬的王國，他那貌似吉卜賽人的瘦小妻子也一同隨行。他們來到王宮，和國王與王后見面。亞寬國王和醫者的妻子互使了一個神祕的眼神，相視而笑。

斯克勒庇俄醫師檢查了年輕王后的雙腳。「這不是疾病，而是魔咒，」他說，「也許我能把咒語解除。」

醫者仔細地唸了三天的咒語，就讓王后的腳痛大半消除了。他囑咐她要每天運動、泡腳和海泳，以讓行走的力量完整恢復。幾個月後，美人魚就像生來有腳似地能走，甚至能跑步了。

亞寬國王以一片領土和一座小城堡答謝醫者夫婦，兩對夫妻從此成為朋友，過著幸福的生活。

約莫一年後，美人魚生下一個未來會繼承王位的女孩，嬰兒的腳一出生就長了蹼。占卜師爭相宣稱，這對一個濱海國家的統治者來說，是一個大好的祥兆。小公主長得健壯、聰明又漂亮，而且從很小的時候就看得出來，她會成為陸地上最厲害的游泳健將。

灰赫拉

灰姑娘（Cinderella）故事的版本，也許可以追溯到宗教政治的寓言，內容是在諷刺封建的教會和國家（以本篇故事中的艾克蕾西亞和諾比莉塔為代表），同時令人想起北歐本土對女神赫拉（Hella）、或霍拉（Holle）、或艾拉（Ella）、或海爾（Hel）的崇拜。在德國一個原始的版本裡，那個送禮物的神仙教母是一棵從母親墳上長出的聖樹，而墳墓過去顯然曾是供人朝拜的聖地。這個故事觸及了中世紀基督教文明中的城市政治力量，和鄉間異教對古代女神膜拜的精神力量之間，暫時停火的不安定狀態。當原始的冥界母神倖存下來，變成異教的祕密後，這位女神便經歷了雙重的地下化，而她的崇拜儀式也改在地下進行。

灰赫拉（Cinder-Helle）在咒術中使用的經血，是個極為古老且源遠流長的巫術概念，從父權制度誕生前的遠古時代起，女性的經血就被視為所有生命的來源、所有家庭血緣紐帶的根本，也是超自然力量的基礎媒介。父權社會卻以怖懼的眼光看待它，這古怪的禁忌，讓許多人仍然荒謬地迷信經血有挑戰男性神明的能力。

鞋子裡的權杖是代表性交或聖婚習俗的一個古老象徵，可以一路追溯到奉獻給古希臘時代農業女神狄密特的穀神祭典。這種無意識中流傳下來的遺緒，時至今日仍可能現蹤於各式各樣關於鞋子的戀物崇拜行為。

南瓜變成一輛金碧輝煌的馬車，車裡布置得精美雅緻。

從前，遠古的地下女神是光榮死者之后和治理祖靈的王者，她在地上有很多女祭司，那些女祭司建立倫理制度、提供建言、保存紀錄、平息糾紛、開立藥方、接生嬰兒、維護和平，並執行其他上千種物質性與社會性的服務，以維持世界的平衡。人們愛戴這些女祭司和她們的女神，並且把自己的祖先當成是居住在女神掌管的深淵裡的神靈來崇拜。

不過，後來出現了一支由男祭司率領的軍隊，他們用劍來改變信仰。也就是說，他們要人民選擇，是接受他們的新男神，還是要被砍頭。對大多數人來說，這個決定並不困難。國王正式廢除了女神的神殿，許多女祭司只得在私人空間、原野、森林裡，或是保有此祕密信仰的家庭裡敬拜女神。

其中一個女祭司嫁給一個富翁，生下一個漂亮的女兒。他們為她取名為赫拉，是地底女神的眾多名號之一，意思是位於地下深處的密室，女神在那裡接收死者，讓他們輪迴轉生、成為地上的新生兒。因此，這個名字有著重大的神聖（或地獄性）意義。女祭司母親希望這個名字會帶給女兒終生的祝福。

不幸事與願違，赫拉還是個小女孩時，女祭司就去世了。她的父親續弦，娶了一個傲慢又貪心的女人，叫作克麗絲婷娜，她自己有兩個已經長大的女兒，分別名為諾比莉塔和艾克蕾西亞。赫拉的後母和繼姊都苛待她，強迫她穿著破舊的衣服、負責所有家務，勞苦地服侍她們的生活。

赫拉的父親對此不甚留意關心，因為他常常離家在外經商，自顧不暇。他需要賺很多的錢才養得起他貪婪的新家人。

諾比莉塔很喜歡裝腔作勢，穿著上好的綢緞、絲絨和貂皮，整天發號施令，還帶著武器——馬鞭和匕首——來使命令更有威嚇力。艾克蕾西亞則不碰武器，裝出一副虔敬謙卑的模樣，但喜歡虛矯打扮的程度，比起姊姊幾乎是有過之而無不及。她很聰明，又以虐待他人為樂，經常以各種有創意的殘暴手段懲罰赫拉犯下的「罪行」，讓那可憐的女孩還寧可接受諾比莉塔一成不變的虐待。

當赫拉長成了一位美麗的少女，兩個其貌不揚的姊姊便出於嫉妒而更常欺凌她。她們把灰塵和煤灰抹在她的臉龐和頭髮上，想要掩蓋她的美貌，並以此稱她為「灰赫拉」。「看妳還能美到哪裡去，」艾克蕾西亞對她說，「妳母親是女巫，妳就是個灰撲撲髒兮兮的女佣。」

有時候，當灰赫拉有一點屬於自己的時間，她會到母親墳前對著墳墓說話，傾訴她的煩惱。墳上長了一棵姿態優美的柳樹，每當風拂過枝條、吹出柔和的沙沙聲，她就想像那是母親的靈魂正說著話安慰她。

古老女神的一個重要豐收慶典，是敬拜女性祖靈的萬聖節，當時仍然以王宮舞會的形式來進行。有一年的慶典成了特別重大的場合，因為年輕英俊的波普洛王子宣布，他會在舞會當晚挑選新娘，她會受冕為萬聖節王后，而後成為他真正的王妃。

所有家境優渥的少女都渴望獲得邀請，去參加萬聖節的舞會。因此，當傳令官帶著邀請函來到她們家時，灰赫拉的姊姊們都歡欣鼓舞。她們馬上開始計劃宴會上要穿的禮服。灰赫拉怯怯地問，「可是我要穿什麼？」

「妳！」諾比莉塔叫道，「妳就跟平常一樣穿著破衣服，留在家裡的煤灰堆裡啊。妳不能去舞會。」

「可是，邀請函上邀的是家裡所有的年輕淑女啊，」灰赫拉辯解。

「妳不是淑女，妳只是個僕人。」

「我跟妳們一樣是淑女，」灰姑娘大聲說。兩姊妹聽了便開始攻擊她，打她耳光、擰她的肉、拉扯她的頭髮，最後把她趕出房間。「回妳的煤灰堆裡去，女巫生的孽種！」艾克蕾西亞尖叫著說，「事情就這麼定了，妳不能去舞會！」

隨著大日子越來越近，灰赫拉的後母和姊姊們強迫她縫製她們的禮服。她獨自坐在閣樓房間裡縫紉，時常縫著縫著就掉下眼淚，把縫線都沾濕了。如果幫其中一個姊姊縫的禮服比另一個好，兩人就會一起破口大罵。她們滿懷妒意，想要表現得比對方出色、被加冕為慶典王后，並嫁給波普洛王子。諾比莉塔堅定地認為，她那王后般的高尚儀態與傲氣，顯然使她成為最佳人選。

艾克蕾西亞則表示自己是一切美德的化身，王子要是沒有選上她就會遭到天譴。

到了那天晚上，灰赫拉的後母和姊姊一起登上塔樓形馬車，出發參加舞會，留下灰赫拉獨自一人。她傷心地模仿著她母親曾教她的豐收魔法儀式，把南瓜肉挖空，在裡面放進蠟燭，象徵明亮的橘色滿月。然後，她把南瓜當作供品，拿到母親墳上，坐在柳樹下向母親在天之靈哭訴。

然後，她清楚聽到那棵樹向她說話。「別哭，我的女兒赫拉，」那個聲音說，「妳可以去舞會的。妳正值月經來潮，所以身上帶有法力。聽我的指引，只要記住一件事：仙靈所賜的禮物會在午夜時消失。」

灰赫拉點頭、擦乾眼淚，聚精會神地聽。那個聲音接著說，「現在，把妳的萬聖節南瓜帶回家，然後吹熄蠟燭。在南瓜裡放兩張穀倉中的蜘蛛網、兩滴屋簷下的露珠、一塊壁爐裡的煤炭、一條花園裡的蚯蚓、一隻捕鼠籠裡的老鼠，還有爐石下的六隻甲蟲。然後，用妳的經血灑在這些東西上面，看看會發生什麼事。

灰赫拉確實地照著指示去做，結果令她大為驚奇。那顆南瓜長得越來越大，長出了車輪、車軸、車門和車窗，變成一輛金碧輝煌的馬車，車裡布置得精美雅緻。兩張蜘蛛網成了一件漂亮的禮服和搭配的披風，是銀灰色絲綢質料，上面縫滿亮晶晶的紅寶石，是血滴凝結變成的。兩滴露珠變成一雙合腳的水晶鞋，上面也綴飾著紅寶石。煤炭碎成片屑以後串在一起，變成一條黑珍珠項鍊，蚯蚓則變成蛇形的手鐲，有著紅寶石眼睛。蠟燭變成黃金頭冠，上面鑲嵌的一顆顆紅寶石跟核桃一樣大小、光芒耀眼。老鼠變成頭戴假髮、模樣高傲的馬車伕，身上穿的外套是灰絲絨質地搭配紅色扣子。六隻甲蟲變成六匹雄壯的黑馬，彼此搭配得非常完美，鞍具是金色的轡繩加上嵌著紅玉髓與石榴石的鹿皮。

看到這樣的變形魔法，灰赫拉欣喜至極，立刻脫下破爛的衣服、將身體清洗乾淨，穿上仙靈賞賜的華服，由老鼠車伕載她前往皇宮。她進宮時引起一陣騷動，所有人的目光都跟隨著她急速穿越舞會廳大門的身影。

波普洛王子連忙上前歡迎，親吻她的玉手。他深深為她著迷，根本整個晚上都只和她一個人跳舞。如果她離開舞池，她就堅持坐在她身邊跟她談天，讚美她的衣飾，並親自為她端上飲品。他求她說出姓名，但是她沒說，因為她對自己平日的生活感到羞恥。

跟在場其他淑女一樣，諾比莉塔和艾克蕾西亞對這位獨占王子目光的陌生美女大感憤恨。波普洛王子宣布這位不知名的少女獲選為萬聖節王后時，她們只能咬牙切齒但無能為力地在一旁看著。

到了進行模擬婚禮的時刻，灰赫拉應要求脫下一隻小巧的水晶舞鞋，以在鞋裡插入權杖、作為結合的象徵。就在這個動作完成的時候，午夜的鐘聲敲響了，灰赫拉突然想起母親的靈魂警告過她，仙靈的禮物會在午夜消失。

於是，她逃出舞會廳，一隻舞鞋還留在王子手上。當她奔向馬車時，車廂縮回成南瓜、變回老鼠的車伕四腳著地疾竄、六匹馬縮小變回黑甲蟲快步跑走。灰赫拉感覺到她的禮服消失、變成蜘蛛網，她赤裸的身上灑的一滴滴血則是寶石首飾的殘跡。她的手鐲變成蚯蚓，從她手上滑落，珍珠化為煤屑，剩下的一隻鞋現在也化成一灘水。

她跑向森林的遮蔽之中，匆忙地沿著隱密的小徑回到家。當她的姊姊們從舞會上回來，她已經穿回破舊的衣服、坐在爐邊。她們一個勁地談論那個迷住波普洛王子、後來又消失不見的神祕陌生女子。「妳想想，」諾比莉塔說，「他現在只有那隻小笨鞋，說是象徵他的新娘，但他根本沒有配偶。想必不會有人認為這場跟家家酒一樣的婚姻有約束力，因為新娘永遠也找不到。」

兩位姊姊並不認同波普洛王子的決定。他留下了水晶舞鞋，舞鞋因為權杖接觸的魔力而保持原狀，沒有和赫拉腳上的另一隻鞋一樣消失。王子宣布，要讓國內所有的少女都試穿這隻鞋，誰穿得上他就娶誰，因為他們已經藉著權杖儀式舉行過婚禮了。

於是，王子親自帶著舞鞋動身，每天拜訪住有適婚年齡女子的人家，請對方試穿舞鞋。結果，他發現沒有人的腳小得能穿上那隻鞋。

他來到灰赫拉家裡時，後母和兩個姊姊殷勤地跑來跑去伺候、送上點心、向王子展示她們最美好的一面。諾比莉塔拿出繪有家族名人肖像的畫冊。艾克蕾西亞向他列舉她的慈善工作和靈性修養。兩人都想用學識、品味和支持藝術的慷慨來讓王子留下好印象。

王子並沒留下特別的印象。過去幾天裡，他看過許許多多的少女，這兩個看起來還比不上普通少女，搞不好還比大多數少女更無趣。不過，他仍然拿出舞鞋給她們試穿。諾比莉塔和艾克蕾西亞拼命又塞又擠，卻還是沒辦法把她們的大腳套進鞋子。

她們試穿時，波普洛王子注意到灰赫拉坐在壁爐旁習慣的位置。她的臉雖然染著煤灰，卻在他的腦海深處喚起些微的印象。

「她是誰？」他問。

「誰也不是，就是個洗盤子的女僕，」諾比莉塔說。「一個又懶又髒的僕人，」艾克蕾西亞說。

「不過，她的腳看起來很小，」王子說，「讓她來試試舞鞋。」

「不可能的，王子殿下，」後母高聲說，「這女孩只是個髒兮兮的村姑，沒有一點比得上這兩位可愛的少女。」兩個姊姊露出奉承諂媚的傻笑。

「讓她試穿，」王子命令道。

灰赫拉被帶上前，坐在一張她平常不准接近的扶手椅上，波普洛親自將鞋放在她腳前，穿起來剛好合適。

「這正是我的新娘，」他宣告，他認出了她藏在煤灰髒污下的美貌。灰赫拉開心地親吻他，把他的臉也弄髒了。他們看著彼此髒兮兮的臉，大笑起來。

正式的婚禮很快就舉行了。灰赫拉成為赫拉王妃以後，重新建造了女神的神殿。她在母親的墳前蓋了一座禮拜堂和聖殿，並將柳樹封為聖樹。她讓諾比莉塔在全國最富有的女公爵身旁擔任祕書。那位女公爵是全國六郡裡最強悍、粗魯、率直、難纏、粗俗、缺少教養的女人。結果諾比莉塔不再裝腔作勢，變得比較像個真人。赫拉也讓艾克蕾西亞立誓一生安貧、照顧病患，以符合她所假裝的虔誠。艾克蕾西亞最終讓自己在這樣的生活中成為一個有用的人，而且變得真摯誠懇，幾乎像聖徒一樣。而她的後母克麗絲婷娜則心懷不滿地死去。

當然，波普洛王子與赫拉王妃就此過著幸福快樂的日子。

冬季降臨的故事

這個故事中的波瑟楓妮或可芮（柯芮）和她母親狄蜜特（又名黛梅特），出現在支配一切的天神宙斯以前，當時人們是以神話的模式來理解四季的交替。

波瑟楓妮意指「毀滅者」，最初是用來代稱來自地獄的老嫗可芮，而構成了狄蜜特的少女、母親、老嫗三位一體的形象。波瑟楓妮顯然也是冥后赫卡蒂的另一個名號，早於父權社會的作者所創造的、記述她如何出現在地底的新神話。意指「豐饒」的普路托（Pluto）也是女神的另一個名字，雖然後來這個名字通常是用在身為男性的冥王身上，但是希臘神話中亦有提及一個名叫普路托的泰坦神族女性（Titan）。跟巨人一樣，泰坦神族是在希臘眾神之前出現的一個古老族裔，而莎士比亞仍然知道仙后的真名是泰坦妮亞（Titania）。

石榴是供奉地獄女神的祭品，而且是原始的子宮象徵，因為它的果實有子宮的形狀、紅色的汁液以及許多種子。在古典傳說中，死亡之境的閘門是由一隻三頭狗塞柏勒斯所看守，在基督教故事中，牠就成了地獄的守門人。

柯芮公主大多數時間都在跳舞、野餐……

從前有個美麗的仙靈公主名叫柯芮，她是偉大仙后黛梅特的女兒。黛梅特又名泰坦妮亞，是泰坦神族的一員。當時，大自然由仙靈統治，她們的歌舞會讓花朵綻放、水果成熟、微風吹拂、星辰發亮、溪水川流，讓大地長出作物。那是夏日連綿不斷的黃金時代，一年到頭都是舒適宜人的氣候。

柯芮公主是母親的掌上明珠，她大多數時間都在長滿石榴的山腰上，跟侍女們跳舞、野餐。仙后黛梅塔總是忙於維持風的溫度、控制降雨間隔，使穀物長到最好，要不然就是留意天氣，並讓她女兒喜愛的山腰經常沐浴在最明亮的陽光或月光之中（因為年輕的仙靈喜歡在月色下成圈起舞）。

那時仙界沒有巨人。所有巨人都住在地下深處的洞穴裡，那是永夜的陰暗國度。他們的任務是從上層世界把死者拖到地下，並且統治冥界的鬼魂。

巨人之王普路托痛恨這樣的處境，他希望自己能享有一些地上世界的光明與甜美。巨人生性貪婪，他們緊抓著大量的寶石和貴金屬，或是把它們封在岩石裡，以防失竊。他們嗜財如命，總是想要得到更多。普路托左思右想，認為仙靈們擁有的可能比他還多。對他而言，柯芮公主就是地上世界各種利益的化身，使他垂涎不已。

在可芮公主最喜歡的那片山腰上，有一個山洞，小小的洞口被灌木遮蔽，後面是一條通往地底世界的通道。普洛托王有時候會到那裡窺視跳著舞的少女們。他看到美麗的公主讓花朵綻放、水果成熟、微風吹拂、星辰發亮、溪水川流，讓大地長出作物。他決定要綁架她來當自己的新娘。他想，這麼一來，他就能控制地上世界那令人羨慕的光明與甜美，帶一些好處到自己的國度。

普路托王小心計劃，為他毫無戒心的準新娘準備好一座洞穴王宮，從他那堆寶石裡選了一些放在宮中，還挑了最伶俐能幹的鬼魂來當她的僕人。他要金屬工匠和石雕匠為她打造一張寶座，綴有各種顏色的上等碧玉，還製作了鑲紅寶石的銀冠、頂端嵌著鑽石的白金權杖、閃著彩虹光澤的黑曜石餐桌、和一組紫玉床架。他在她的房間裡鑲上孔雀石板，地板鋪的是雪白的大理石，又用雕刻精美的綠寶石、瑪瑙、琥珀、玉髓和蛋白石裝飾，這些飾品都是出自巨人寶石匠之手，他們的技術全宇宙無人能敵。

普路托環顧這些美侖美奐的房間，自滿地相信他的準新娘會認為地底比地上世界更美，而且他不遺餘力地用自己王國裡的財富讓她目不暇給。「花朵固然美好，」他喃喃自語，「但一天就凋謝了，藍寶石和電氣石的光芒卻是永恆不朽。那個女孩應該不會笨到寧可要短暫的東西而不要永恆吧。」

一切準備就緒後，他就到山腰的洞口等候柯芮公主和侍女們。她們出現時，他從洞裡跳出來，在岩石碎裂發出的隆隆巨響中抓住公主，把她扛在肩上回到洞裡。侍女看見他黑暗的身影和稜角尖銳的臉，都嚇得尖叫。她們跑去告訴黛梅特，一個龐大又恐怖的巨人綁架了柯芮公主，把她帶去地底下。

普路托把柯芮帶到他準備好的王宮裡，卻苦惱地發現她一點也不喜歡。「這裡好黑，」她抱怨道，「又冷又濕，而且沒有花。」儘管他要她看那些孔雀石牆、大理石地板、碧玉寶座、銀王冠，和各種美麗的雕飾，但全都是徒勞無功。他給她黃金和黃玉項鍊、石榴石和天青石手鐲，一樣也無濟於事，她只是日復一日地嘆息、消瘦，吃得少也睡得少。她完全不去注意那些燦亮的珠寶，也不理會那些來去無聲、恭敬順從的鬼魂僕人。她變得削瘦又蒼白，骯髒的頭髮糾結成一條一條，眼睛和鼻子都哭得紅腫。普路托開始覺得她的美麗就像鮮花一樣易於凋萎。

同時，地上的仙后因為失去心愛的女兒而心煩意亂，停止了所有活動，只隱居在宮裡哀悼。花朵不再綻放、果實不再成熟，微風不再吹拂、星辰不再發亮、溪河不再流動，大地也不再長出作物。天上聚滿烏雲，擋住了陽光和月光，樹木落下朽葉、綠草枯黃凋萎，溪河結冰堵塞、鳥兒不再歌唱、種子不再發芽，動物和人類只得挨餓。第一個冬天降臨了。

仙女們對黛梅塔說，由於她怠忽職守，大地上發生了種種可怕的事，但徒勞無功。她並不在乎，只想獨自悲嘆。

仙女們最後了解到，她們得在大地凋零、眾生無家可歸之前，採取一些行動。她們擔心自己源於太陽的自然魔法無法在地下施展，於是派了一群代表去見一位叫做宙斯的精靈，他自稱是世界上最偉大的巫師。她們請求他在大地徹底毀滅以前，去地獄救出柯芮公主。

「我會得到什麼回報，」宙斯問仙女們說。

「假如你成功了，」仙女首領說，「我們會給你一座空中城堡，讓你當天界的國王。」

「成交，」宙斯說。他知道什麼樣的條件是有利的，於是收拾了裝備，出發去拜訪普路托王。他知道附近有一個洞穴，據稱是通往地下冥府的入口。

在洞穴入口處，宙斯注意到有一棵長著漆黑樹枝的石榴樹。他施了一個咒語，對著樹的精靈問話。「你是什麼樹，為什麼有這麼奇怪的黑樹皮？」他問。

「我結的是死亡的果實，」樹精靈說，「許多亡靈都又餓又渴地來到我這裡，我就提供他們飲食。只要他們吃了我一顆果子，就會被綁在冥界，回不了人間。」

「那我不會吃你的果實，」宙斯說，「因為我注定要成為天界的國王，不想永遠留在地底。」

「隨便你，」樹精靈說，「只要你習慣了，地底其實沒有很糟。不是只有地上才有好東西。如果我強壯的樹根不伸進地底，遇到風暴就會傾倒枯死。」

「願你的根永不枯萎，」宙斯客套地說。他經過石榴樹，進入地獄，發現自己面對的是一個可怕的守門人，有三個頭、每個頭上都長了一張惡狗的臉、結實的身軀上還長了三條狗尾巴。

「你不是死人，」守門人咆哮，「你來這裡做什麼？」

「我來見普路托王，」宙斯說。

「國王不接見活人，」守門人吼道，「快滾開。」

「他會願意見我，」宙斯說，「因為我有些珍貴的東西要給他。」

守門人又鄙夷地咆哮，「普路托王已經擁有一切珍貴的東西，每一塊寶石結晶、每一條金銀礦脈、每顆貴重礦物都屬於他。你還能給他什麼？」

「不是寶物，但價值貴重得無法言喻，」宙斯說，「讓我進去，我向你保證，你的國王會獎賞你的。」

「你倒是挺大膽，」守門人說，「那就進去吧，如果你說謊，很快就會活生生變成鬼魂。相信我，裡面沒啥好玩的。」

「願你的尾巴永遠搖擺，」宙斯客套地說。他經過守門人，繼續走向冥王的黑暗王宮。路上，他遇到一群群蒼白的半透明鬼魂正漫無目的地遊蕩，有的在為自己的命運悲泣、有的神態麻木、抑或茫然忘我。巨人各自成群工作，在岩石裡挖掘水晶，或是在溪水裡淘金。油黑的湖泊和一根根石筍點綴著周圍的風景，空氣雖然停滯，卻冰冷刺骨，帶著一股泥土味。「我非常能體會柯芮公主為何不想住在這裡，」宙斯心想。

他抵達黑暗王宮後，宣稱他有重要的東西要交給冥王，便被帶去覲見廳。普路托坐在一張黑條紋瑪瑙打造的寶座上，旁邊站著身穿黑袍的諮議大臣們。宙斯鞠躬行禮，普路托揮揮手說，「快講話吧，地上世界的子民。我只給你五分鐘，絕不再寬限。」

「陛下，我來送給您一個您作夢也想不到的王國，」宙斯說，「其實也就是半個世界，一塊廣大的死亡之地，總有一天會住滿無數的人類，讓地上的每個人都認識您、尊敬您、畏懼您。」

「胡說，」普路托嘲笑道，「誰能讓這種事情發生？難道是你嗎？別說笑了。」

「不錯，就是我，」宙斯說，「因為我注定要成為天界的國王。到了那時，我會一把掌握控制萬物的權力，因為眾所皆知，所有的事物都受到星辰的控制——包括偉大的冥王，還有你的地獄。等我當上天國的統治者，我會和你瓜分宇宙。我來統治天界和人間，你來統治冥界和死者之國——直到永遠。當死神帶走愈來愈多來自各個物種的亡靈，你的王國範圍就會無限制地倍增。」

「那麼，誰會讓你當上天界的國王？」普路托問。

「首先，仙女會讓我當上國王。然後，人類會崇敬我，當他們的人數逐漸增加，我就會一年比一年偉大又有權力。」

「仙女為什麼要拔擢你這種人？」

「因為我會把柯芮公主帶回去給她們，」宙斯說，「這會是你為了未來的進步而跟我交換的條件。仙女答應給我天國作為勸服你的報酬，你也知道，仙女一向信守諾言。」

「不錯，可是狡猾又滿懷詭計的精靈巫師會信守諾言嗎？」普路托問，「各位大臣，你們認為呢？」

諮議大臣們互相討論、吱吱喳喳地提出意見和評估，結果他們同意，人口倍增對所有大臣都有好處，因為冥界的領域擴張了，表示他們會被分派到更多職掌、更多權力。

最後，大臣們的發言代表向冥王表示，「我們建議陛下接受這個條件，如此只會增加您的威勢。就算有什麼差錯，也不會帶來嚴重的損害，損失微乎其微。陛下並不需要那位仙女公主。」

「她真令我失望，」普路托沉思道，「她的美麗和創造力已經凋零了，而且她一點也不有趣。好吧，巫師，我接受你的條件。你可以帶走那個可憐的女孩，不過，你要留下一隻眼睛作為信物，等你完成交易時才能拿回去。」

宙斯當然不願意把一隻眼睛抵押給冥王，但是他別無選擇。宮理的一名巨人理髮師迅速地執行取出眼睛的任務，並且用白銀包住空眼眶，以保存它休眠時的視力。經過這痛苦的考驗後，宙斯被帶往公主的房間。

他看見柯芮悲傷地坐在紫玉床上，臉色蒼白、病懨懨的。她注視他的眼神了無生趣，但一聽說他是來帶她回家的，就立刻恢復振作。她握住他的手，讓他帶著她穿過綿延數哩的地下深淵，前往出口。他們一路上毫無阻礙，連威脅地露出六排尖牙的三頭狗守門人，都讓開給他們通過。

途中，柯芮看到那棵石榴樹，那是她最愛的水果。她心中滿盈的快樂與希望，讓她幾個月來第一次感到飢餓，於是她從樹枝上摘了一顆石榴。宙斯還來不及阻止她，她便剝開果皮，把一粒甜美的紅色果肉送進口中。宙斯衝過去大喊，「不！」但是已經太遲了，她已經吃下了石榴。

「噢，公主，妳做了什麼啊？」他喊道，「現在妳屬於冥界了，因為妳吃了他們的魔果。不過妳也屬於地上世界，因為普路托王答應放妳走。我預見妳未來必須分屬於兩個世界。」

「我要我媽媽，」柯芮公主說。

母女團聚後，整個仙靈世界都雀躍起舞、大肆歡宴，世界也與他們同樂。枯萎的樹木冒出綠芽，烏雲散去、陽光普照、空氣逐漸回暖，微風開始吹拂，星辰再度發光，溪河恢復流動，大地又長出了作物，花朵綻放、水果也成熟。因此避免了一場大飢荒。

黛梅特將原先議定的報酬，也就是天界的統治權給了宙斯。不過，他在出發前往天上的城堡前警告她，由於柯芮吃了地獄的魔果，所以仍然受到冥界的束縛。「這個魔法沒有解藥，」他說，「所以，她每年有一半時間，必須住在普路托的國度，但妳每年春天都可以盼到她歸來。」

黛梅塔並不喜歡這樣，但她同意連法力高強的仙女也無法解除這個魔咒，所以改用別的方式來處理難題。她教導柯芮公主坦然接受命運，將自己的處境轉為優勢。與其絕望無助地在地獄裡消磨時間，不如發揮自己的力量取得普路托的權力，成為死者之國名正言順的王后。

黛梅塔把她教得很好，柯芮公主半年後被迫返回地獄時不再悲嘆憔悴，而是以優雅自信的姿態向冥王問候。她和他一起參加國宴、開懷大吃，讚賞他的寶石，詢問有關冥府運作和巨人採礦的問題。普路托對她的投入很滿意，也很高興在地上度過半年的她恢復美麗神采，因此愛上了她、深深為之傾倒，無法拒絕她任何要求。

柯芮公主遵循母親的忠告，成為真正的冥界王后。她非常仁慈地對待亡靈，採用了「冥后柯蓉[14]」和「死亡夫人」的頭銜。當地上的人感到死神接近，便會向她求助，因為她似乎比巨人之王更有權力、也更慈悲。一年接著一年，她逐漸坐穩了普路托的寶座，成為冥界亡靈最敬畏、最愛戴的人物。

在她每年缺席的時間，黛梅塔便陷入哀悼，大地也跟著枯萎，冬季於是重新降臨。可是，每年柯芮公主回來看望母親時，仙靈的歡慶又會把生機帶回世界上。因此，一年被被分成冬天和夏天，滿懷希望的春天和憂悒的秋天則是過渡季節。

由於仙女每年至少有半年仍然支配著地上萬物，普路托王便認為宙斯並沒有完全履行交易條

14 原文 Crone 一字即是老嫗之意。

件，因此拒絕歸還他的眼睛。他傳了訊息給天國的新統治，「我只擁有地球一半的主權，而且每年必須放棄我的冥后半年，因此，你只該擁有一半的視力。」

宙斯勃然大怒。他為了地下種族的背信而怒吼，把普路托稱作騙子、撒旦、惡魔。他教導人類畏懼和憎恨冥界的居民，甚至連人類自己祖先的亡靈也未能倖免。他還因為仙靈和普路托的共治約定，而和仙女們為敵，甚且把黛梅特叫作魔鬼之母。

宙斯嫉妒人們對冥界力量的敬畏。他聲明唯有他才能掌管世間的死亡、再生、懲罰、報應、規範與律法，並試圖藉此將人類的敬畏轉而導引到他身上。他逐漸變得專橫而自負，虐待他的人類奴僕，恣意懲罰他們，強迫他們挑起戰爭，只為了關於敬拜神祇的輕微歧見。他命令他們蔑視一些讓生命變得有意義的事情，例如愛情和肉體歡愉。最後，他變得不可理喻，可是卻累積了足夠的力量，逼迫仙女們到地底與柯蓉王后為伍，並且讓她們的形象在許多人心中與黑暗力量融為一體。

諷刺的是，宙斯的統治的確讓死者之國擴張了，因為難以計數的人類紛紛死去，加入了亡靈的行列。死亡在人類的世界開始變得普遍尋常，以致人們甚至習慣了宙斯近乎瘋狂地指揮許多人加害於自己的同胞，其中最暴戾的那些就是天國君主最忠實的擁護者。

不過，有些人仍記得，每年讓大地開花結果的是黛梅特而非宙斯。是她讓花朵綻放、水果成熟、微風吹拂、星辰發亮、溪水川流，大地長出作物。有些人則記得仙女是仁慈的精靈，而渴望與她們接觸。有些人則崇拜普路托王和冥后柯蓉，因為死亡必然強過生命，而且代表堅實黑暗的土地的神明，比天國那些高踞雲端的神靈更接近人類的生活。而且，他們始終不曾停止追求巨人的寶藏、也不曾停止挖掘岩石，尋找不朽的珠寶和金屬礦。

身為不斷擴展的冥界統治者，普路托王和冥后柯蓉變得聲名遠播且大權在握。當睿智的冥后每年恢復少女之身，變回柯芮公主，讓大地再現微笑時，冥王甚至逐漸能感到滿足。某種程度上，他和王后的母親黛梅塔和解了，她也學會尊重他以真誠而深厚的方式，愛著大自然隱蔽但堅韌的面向，還有蘊藏著創造所有生命的礦物的黑色土石。他們認清，合作總好過於敵對，於是為了未來幸福的生活而結盟。

然而，宙斯卻不加入他們的和平盟約。怒火和妒意仍然吞噬著他，而且他始終未能奪回自己的眼睛。那隻眼睛留在地底，點燃著不息之火。地上有些人記得他是個獨眼神，因此編造了很多荒唐的故事，來解釋他的損失，以及他永不止息的憤怒。

女皇的新衣

在安徒生筆下的故事〈國王的新衣〉中，所有角色都是男性，忽略了數個世紀以來女性和服飾與織品工藝的密切關係。本篇故事將所有主要角色都改為女性，而且安排了一個驚人的結局，也就是讓兩個裁縫師活下來，甚至飛黃騰達。大家都相信女皇的常識比國王豐富，而且更懂得如何贏得臣民誠心效忠。

「她沒穿衣服呀！媽媽，女皇全身光溜溜。」

從前，在中國最後一位女皇在位期間，有一對聰明的裁縫姊妹，想出了一個讓她們發財的計畫。她們假裝有一種世上最精美、最昂貴的絲綢，並且說這種絲綢能夠區分有德之人與有罪之人。她們說，如果有人心裡懷著罪惡感、為了背德之舉而良心不安，就看不到也摸不到這種神奇絲綢，而清白無罪的人能夠看得清清楚楚。她們以高價把許多空布軸賣給愚蠢的顧客，顧客也不敢承認自己看不見。

神奇絲綢的消息最後傳到女皇耳中，這時，她正好在籌備一場盛大的祝壽遊行。她堅持一定要用這種神奇的布料為這場盛會做些新衣。女皇心想，它有能力區分出臣子之中誰品德無瑕、誰問心有愧。於是，她派人召見那兩位裁縫師，應允她們超乎想像的鉅額酬勞。

妹妹對於受召入宮十分害怕。「我們會被揭發、逮捕，然後處死的，」她說，「遊戲就到此為止，我們也會完蛋。噢，我當初為什麼讓妳說服我加入這場騙局呢？」

「別哀聲嘆氣了，」姊姊斥道，「我告訴妳，只要我們保持鎮定，就可以順利脫身。如果我們順利幫女皇穿上生日禮服[15]，就可以一輩子大富大貴啦，哈。大膽一點，記住，大家不可能承認自己看不見那禮服的。」

15 此處一語雙關，生日禮服的原文 birthday suit，也可指某人像剛出生時一樣全身赤裸。

「可是皇宮裡都是全國最高尚、最聰明的人，」妹妹哀聲說，「他們都是貴族、科學家、預言家、刑吏、飽學之士，我們的布料一定騙不過他們。」

姊姊偷笑。「相信我，他們都是最差勁的偽君子，」她說，「不要緊張，妹妹，我們會脫身的。等我們發了財，就離開國內，跑得越遠越好，去享受奢華的生活。」

她們啟程前往皇宮。姊姊不斷提醒妹妹，她們即將擁有美好的生活——上等的衣服、僕人、宴會、最好的美食和美酒、熱情的追求者，試圖鼓舞妹妹的精神。

她們一抵達皇宮，便被帶去朝見女皇，她要求立刻讓她看看那神奇絲綢。兩姊妹展示了幾捲空布軸，做出把幾碼長的綢布攤開在女皇腳前的動作。

「皇上，看看這塊布料的金色光澤，」姊姊說，「而且跟雲朵一樣輕盈，穿在身上一點感覺也沒有。再看看這塊——您見過這麼深濃的紫色嗎？還有這麼細緻的圖案，簡直就像仙女織的蜘蛛絲啊。」

所有朝臣都發出「喔」和「啊」的讚嘆聲，假裝看到、摸到這些精美的絲綢。每個人心裡都嚇壞了，因為他們眼前根本只看見空氣。他們開始回想自己做過什麼虧心事，心中充滿了令人不自在的羞恥感，以及害怕被人揭穿的恐懼。

女皇本人也苦惱於自己看不見那神奇絲綢。她面露微笑、一語不發，回憶著自己做過的種種失德之事，以及為了鞏固王位而不得不採取的殘酷手段。她環顧大殿，看到僕從與百官都在大聲讚嘆神奇絲綢的美麗。「難道這裡只有朕是壞人嗎？」她緊張地想，「這可不能讓人家知道！」

接下來幾個星期，兩位裁縫師被安排住在一間華麗的房間，裡面的工作室設備齊全，她們要求的東西應有盡有。她們每天假裝勤勞縫紉，做了幾件新衣，讓女皇試穿。姊妹兩人比手畫腳地替女皇穿上內衣，讚嘆它的美麗舉世無雙。然後是金色禮服，她們說它光芒耀眼、彷彿太陽。接著披上的是披風，她們聲稱那是給女神穿的。女皇始終赤身露體地站在那兒，朝臣則在在旁觀看，喃喃奉承說這些衣服華美絕倫。

裁縫師妹妹看到朝臣、甚至女皇這麼容易就上了她們的當，這才開始認為她們的騙局能夠成功，但她還是憂心忡忡。當晴朗的天氣為遊行的大日子揭開序幕，她卻突然緊張不已，抓住姊姊的手臂。

「我們不能這樣做，」她大喊，「我們得逃走，現在就逃。」

「妳這是什麼意思，什麼不能這樣做？」姊姊說，「小妹啊，可別現在丟下我。我們就要成功了，難道妳不希望下半輩子過得榮華富貴嗎？」

「我想，但我更希望我還有後半輩子可活，就算沒有榮華富貴也就罷了，」妹妹說，「聽我說，女皇要在大白天下走到外面、成千上萬的人面前，身上一絲不掛地到處遊行。從來沒有女皇做過這麼丟臉的事，妳懂嗎？這麼多人裡面一定會有人看穿真相，然後我們不到明天一早，就會被拖出去斬了。」

「目前為止，我們都還沒被人看穿呀，不是嗎？」姊姊說，「堅持下去吧，會沒事的。大家都會犯錯，舉國上下，沒有人沒做過見不得人的事。」

「沒錯，我知道。我自己也做過一件，」妹妹哀愁地說。不過她還是抑止了心中的懼意，跟姊姊一起前往女皇寢宮，為她換上專為這一天裁製的新衣。

妹妹一邊假裝為她套上衣服，一邊比來比去地調整了上千次。「皇上，請記得把頭挺高，免得把這精緻的立領給壓皺了，」她說，「轉身的時候，裙襬也一定要拉到一旁。」

「像這樣嗎？」女皇一面轉身一面說。

「完全沒錯，皇上，」裁縫師姊姊叫道，「您穿著我們做的衣服，樣子如此優雅，真是我們的榮幸。」

「人家都說優雅是我們與生俱來的優點，」女皇說，「不過，皇族聽到的當然是這種話。」

遊行在鐘鼓齊鳴之下展開，穿著極其華麗的禮官、武官和朝臣在前面領頭，女皇跟在其後，走到光天化日之下，雖然威儀萬千，卻一絲不掛。成群聚集的臣民發出讚賞、崇敬的高喊，但只是為了掩蓋驚訝導致的不安。

當遊行隊伍即將走完預定的路線，有個小女孩從媽媽的裙子後面探頭看女皇經過。當樂聲暫停時，那小孩的嗓音在清新的早晨空氣中拔得又高又尖：「她沒穿衣服呀！媽媽，女皇全身光溜溜。」

女皇突然轉過頭，朝向聲音的來源，並做了個手勢。遊行隊伍停了下來。侍衛把那對母女抓住，帶到女皇面前。

「小丫頭，妳剛剛說什麼？」女皇問。

「您全身光溜溜的，」小孩回答。她母親在一旁害怕地絞著手。

「皇上，求您饒了她，」那母親哭道，「她只是個孩子，根本不知道自己在說什麼。」

「正好相反，」女皇說，「朕認為她非常清楚。她年紀這麼小，不可能犯什麼值得羞悔的罪。侍衛，放了她們，把你的披風拿來。」

那母親如釋重負地跪地哭泣，叩謝女皇開恩，但女皇壓根沒有理會。她裹著侍衛的披風，完成了遊行，回到宮中。

兩名裁縫立刻被抓起來，上了手銬腳鐐，拖到大殿上。

「妳們兩個讓朕上了好大的當，」女皇對顫抖的姊妹兩人說，「妳們證明了朕的皇宮和皇城裡，除了個小孩之外，沒有一個誠實的人。這會是該賞賜妳們做出這麼英勇的行為，還是判妳們叛國之罪的極刑？」

「求您都不要，皇上，」姊姊哀求，「只要您開恩憐憫我們，讓我們平安離去就好，我們絕不會再找麻煩了。我們真心為我們的罪行道歉，懇求皇上寬大為懷。」

「妳又有什麼話說呢？」女皇轉向妹妹問。

「皇上，我只能說，我早就覺得我們的計畫騙不過人，現在我的恐懼實現了。我們對不起您，若您認為我們該死，就請您發落吧。」

「說得好，」女皇說，「妳們確實該死，不過妳們能騙過朕最賢能的大臣，甚至還騙過了朕，這代表妳們非常聰明，不該除掉。哪怕這笑話會跟著朕一輩子，也絕不能讓人家說朕沒有氣量欣賞。朕寬恕妳們，朕決定以賞代罰，讓妳們做御用的裁縫師，還有專管道德教養的女官。侍衛，把她們的手銬腳鐐除下。」

這兩位裁縫師後來便成為女王的侍從、服裝設計師兼親信女官。女皇懂得信任她們兩人的縫紉技術和敏銳如針尖的觀察力。她們為隔年的祝壽遊行做了一套真絲禮服，廣受讚美，被說是有史以來最美的衣裳。她們得到女皇的信任，還永久享有錢多事少的閒差，從此過著幸福快樂的生活。

三個粉紅小仙子

〈三隻小豬〉是一則膚淺的童話故事，本篇是它的仿作。花園仙子的故事乃是參照亞瑟．柯南．道爾爵士一樁有名的惡作劇而寫：他剪下一些書上的仙子圖畫，靠在花園裡的一叢灌木上放著，然後拍了照片。他興奮地在文章中寫道，他確信她們是真正的自然精靈。

好像沒有人知道從什麼時候開始，粉紅色正式被當成女性化的顏色。這也許跟少女與母親兩種形象的結合有關，因為她們各以白色和紅色作為象徵。然而，奇怪的是，直到最近才有少數男人有足夠的膽量穿上粉紅色衣服。

他用力吸氣，然後大口一吹。

從前，有三個仙子姊妹，她們是所謂的「小精靈」，負責把花塗成粉紅色。你也許知道，大部分的仙子長得就跟人類一模一樣，但是塗花仙子和花園仙子卻非常玲瓏迷你，還長了透明的翅膀，一點也不像正常尺寸的人類。也許你看過一些這樣的仙子振翅飛過，誤以為她們是飛蛾或蝴蝶。

這塗花仙子三姊妹的名字分別叫作珍珠、貝殼和糖果，她們的頭髮是粉紅色，所以又被叫作三隻粉紅小仙子。她們在王后的花園裡工作，珍珠負責塗上最淺淡柔和的色彩，幾乎接近白色。貝殼塗的是淡淡的玫瑰紅、珊瑚色、薔薇粉和裸粉色。糖果則塗上濃烈的豔粉紅色和深沉的莓紅色調。她們都認為，任何花朵都有最適合的一種粉紅色。

不幸的是，王后的總管園丁佛洛利安．沃夫並不贊同她們的想法。他把粉紅色當成「女性化的顏色」，厭惡透頂。佛羅利安討厭所有女性化的東西，除了給他薪酬的王后以外。因為王后喜歡看到花園裡有各式各樣繽紛的顏色，所以他還能容忍那些紅、黃、藍、紫等色的塗花仙子。但佛羅利安一點也不想要有什麼粉紅仙子。

有一天，他看到三個粉紅小仙子在玫瑰花上忙著，便大發脾氣。「妳們三個給我住手，」他吼道，「我下令了，只要白色、紅色和黃色的玫瑰。妳們現在快去弄些別的顏色，不然就給我滾。」

「你不能趕我們走，」糖果尖聲抗議，「我們在這座花園已經住了將近三百年，這裡是我們的家。你粉紅色的嬰兒屁股還在包尿布的時候，我們就在這裡塗粉紅色的花了。你以為你是誰啊？」

「我以為我是王后陛下的總管園丁，」佛羅利安咆哮，「這個花園裡，我說怎樣就是怎樣，多一點或少一點都不行。跟我唱反調是沒好處的，妳們走著瞧。」

說完，他大手一揮就把三個仙子掃到一旁，然後把粉紅玫瑰連根拔起，丟在地上踐踏。

三個粉紅小仙子一時呆立不動，害怕地旁觀著他的褻瀆之舉，然後才回過神來，決定採取行動。她們各自從玫瑰叢裡拔下一根棘刺，氣鼓鼓地拍動翅膀飛到佛羅利安臉上，使盡全力對他又刺又刮。他打退一個仙子時，另外兩個就繼續圍攻。

最後，佛羅利安終於打了退堂鼓，他有十幾道小刮傷流著血，讓他發出憤怒的咆哮。退到花房門口的安全地帶以後，他氣得跳上跳下，對著三個仙子猛揮拳。

「明天太陽出來的時候，妳們這些粉紅仙子就要滾出我的花園，」他大喊，「要是給我發現妳們任何一個沒走，或是以後出現任何一朵粉紅色的花，我就用網子把妳們抓起來，拔掉翅膀，把妳們餵給豬吃。妳們當豬食可不錯。」

三個仙子嚇壞了。「真是個暴力的人！」珍珠驚呼。

「我不知道那些花兒怎麼受得了他，」貝殼說。

「我們當然哪也不去，」糖果說，「我們要想辦法解決這個問題。」於是她們聚在一起商量。

「我們該向仙后、或是人類的王后求助嗎？」貝殼問。

「不要，」糖果說，「我們可以自己打贏這場仗。不過，首先得把我們睡覺的房間搬走，他知道我們的蜘蛛網吊床在哪裡。我們得拋棄吊床，蓋幾間能夠保護我們的屋子。」

「好主意，」珍珠拍手叫道，「我一直都想蓋房子。」

「我們就分頭到新的地方蓋房子，」貝殼提議，「午夜時在大橡樹旁碰面。」

「然後，」糖果說，「我們要把花園裡的東西全部都塗成粉紅色，讓他見識見識。」

她們發出頑皮淘氣、興高采烈的咯咯笑聲，分別飛往不同的方向去搭建新家。

珍珠去找金鶯。她最喜歡金鶯的鳥巢，便問牠是用什麼材料、什麼方法築巢的。鳥兒因為獲得仙子請教而受寵若驚，上上下下晃著頭、擺出聰明的樣子，然後說，「目前呢，麥桿是最好的建築材料，妳可以在王室馬廄裡放乾草的地方找到一大堆。」於是珍珠便飛去蒐集麥桿。她著手在開著淡粉色花朵的山茱萸大樹最矮的枝椏上蓋房子。

但她不知道，佛羅利安的寵物老鼠飛毛腿看到了她。牠就住在馬廄裡，總是被餐桌下的剩菜餵得胖胖壯壯，因為牠是老鼠賽跑的冠軍。當園丁、馬廄僕人和其他僕役拿老鼠賽跑打賭時，牠幫佛羅利安贏到大筆獎金。

老鼠無所不知，當然也知道主人和粉紅仙子們的爭端。老鼠也是藏匿行跡的好手，所以飛毛腿輕而易舉地躲在別人看不見的地方，跟蹤珍珠、看她要用麥桿做什麼。牠看到她忙碌地工作，一面編織麥桿、一面哼著歌，然後高興地看著房子蓋起來。她覺得那是世上最美麗的房子。只要再一個步驟，房子就十全十美了。那就是把整間房子塗成粉紅色。這個步驟很快就完成了。

貝殼向她的朋友河狸請教關於蓋房子的建議。河狸說，「最好的材料是小樹枝。小樹枝蓋的房子可以阻擋住其他雜物，不久就會變得很密實，連水都透不過。」於是，貝殼蒐集了一堆堆的小樹枝，然後在一株粉紅玫瑰下蓋起房子。她覺得在那裡可以得到玫瑰荊棘的保護。她把大部分的樹枝塗成粉紅色，搭配上方的玫瑰花。

糖果則去找一直在造蜂窩的大黃蜂請益。牠們說，「黏土做的磚塊是唯一優良的建築材料。把磚頭砌在一起變成牆，只要黏土乾透、黏合在一起，再大的雨也沖不垮。」

糖果非常賣力地工作，粉紅色的小手都起了水泡。她在大黃蜂窩的隔壁、佛羅利安砍倒的一株杜鵑花樹旁，蓋了一間小磚屋。佛羅利安砍倒這株杜鵑，是因為他不喜歡它亮麗的粉紅色花朵。

三個仙子在午夜會面時，便先去訪視彼此的新房子，她們特別讚賞粉紅色的麥桿屋和粉紅色的小樹枝屋。糖果有點喪氣，因為她的房子不是粉紅色的，但她解釋，造磚和砌牆是非常辛苦、耗時的工作，讓她沒時間管美不美觀的問題。至少她的房子非常堅固。

「現在，」珍珠說，「我們要上工了。」

三個粉紅小仙子向已經大半知情的其他塗花仙子說明了她們的處境，獲得了其他仙子的許可，在日出前把花園裡的每一朵花、甚至還有大量的樹葉，都塗成了粉紅色。佛羅利安一早起來，放眼望去盡是一片怒放的粉紅。

佛羅利安的臉漲得比最鮮豔的馬鞭草還要粉紅。他怒衝出門，甩門的力道之大，把鉸鏈都震裂了。「我要宰了那些粉紅小害蟲，」他怒聲咆哮，前往岩洞，他知道她們掛著蜘蛛網吊床的地方就在那裡。

他在路上遇到王后，她正繞著花園裡進行例行的晨間散步。「噢，佛羅利安，這真是個好主意，」她對跪在她面前的佛羅利安評論道，「把花園變成粉紅色換換口味，真是有趣啊，對不對？」

「是的，陛下，」佛羅利安咬牙切齒地說。

「我喜歡這樣，佛羅利安，就讓花園維持這個模樣一陣子吧。」

「是的，陛下。」

「也許下個月你還可以把花園的主色調改成紫色。你知道那是象徵王室的顏色。」

「我會全力以赴，陛下。」

「好了，佛羅利安，你退下吧。」

她繼續散步，佛羅利安跪在原地，壓抑的怒火使他毛髮倒豎。「不管怎樣，我都要宰了那些壞心眼的仙子，」他怒道，「竟敢違背我的命令，等著看吧！」

他衝進仙子住的岩洞，發現它已遭棄置，蜘蛛網吊床也破破爛爛。「好啊，她們上哪去了？」他自問。然後，他看到飛毛腿在他和洞口之間晃來晃去。

雖然飛毛腿非常熟悉人類的語言，但牠知道佛羅利安一點也聽不懂老鼠話，因此他只好像演戲的狗兒，用大量的肢體動作來對主人傳達訊息，最後，佛羅利安終於明白，他可以找到消失的仙子。「走吧，」佛羅利安下令，表示他準備跟著飛毛腿走，而且因為自己能理解這隻笨動物的肢體語言而沾沾自喜。

那隻老鼠領著他到珍珠的麥桿屋前，屋子的粉紅色被山茱萸樹皮襯得明亮惹眼。「給我出來，妳這骯髒的粉紅色小愛現鬼，」佛羅利安高聲叫道，「大野狼沃夫要抓妳去餵豬了！」

「你沒辦法把我抓出來的，」珍珠挑釁地喊叫，「這是我的房子。」

「噢，是嗎？我會用力吸氣，再使勁一吹，把妳的笨房子吹走。」佛羅利安嚷道。他鼓起胸膛，用力吹氣，麥桿便開始搖晃，然後紛紛脫落。牆上出現了破洞，露出蜷縮在屋裡、飽受驚嚇的珍珠。就在屋頂消失時，她剎那間一躍而起飛了出去，飛到佛羅利安的手抓不到的地方，然後盡快趕去她妹妹貝殼的房子。

飛毛腿的速度趕得上仙子的飛行，所以牠尾隨在後，發現了玫瑰叢下的小樹枝屋。她看到珍珠敲門進屋，也聽到兩個仙女用粗木棍把門擋住。牠跑回去找主人，重演了一次啞劇，傳達她們的去向，直到佛羅利安看懂。

飛毛腿把他帶到小樹枝屋前。佛羅利安大吼，「當心了，小仙子！大野狼沃夫要抓妳們去餵豬了！快點出來，不然我就要把妳們這拼拼湊湊的小爛房子踩成火柴棒。」

「你試試看啊，大野狼！」貝殼也大喊。

佛羅利安依言嘗試，但屋子上的玫瑰荊棘太厚了，讓他踩不到。於是他改而吼道：「我會用力吸氣，再使勁一吹，把妳的房子吹走。」他鼓起胸膛，用力吹氣，吹得雙眼暴凸、臉頰變得跟仙客來花一樣粉紅。果然，小樹枝被吹散了，露出兩個嚇得抱在一起的仙子。

「快，去糖果的房子，」貝殼小聲對姊姊說。兩個仙子飛起來，在佛羅利安快速伸手抓來之際恰好逃脫。那隻老鼠再度跟蹤她們，發現了糖果家的地點。牠又跑回去找佛羅利安，幫他帶路。

佛羅利安來到糖果的磚屋時，大黃蜂在那裡嗡嗡盤旋、飛來飛去，數量之多讓他不敢伸手靠近屋子。佛羅利安一直有個毛病，就是他對蜂螫嚴重過敏。他把這視為弱點，極力隱瞞。不過，他讓黃蜂有大片的空地築巢，他只要威脅並要求三個仙子投降就可以了。

「滾開，大野狼，」糖果從屋裡大喊，「你不能逼我們做不想做的事。這是我們的花園，不是你的。你要不跟仙子合作，要不就別工作了，蠢蛋。」

佛羅利安被激怒得大聲嘶叫，「我還是會逮到妳們的！我會用力吸氣，再使勁一吹，吹過妳的蜂群，把妳的房子吹走。」

他又鼓起胸膛，吹出好大一陣風，把黃蜂吹回黏土牆上。但是不管他多用力吹，小磚屋仍然屹立不搖。他太過憤怒，而沒注意到蜂群就要被惹毛了。

最後，黃蜂忍無可忍，便互相傳遞攻擊的訊號。牠們從佛羅利安口中吹出的那陣風下面飛過去，猛螫他的雙手、前臂、雙腿、肩膀和脖子。幾秒鐘之間，佛羅利安全身就蓋滿了這些嗡嗡作響、還會分泌毒液的兇猛昆蟲，他憤怒的咆哮變成慘叫。他在地上扭動翻滾，壓死了一些黃蜂，但其他隻又繼續進攻，直到他縮成一團在地上呻吟，牠們才收兵返回蜂窩。三個粉紅小仙子從磚屋裡出來，愉快地向一隻隻回巢的黃蜂揮手，黃蜂則下降揮翅向仙子們敬禮。

佛羅利安．沃夫努力在昏迷之前拖著身體回到主花園。他全身腫得像香腸，變成了鮮豔的粉紅色。王后的御醫照料他，勉強救回他一條命。醫生要求他永遠放棄園丁的工作，因為只要再被黃蜂螫上一次，他肯定必死無疑。

佛羅利安後來改去一家種子目錄公司做室內工作。御花園的工作則由他從前的學徒接手，他是個聰明的年輕人，知道與仙子合作的益處。王室的花園百花盛開，比以前更多采多姿，粉紅色的花朵和其他顏色的花卉一起散放芬芳。

珍珠、貝殼和糖果持續忙著日常的工作。她們發現她們都喜歡一起住在糖果的磚屋裡，便待了下來。隔年春天，她們擴建了兩間新廂房，並且把外牆全部漆上了粉紅色。

仙靈的金子

世界各地的傳統神話都說，男人最完美的死亡方式，就是死在女神的懷裡、與她合而為一。在印度，死亡女神或死亡女祭司會以深情的擁抱來撫慰垂死之人。斯堪地那維亞神話中的女武神也是類似的女神替身，波斯的天國美女亦然，她們衍生出伊斯蘭教對性愛天使的信仰，據說這些天使的愛會帶給戰死沙場的勇士永恆的獎賞。而羅馬哲學家渴望一種「奔赴維納斯」式的死亡。在中世紀，人們有時候認為古代女神的雕像對年輕男子——特別是僧侶——而言是致命的。

仙靈的金子代表虛無的希望，或是在灰冷曙光下找到的假寶藏，不是消失於無形、就是變成虛有其表而毫無價值的東西。不過在這篇新版故事中，寶藏和主角的犧牲一樣真實。某種程度上，兩者其實都是神靈的恩賜。

他看到一尊裸女雕像，是用大理石雕成的，身上漆的色彩豐富且栩栩如生。

從前，有一個窮困的牧羊少年名叫溫森，他與守寡的姐姐莉森及她的兩個小孩住在荒野間的小屋裡。因為兩人從小就是孤兒，一起在濟貧院中長大，只能互相扶持，所以姊弟倆的感情一直都很要好。莉森本來嫁了個好人，但第二個孩子出生後不久，他便「被仙子帶走」了。

在那個荒野地帶，「被仙子帶走」意指一種特別的死法。在距離牧羊人小屋不遠的地方，有一個人稱「仙谷」（Fairy Gorge）的深峭山溝。因為溝谷非常狹窄，腳夠長的人若有勇氣或許能從上頭跳過去。在比較高的那頭，一柱水流向下傾瀉一百多呎長，直至山谷的幽暗深處。有些人聲稱他們在瀑布的隆隆回音中聽見仙子預言的聲音。

連接到山谷的河堤非常濕滑，天氣潮濕時更是如此。不少牛羊、甚至人類都曾因靠得太近而失足滑入深谷。他們的屍體大多會被沖刷到很下游的河岸才被發現。莉森的丈夫命運便是如此。

溫森總是很小心，讓他的羊群離仙谷遠遠的，但有一天他的一隻羊不見了，往山谷的方向走去。那是一隻特別完美的小羊，是羊群中上好的母羊生的。溫森和莉森都相信牠長大以後會成為得獎的優良品種，所以溫森決定把牠找回來。

他走近峽谷時，在水流聲中隱約聽見羊兒的叫聲。他警戒地把身子斜傾向崖邊往下看，沒錯，小羊就在那下面叫著，顯然站在瀑布裡。牠的叫聲大而響亮，所以溫森認定牠並沒有受到太嚴重的傷。

他連忙走回小屋，拿了一條長繩子，並告訴莉森他打算怎麼做。

「噢，親愛的，」她緊張地雙手交握，「不要又去仙谷啊！我不想要在那可怕的地方又失去一個親人！」

溫森飛快地親一下她的臉頰，叫她別擔心，然後帶著繩子匆匆離去。他把繩子每隔一段打個結，一端綁在腰上，另一端綁在瀑布頂端的一棵樹上，然後往下走入峽谷，一邊走一邊在岩石間找尋小小的踏腳石。小羊不斷在下面咩咩叫著，似乎是位在瀑布後方。

溫森在接近谷底處發現一塊延伸到瀑布裡的岩石平臺。他解開繩子，穿過瀑布，循著羊叫聲的方向走，發現自己走到一個天然的岩窟裡。一道微弱的光線照進岩石縫隙，溫森看到洞窟裡有些不屬於自然的產物。

他先是看到他的小羊站在一條涓涓細流裡，看上去沒有受傷。然後，他看見小羊後面有一尊比真人還大的裸女雕像，是用大理石雕成的，身上漆的色彩豐富且栩栩如生。她站在一座白色石灰岩洞裡的大理石壇上，四周銘刻著神祕的文字。

溫森不認識字，就算他識字，也看不懂那些早已失傳不用的遠古語言字母。不過，上面寫的是：「讚美我們的神聖女神、宇宙之母、天神與凡人的新娘。」

溫森認為她是他見過最美的事物。他心懷敬畏地靠近，伸手觸摸那優雅的蜜桃色大理石手臂。他覺得自己看見她漆得明亮迷人的眼睛眨動一下，垂肩的波浪狀金髮微微擺動，好像被一陣微風吹起。他看到她的手指指向石壇後面的一個洞穴。這隻手指剛剛就指著那個方向嗎？他不敢確定。

他往那洞穴裡一看，看到一口老舊的箱子，褪色、腐朽的木材用失去光澤的黃銅扣住。透過木頭的縫隙，他看見一抹金色的閃光，便打開嘎吱作響的箱蓋，裡面的寶藏讓他驚奇地往後跌坐——高腳杯、盤子、碗、瓶子、戒指、綴著圓牌的飾鍊，全都是用閃亮、不朽的黃金製成。

他拿了一個金戒指，要向莉森證明他發現了這份無人知曉的財富。他回到那尊美麗的雕像面前跪下，用額頭貼著她的手。「謝謝妳，美麗的女王，」說完他覺得她的手在他的碰觸下溫暖起來，就像活人的血肉一樣。

就在他緊握那隻大理石雕成的手時，金戒指滑到他手指上，套得緊緊的。

他依依不捨地離開女神明亮迷人的雙眼，用披風裹住小羊，綁在自己身上，回頭穿越瀑布，努力爬出峽谷。有好幾次，他以為自己要失手了，還好他有先見之明，綁了繩結作為支撐。

他匆忙回家，把小羊放回母羊身邊，然後把那場奇遇告訴莉森。她一看到他手指上閃閃發光的金戒指，眼睛就瞪大了。

「我們發財了，親愛的姊姊，」他大聲說，「這可是做夢也想不到的財富！仙后送給我們一堆黃金寶藏，夠我們用一輩子。」

莉森對他的故事難以置信，但是他手上的金戒指說服了她。「溫森，我們要把這個戒指藏起來，不能告訴別人是在哪裡找到的，」莉森說。

他想把戒指拿下來給她，但戒指怎麼也推不過指節。「怪了，」他說，「當初很容易就套上去了。」

「沒關係，」莉森說，「如果遇到別人，就戴著手套或是把手放進口袋吧。現在，我們得計劃怎麼去搬運寶藏，還有怎麼按照我們的需要，慢慢把它們一件一件拿去變賣。」

他們做出一條可以掛在峽谷那棵樹上的繩梯，然後綁上一個籃子。莉森可以從上面把籃子放下，再把金器拉上來。第二天，他們把羊群留在家給孩子看管，姊弟倆出去執行計畫。

莉森看到一大堆寶物從仙谷裡吊上來，眼睛愈瞪愈大。那個舊木箱裡倒出來的亮閃閃寶物，有一輛推車那麼多。這些東西是無價之寶，不僅因為是貴金屬製成，更是因為罕見的古典設計具有歷史價值。溫森和莉森把它們帶回家，小心放進地窖裡一個上鎖的櫥櫃，準備將來有需要時拿到市場上變賣。

他們修繕了漏水的屋頂，擴大了牧地，造了更大更堅固的羊欄，買了一頭優良的純種公羊來配種，把莉森的小孩送去念聲譽良好的私立學校，並舉行宴會邀請鄰居分享他們的幸運，又慷慨地捐助當地的慈善事業。不久之後，莉森得到一位年輕的鄉紳追求，她逐漸喜歡與他相伴。

莉森請了一個女傭，溫森則找了兩個幫手每天放牧羊群，減輕許多辛勞。不過，莉森注意到弟弟雖然不再需要牧羊，卻常常一離家就是好幾個小時不見人影，於是問起他去了哪裡。

「我到岩窟裡去看仙后了，」他略顯憂傷地承認，「她赤裸地站在那裡，模樣是如此美麗，在她面前我感到非比尋常的舒坦。我相信她是愛我的，莉森。我不在的時候，她冰冰冷冷，但我一碰到她，她就變得溫暖。我覺得有時候她在石壇上的位置還會移動。」

莉森覺得背脊發涼。「你一定是搞錯了，弟弟，」她說，「你花太多時間胡思亂想，而且日子過得太孤單，你應該去城裡認識一些真正的女人，找個善良又愉快的女人，對方可能會愛上你，有朝一日為你生兒育女。」

「沒有任何真正的女人能和仙后一樣完美，」溫森說，「我才不要那些愚蠢的村姑，我心中的女王就住在仙谷裡。」

「喔，溫森！」他姊姊哭喊道，「我一直聽說，找到仙靈金子的人會發瘋，難道這種事也發生在你身上了，讓你以為一尊雕像愛上了你？」

「她不只是一尊雕像，」溫森態度鄭重地回答，「妳沒有見過她，妳不會懂，所以，親愛的莉森，請別為這件事責罵我。這個習慣沒有害處，又能帶給我快樂。別再追究了。」

莉森雖然保持沉默，但日子一久，她發現溫森離家的時間愈來愈長，有時整天不在，甚至晚上也不回來。他通常會帶著一籃食物出門，但是莉森認為他根本沒吃東西。他很少在家用餐，變得愈來愈消瘦。奇怪的是，儘管他的手指已經削瘦如爪，金戒指卻從來沒有變鬆、滑落。他的眼睛發出異樣的光芒，彷彿他望著夕陽時看見其後有個熠熠生光的神祕世界，是別人看不到的。

後來，溫森開始連續幾天幾夜都待在外面。莉森非常擔心，便前往仙谷，爬到繩梯一半的地方，朝著瀑布喊他的名字。他迅速穿過瀑布，站到水簾下的平臺，向她瘋狂地揮舞雙手。

「回去！」他大叫，「不要來這裡！莉森。這個地方是我的，而且只屬於我一個人，連妳也不能來！請聽我的話！我保證我很快就會回家。」

莉森遲疑地緊抓著繩梯。她看到弟弟那瘋狂蒼白的臉骨瘦如柴，頭髮緊貼著頭顱，全身衣服濕透，她看得心一沉。他看起來那麼狂亂失控，她只好放棄，從繩梯爬回去，在家裡等候。

他在第二天將近日出時終於回來了。他身體虛弱、步履蹣跚，顯然生了病。莉森趕忙把他扶到床上，煮了一些能夠增強體力的牛肉湯給他喝，但他喝不下。接下來幾天，她急切絕望地試圖餵他吃東西，但他似乎無法進食。他精神錯亂，對著空氣喃喃說著情話，彷彿看到他摯愛的女子就站在他面前。

在一個霧氣籠罩的寒冷早晨，莉森走進弟弟的房間，卻發現他的床是空的。她在屋裡到處找人，但是怎麼也找不到。她又跑到外屋去找。他不見了。

她強忍一陣突然湧上的憂懼，出發越過荒野，前往仙谷，再爬下繩梯，通過瀑布。當她全身濕透、顫抖著站在洞窟裡，她看到了弟弟的遺體，那景象令她永遠無法忘懷。

他橫躺在大理石石壇上，顯然已經死了，皮膚灰敗、四肢僵硬，但臉上洋溢著無比甜美幸福的笑容。他的模樣不只是安詳，更是狂喜。

最奇怪的，莫過於那尊漆上顏色的大理石女神像跟他躺在一起。她的四肢與他交纏，雙臂以一種看起來極不自然的姿勢抱著他。莉森很確定溫森說過女神是「站」在石壇上的。那尊雕像栩栩如生的膚色和他的槁木死灰形成強烈的對比，看起來比他還像活人。她的一隻手指上帶著一只金色婚戒，跟溫森屍體手上的戒指成對。曚曨的光線從岩石間照下，兩具軀體沐浴在銀色曙光中，永恆的時光彷彿一件披風覆蓋著他們。

莉森眼中閃著淚光，走出石室。她慢慢爬出峽谷時，瀑布沖走了她的淚水。到了谷頂，她解開繩梯，丟進黑暗的山谷下，讓它永遠消失。她慢慢走回家，決定讓溫森不受打擾，留在天然的墓穴裡安息，她會對別人說他摔落仙谷死了。想到他臨死之前一定比大多數人期盼的更快樂，她的悲痛便得到紓緩。

她再也沒有回到仙谷裡，後來嫁給了那位年輕的鄉紳，繼續靠仙靈的金子過著富裕幸福的生活。她的孩子長大以後個個有學問、教養好，又充滿智慧，讓她晚年十分喜樂。他們的婚姻都幸福美滿，也生了孫兒接受她的祝福。日後，他們告訴自己的小孩關於神祕的溫森舅舅的故事，說他還年輕時就被仙后帶走，而仙后慷慨善良地留下了一大堆仙靈金子當作遺產。

諸神末日

本篇是條頓民族〈諸神的黃昏〉故事的版本之一，主角包括奧丁（或稱沃登，星期三之神）、索爾（星期四之神）、弗蕾雅（星期五女神）、洛基與他神奇的後裔——八腳馬史萊普尼爾、原初母神伊敦和她的創造生命的蘋果，以及年輕的神界王子柏德。奧丁（又叫作溫斯）是北歐神話的諸神之王，他為了替諸神贏取神力，而被吊在世界樹上。

早在《聖經》的〈創世記〉寫成之前，蘋果樹上的蛇就已經象徵生命的創造與延續。母神的魔法蘋果普遍存在於從中國到愛爾蘭的各國傳統信仰中，以致《聖經》故事也將之吸收，不過「蘋果」兩字並未確切出現在經文中。我們至今仍然無從得知，夏娃的禁果究竟是什麼水果，不過，赫拉女神的魔法蘋果園位於西方，和凱爾特族屬於英雄的天堂亞法隆一樣，亞法隆的字義就是「蘋果之島」。古代中東的圓筒石上刻有女神拿蘋果給男人或男神，而她的聖蛇從蘋果樹上往下看。《聖經》的故事可能是由這樣的場面做了錯誤的推斷，因此讓整個西方文化背負上這個強行要求所有人以字面意義來理解的童話故事。

他從蘋果樹上滑下來……

從前有一個名叫洛吉的次神，因為沒有完整的神力而怏怏不樂。於是，他去向眾神之王溫斯（Wednes，至今仍然每週都有他的代表日，也就是星期三）抱怨。「吾王溫斯陛下，請想想看，」他說，「世上最強大的神力是什麼呢？不就是創造生命的力量嘛。女神可以做到、凡人女子可以做到，連雌性的動物都可以，但我們男神卻不能。我要求這個情況得到修正。」

「你這不知感恩的混蛋，」溫斯斥道，「我為你做的還不夠多嗎？我不是捨棄了一隻眼睛，進入地球的子宮尋找裝著魔血的聖鍋、甚至把自己吊在世界樹上，為我們贏得了掌控符文和命運的力量嗎？你難道還不滿意？」

「除非我擁有創造生命的終極力量，否則我不覺得自己真的是神，」洛吉堅稱，「如果您幫不了我，我就自己設法。」

「那麼，祝你好運，」溫斯嘲諷地吼道，「你太貪心了。」

「我認為您太容易滿足了，大人，」洛吉說，「凡人女子能做到的，我們男神應該也要能辦到才對。」

溫斯不再說話，做了個粗魯的手勢，要洛吉退下。洛吉兀自笑了，他認為他看出了統治者的憤怒背後的無能。他想到了一個能讓他得償所願的計畫，就去找了另一位神祇，雷神索爾斯（Thurs，他也有每週的代表日，即是星期四）。「大神索爾斯，」他說，「下次你把雷電擲向地球時，請幫我殺死一個女人。」

索爾斯同意了，不久，他便把一名年輕母親剛死不久的屍體送去給洛吉。洛吉挖出那女人的心臟吃了下去。「現在，」他說，「我將擁有創造生命的力量，而且我的神力會是諸神中最完整的。」

不久後，洛吉就驕傲地向眾神宣布，他孕育著新生命，而且很快就會生產。雖然女神聽了無不大笑，男神們卻相信他，並且覺得這頗了不起。

到了洛吉生產的日子，眾神都來圍觀這個奇蹟。洛吉的好戲登場了，他又呻吟、又使力，全身起伏扭動，把場面弄得十分顯眼。等他享盡大家的注意力，終於產下了一隻活生生的動物。

但令他氣憤的是，眾神全都開始大笑，洛吉看著那隻動物，他高傲的氣焰突然熄滅了。他原以為那隻動物是蜘蛛，稍後才看出他生下的是一匹長了八隻腳的馬。

溫斯同情洛吉的窘境，試著安慰他，「不要緊，洛吉，我會帶走牠，把牠養大，等牠長大以後會成為我的座騎。就算牠是匹八腳馬，也是有用處的。」

其他神祇也依樣安慰起洛吉，但他永遠忘不了他們的嘲笑。他不像真正的母親，反而拋棄了他那可憐的孩子。牠被命名為「無眠」，因為牠似乎永遠不需要休息。最後，牠長成一匹模樣怪異但非常強壯的馬兒，也是溫斯最喜愛的座騎。

之後幾年，洛吉愈來愈孤僻陰鬱，而且像著魔般地關心生死之事。他開始對其他神祇開些令人不悅、低級下流的玩笑。由於他們對於曾嘲笑過洛吉而良心不安，對他的惡作劇都十分容忍。

有一天，洛吉發現諸神長生不死的大祕密，在於母神伊敦妮的果園每天送給他們的蘋果。諸神常說：「每天吃蘋果，讓你不會老。」對他們而言，這句話是萬分真實的。母神紅色的生命之力存在於她的蘋果樹上。諸神並不想讓人知道他們的永恆生命仰賴的是身外之物，也沒有告訴過洛吉，因為不相信他會守密，但洛吉還是發現了。一隻在聖蘋果樹上築巢的鳥兒把祕密告訴了他。

洛吉擅於變形，他變成一條蛇，蠕動著爬進伊敦妮的果園，把蘋果全都偷走。諸神少了帶來生命的食物，便開始衰老，他們的頭髮變得灰白，皮膚生出皺紋，四肢也虛弱無力。溫斯最寵愛的兒子甚至掉光了頭髮，此後被稱為禿頭柏德。

洛吉繼續他的犯禁之舉，準備向凡人洩露祕密，儘管諸神大都希望在凡人面前保持神祕的形象。洛吉以蛇的形貌來到凡人的國度，把這個祕密告訴一個女人。他從蘋果樹上滑下來，對她說：「諸神對你們說的是謊言，騙你們說吃了蘋果就會死。但他們害怕的，其實是你們會跟神一樣知道生命與死亡的祕密。」

那個女人相信了他，便吃下禁果，並與她的伴侶分享。但魔法並沒有作用在他們身上，因為那只是一顆從凡間某株壽命有限的果樹上結出的普通果實，不是母神的魔法果園裡的水果，保有她的生命之血。而即使沒有蘋果，女人本身也具有一部分的生命之血。

諸神發怒了。洛吉竟然想把他們出賣給低等的人類，這最後一根稻草令他們再也無法忍受。他們迅速老化，有些甚至病倒了。眾人一致同意，要趕快採取行動，以避免死亡的命運。「如果我們終有一死，」溫斯說，「我們就不比人類好到哪裡去，這種情況是不可想像的。」

索爾斯試圖拯救諸神。他和一個外表像醜老太婆、代表衰老的精靈比賽角力。他嘲笑對方說自己強大的力量一定贏得過這個老女人。但老女人卻贏得了比賽。「神的力量也敵不過衰老，」她說。

溫斯王對諸神說：「有一個方法可以盡量延緩我們的死亡。我們必須教導人類敬拜我們、用祭品供養我們，還要對我們不斷地歌頌和讚美，這一切可以提供我們精神的生命。如果人類不再認同我們的神聖性，我們就是真的死了。」

變成蛇的洛吉對此嗤之以鼻。「別忘了他們也可能輕易就把我們當成惡魔，」他批評，「人類是愚蠢又不負責任的生物，沒有什麼前後一致的概念，遲早會把故事都說得糾纏不清、錯誤百出，如果神的不朽生命要靠人類的意見來決定，神就等於滅亡了。面對現實吧。你們掌控大局的時代已經結束了，你們即將走向黃昏。」

然後輪到佛蕾雅女神（Fria，她也有每週的代表日，星期五）發言：「我們也許不再掌握大局，但我們——尤其是洛吉——應該記住，就算永生不死的奇蹟已經消逝、成為神話，但創造生命的奇蹟仍然未曾停歇，連人類跟動物都知道這點。若人類徹底忘記諸神、也忘記我們的爭端、妒忌和戰爭，也許才是最好的安排。讓人類崇敬女性餵養並保護生命的力量，並滿足於此吧。假如我們必須像他們一樣經歷衰老和死亡，那麼也只能順其自然。他們並不需要我們來延續他們的種族，他們只需要發展自己的智慧，並了解自己。嘗試了解神明，對他們而言是浪費時間，因為神明根本不希望他們了解。也許有一天，新世界會出現，其中的秩序與原則會有所改善，人類屆時會創造出更好的神祇。」

洛吉有些慚愧地爬到佛蕾雅身上，摩擦她的手。「在我們之中，妳是最睿智的，」他說，「就讓人類知道，洛吉這條蛇永遠是女神謙卑的朋友吧。」

「他們會知道的，」佛蕾雅說，「他們會誤解你，就如同他們會誤解其他事物，但他們終究會知道。」

根據文獻記載，諸神不久後便自願走入黃昏。男神們加入了一場大型戰爭，互相殘殺至死，唯有洛吉除外，它一直維持蛇的形貌，躲在大地的子宮中。女神也以其他的名號藏在人類的意識裡，即便有時人類並不知情。從此，沒有人能夠過著幸福的生活，因為萬事萬物的本質並非如此。不過，還是有一小群人在一段短暫的時間內，在一個沒有神祇的世界裡過得尚稱快樂。

有人說，伊敦妮的蘋果有一天會重新長出來，將母神不朽的恩賜賦予一群全新的神明。也有人說，這是絕對不可能的。這就像所有關於神明的問題一樣，全然是不同觀點之爭。

這個故事亦可題名為〈土狼如何學會笑〉或〈動物聖戰〉。自從家父長式的神明開始指導人類「治理」和「管理地上各樣行動的活物」（〈創世記〉一章二十八節）開始，非洲就一直是主要的受害者之一。因此，三位女神出現了，她們將要查明並修正這樣的狀況。

修正勢在必行，唯有如此，才能讓非洲草原獨特的動物遺產留存到下一個世紀。

「白神瘋了，」所有的動物都這麼說。

從前，白神雅瓦拉來到非洲，祂為動物帶來了大麻煩。祂讓祂的信徒大量屠殺牠們，因此，千年以來，動物王國首度縮減、愈來愈小。這場屠殺引起歐蓀、耶瑪雅和瑪悟三位女神的注意，便出發去調查。

她們首先去問最大、最老、最聰明的溫血動物王國的首領，象之母。她對她的子民遭逢的大屠殺深感痛苦。「白神的信徒只想要我們的大牙，」她抱怨道，「但是他們為此屠殺了整個象族。他們把我孩子的牙齒堆得像山一樣高，準備換取金錢，他們瘋了。」

歐蓀說，「聽說雅瓦拉主張，性好殺戮的男性優於哺養新生的女性。妳怎麼說呢，象之母？」

「那只是另一個瘋狂的例子而已，」象之母說著，嫌惡地擺動她那肌肉發達的長鼻，「本來就只有賦予生命的女性，地位重要到值得大量維護。大多數男性只有繁殖後代的功能，而就算是繁殖，他們在發情時期也是行為怪異，表現出愚蠢的破壞力。我們的母象長老是對的，她們把雄性趕離象群以保護小象。我們的雄象都很守本分，牠們夠聰明，能記住母親的教導，遠離正在育兒的象群。」

女神們接著去找貓科王國的首領，獅之母。貓科動物普遍遭遇的滅亡命運，使她不停怒吼。「他們毫無理由地奪走我們的毛皮，只為了換錢，」她怒吼，「花豹、印度豹和豹貓族的母親，幾乎一個小孩都沒有留下。這些男人是殺貓狂。」

耶瑪雅說，「我們聽說，雅瓦拉主張，好鬥的男性優於狩獵的女性。妳怎麼說呢，獅之母？」

母獅輕蔑地從鼻子哼了口氣。「男性優越嗎？」她鄙夷地說，「這又是一個證明雅瓦拉瘋掉的例子。男性只會蔭涼處睡覺，或是浪費時間欺負幼獅，根本做不了好事。大家都知道，是女性把下一代撫養長大，她們把肉帶回家，教幼崽狩獵，還要把殘忍的父親趕開。男性懶惰到連隻爪子都懶得舉起來。他們是大草原上最懶惰的動物。」

女神接著去找食腐動物的首領，土狼之母。土狼之母受的折磨比其他動物少，因為那些男人並不貪圖她子民的毛皮，而且土狼依靠雅瓦拉的信徒棄置在平原上的大堆腐肉活得很好。不過她說，他們顯然都瘋了，因為哪有動物會把獵物殺了、就丟下那些肉一走了之？況且，這場屠殺的範圍之廣泛，使得維持土狼族生命的獸群明顯減少。

瑪悟說，「我們聽說，雅瓦拉主張，男性比女性優越。妳怎麼說呢，土狼之母？」

土狼之母笑了又笑，一直笑到全世界的土狼都跟她一起笑了起來。「這是我有生以來聽過最好笑的笑話，」她喘了口氣、擦擦眼睛，「那些小不點男性會優越？大家都知道女性比男性更大、更強壯、更敏捷、更能幹、更性感，而且比男性更懂得謀生。當然得這樣，因為我們女性要負責生產、養育、撫養和教導我們物種的每一代。怪不得雅瓦拉的信徒會毫無道理地大開殺戒，而且丟掉獵物最好的部分。他們完全瘋了。」

女神們接著去找犀牛之母，發現她已瀕臨崩潰，她為自己的子民遭到殺害而哀痛不已。「他們為了世上最愚蠢的理由，把我們滅族，」她哀悽地說，「他們那些古老的愚蠢故事說，神話中的獨角神獸代表性能力。信仰白神的男人因為這個荒謬的迷信而吃犀牛角，他們相信這樣會治好他們的性無能和其他弱點。他們甚至不是抓住我的兒女，拿走角之後再放牠們走，嫌那樣太麻煩。這些人瘋了，寧願為了錯誤的觀念大肆殺戮，也不去發掘真相。」

女神接著去找大猩猩之母，從她那裡聽說了一樣的故事。「他們把我的子民殺了又殺，可我的子民只想平平靜靜過生活，對其他生物一點也不構成傷害，」她說，「我認為這些男人一定是喪心病狂到想要自我毀滅。除了大猩猩看起來跟他們有點兒像之外，他們似乎沒有其他理由要這樣瘋狂屠殺我們。所以，他們可能是在殺死自己的替代品。當然，他們也真的會自相殘殺，這在我族看來，是恐怖到無法想像的行為。他們顯然是失心瘋了。」

女神接著去找大型鳥類的首領，禿鷹之母，她擁有全族最寬大的翅膀和最銳利的眼睛。她點著她那又禿又皺的頭，叨叨念念地說，在三千多個雨季之前，人類一度很尊敬她，替她取名為「內見」（Nekhbet），尊她為一切生命結束與再生的象徵。「不過，恐怕他們的男性啊，一從蛋裡孵出來就瘋了，」她說，「也許女性也是一樣，因為她們竟容許男性忽視他們協助養育後代的基本責任。我們鳥的腦袋比他們靈光。」

女神詢問了她們找得到的所有動物首領，重複聽到同樣的事情：雅瓦拉的信徒是瘋狂的殺手，他們甚至不等饑餓就屠殺，儘管饑餓是唯一合理的殺戮理由。就算他們吃得又飽又肥、心滿意足，他們還是會帶著恐怖的武器跑出去，一次屠宰十多隻動物，卻一隻也不吃。「白神瘋了，」所有動物都說，「祂腐化了祂的子民，他們再也不知道怎麼循規蹈矩地活在世上，他們變成了禍害。」

歐蕬、耶瑪雅和瑪悟知道她們非得採取行動不可。她們認為，地球上能夠代理她們的唯一合理的人選是人類女性。她們必須鼓勵人類女性控制男性，就像其他物種的雌性一樣。不過，進一步的觀察讓三位女神發現，大部分——就算不是全部——的人類女性，被雅瓦拉訂定的律法弱化了，那些法規時常殘害她們的身體，奪走她們的孩子，強迫她們成為性奴隸，而且使那些本來應該幫助她們的男人，對她們充滿無謂的敵意。

「這個雅瓦拉可惡至極，」瑪悟生氣地說，「祂甚至讓女人忘記了跟她們形象相同、提供保護的我們。非趕走白神不可。」

「那麼，我們要教導女人蔑視祂。」耶瑪雅說，「這是第一步。要證明祂對她們沒有靈性上的控制力，先讓她們徹底相信這一點，她們在俗世的力量才能失而復得。畢竟，她們身為母親的事實，是任何事物都無法改變的。」

「讓為人母者只接受對孩子和其他生物表現出端正、理性與慈愛的男人。」歐蓀說，「那麼，那些不被接受的暴徒就會帶著他們暴力的遺傳一起滅絕。這就是我們的計畫吧？姊妹們。」

三位女神都同意了，於是她們著手改變女人的觀念，一次改變一個。這是一個緩慢的過程。大部分男人都反對女神的計畫，卻有一小部分比較理性的男人看出她們的道理，開始伸出援手。有些男人漸漸相信，在沒有挨餓的狀況下狩獵是錯的。女人學會了鄙視豹皮外套和象牙飾品，並且斥責其他無知地渴望這種東西的女人、嘲笑那些仍然無知地以為犀牛角能治癒性無能的男人。女人如此教育她們的孩子，那些孩子再教他們的小孩，而孩子的孩子又再教他們的下一代。

白神的權力終於逐漸消退，如今只是女神們身邊屬於次要地位的陪侍者。後來，非洲和那裡的動物王國——那些從大屠殺中死裡逃生的國家——又恢復了繁盛。牠們從此過著比較快樂的生活，因為牠們知道，只有那些不能消化蔬果、需要用肉來餵飽自己和子女的人，才會獵殺牠們。三位女神嚴密地看守白神，好確保祂永遠不會再爬回高位。

一起來　光 008

醜女與野獸：
女性主義書寫的經典不朽巨著，顛覆你所認識的童話故事
Feminist Fairy Tales

作　　者　芭芭拉．沃克 Barbara G. Walker
譯　　者　葉旻臻
主　　編　李映慧
行銷企畫　林子揚
封面設計　萬勝安
封面插畫　陳昱安
內頁插畫　Laurie Harden
內頁排版　中原造像
總 編 輯　陳旭華
電　　郵　steve@bookrep.com.tw
社　　長　郭重興
發行人兼出版總監　曾大福

出　　版　一起來出版／遠足文化事業股份有限公司
發　　行　遠足文化事業股份有限公司
　　　　　23141 新北市新店區民權路 108-2 號 9 樓
　　　　　電話 02-22181417
　　　　　傳真 02-86671851
法律顧問　華洋法律事務所　蘇文生律師

初　　版　2018 年 8 月
二　　版　2020 年 6 月
定　　價　380 元

國家圖書館出版品預行編目 CIP 資料

醜女與野獸：女性主義書寫的經典不朽巨著，顛覆你所認識的童話故事 / 芭芭拉．沃克 (Barbara G Walker) 著；葉旻臻譯.
-- 二版 . -- 新北市：一起來出版：遠足文化發行 , 2020.06
面；　公分 . -- (一起來光 ; 8)
譯自：Feminist fairy tales
ISBN 978-986-98150-9-3(平裝)

874.57　　109006280